ENFANT DE SALAUD

Sorj Chalandon est un écrivain et journaliste français. Après avoir travaillé trente-quatre ans à *Libération*, il est depuis quatorze ans membre de la rédaction du *Canard enchaîné*. Ses reportages sur l'Irlande du Nord et le procès Klaus Barbie lui ont valu le prix Albert-Londres en 1988. Il est notamment l'auteur de *Le Petit Bonzi*, *Une promesse* (prix Médicis 2006), *Mon traître*, *La Légende de nos pères*, *Retour à Killybegs* (Grand Prix du roman de l'Académie française 2011), *Le Quatrième Mur* (prix Goncourt des lycéens 2013 et Prix des lecteurs du Livre de Poche 2015), *Profession du père*, *Le Jour d'avant* et *Une joie féroce*.

Paru au Livre de Poche :

LE JOUR D'AVANT

LA LÉGENDE DE NOS PÈRES

MON TRAÎTRE

LE PETIT BONZI

PROFESSION DU PÈRE

LE QUATRIÈME MUR

RETOUR À KILLYBEGS

UNE JOIE FÉROCE

UNE PROMESSE

SORJ CHALANDON

Enfant de salaud

ROMAN

GRASSET

ISBN : 978-2-253-93682-4 – 1re publication LGF

À Martine Boutang, mon éditrice,
qui m'a accompagné depuis 2005,
de roman en roman, sur la route éprouvante
qui menait à mon père,
le premier de mes traîtres.

« Cet individu est un menteur, doué d'une imagination étonnante.

Il doit être considéré comme très dangereux et traité comme tel. »

Note confidentielle au sujet de mon père,
rédigée par le commissaire Victor Harbonnier,
chef de la Sûreté nationale de Lille
(19 décembre 1944).

*

« Excusez Monsieur le juge mon pauvre style,
mais je suis un soldat et non un romancier. »

Lettre de mon père
au juge d'instruction Henri Vulliet,
écrite à la prison de Loos
(21 juin 1945).

1

Dimanche 5 avril 1987

— C'est là.

Je me suis surpris à le murmurer.

Là, au bout de cette route.

Une départementale en lacet qui traverse les vignes et les champs paisibles de l'Ain, puis grimpe à l'assaut d'une colline, entre les murets de rocaille et les premiers arbres de la forêt. Lyon est loin, à l'ouest, derrière les montagnes. Et Chambéry, de l'autre côté. Mais là, il n'y a rien. Quelques fermes de grosses pierres mal taillées, calfeutrées au pied des premiers contreforts rocheux du Jura.

Je me suis assis sur un talus. J'ai eu du mal à sortir mon stylo. Je n'avais rien à faire ici. J'ai ouvert mon carnet sans quitter la route des yeux.

« C'était là », il y a quarante-trois ans moins un jour.

Cette même route au loin, sous la lumière froide d'un même printemps.

Le jeudi 6 avril 1944, à l'aube, c'est de ce tournant qu'ils ont surgi. Une traction de la Gestapo, suivie par deux camions civils conduits par des gars du coin. L'un d'eux s'appelait Godani. De retour à Brens, chez son employeur, il dira :

— J'ai fait un sale boulot.

Mais ce matin, seulement le bruit du vent. Un tracteur qui peine au milieu de son champ.

Je me suis mis en marche lentement, pour retarder l'instant où la Maison apparaîtrait.

Un chemin sur la gauche, une longue grille de fer forgé noir, le frôlement d'un bourdon, l'humeur mauvaise d'un chien derrière une grange. Et puis la bâtisse. Massive, trapue, coiffée d'un toit de tuiles rondes et d'une lucarne. Deux étages aux volets verts qui dominent la vallée, des grappes de lilas blancs au-dessus de la haie, du pissenlit dans le vallon et la grande fontaine asséchée, ses gargouilles assoupies au milieu d'une cour de pauvres herbes.

C'est là.

Mme Thibaudet m'attendait, au pied des trois marches qui mènent au perron.

— Vous êtes le journaliste ?

Oui, c'est ça. Le journaliste. Je n'ai eu pour lui répondre qu'un sourire et ma main tendue.

La femme est passée devant. Elle a ouvert la porte de la salle à manger, s'est figée dans un coin de la pièce, les bras le long du corps. Et puis elle a baissé les yeux. Elle semblait gênée. Son regard longeait les murs pour éviter ma présence.

Je dérangeais sa journée paisible.

Tout le village a eu pour moi ce même embarras poli, ces mêmes silences en fin de phrases. Les plus jeunes comme les anciens. Un étranger qui remonte à pied la route menant à la Maison ? Mais pour chercher qui ? Pour découvrir quoi, toutes ces années après ?

Izieu n'en pouvait plus de s'entendre dire que le bourg s'était couché devant les Allemands. Qu'un salopard avait probablement dénoncé la colonie des enfants juifs.

Qui avait fait ça ? Tiens, cela pouvait être Lucien Bourdon, le cultivateur lorrain qui accompagnait la Gestapo lors de la rafle et qui était retourné à Metz deux jours après. Oui, le crime pouvait être l'œuvre de ce félon, incorporé plus tard dans la Wehrmacht et arrêté à Sarrebruck par l'armée américaine, sous l'uniforme d'un gardien de camp de prisonniers. Et pourtant, faute de preuve, le martyre des enfants d'Izieu n'avait pas été retenu contre lui.

Mais alors, qui d'autre ? Le père Wucher ? Le confiseur de La Bruyère, qui avait placé René-Michel, son fils de 8 ans, à la colonie d'Izieu sous prétexte qu'il était turbulent ? Son gamin avait été raflé le 6 avril avec tous les autres mais descendu du camion pendant leur transfert à Lyon. Libéré par les Allemands devant le magasin de son père, parce que lui n'était pas juif. Wucher fut vite soupçonné par la Résistance. Il aurait mis son enfant là pour espionner les autres. Quelques jours plus tard, l'homme était emmené par les partisans et fusillé dans les bois de Murs. Sans avoir rien avoué.

Qui avait vendu la colonie ? Et avait-elle été seulement dénoncée ? Le bourg était épuisé par la question. En 1944, s'il y avait eu un mouchard, cela aurait pu être n'importe lequel de ses habitants. Un village de 146 suspects. Et la vermine y vivait peut-être encore, recluse derrière ses volets.

*

Ils venaient de partout, les enfants. Juifs polonais devenus gamins de Paris avant la guerre. Jeunes Allemands, expulsés du pays de Bade et du Palatinat. Mômes d'Autriche, qui avaient fui l'Anschluss. Gosses de Bruxelles et *kinderen* d'Anvers. Petits Français d'Algérie, réfugiés en métropole en 1939. Certains avaient été internés aux camps d'Agde, de Gurs et de Rivesaltes, puis libérés en contrebande par Sabine Zlatin, une infirmière chassée d'un hôpital lyonnais parce qu'elle était juive. Leurs parents avaient accepté la séparation, la fin de la guerre réunirait les familles à nouveau. C'était leur dernier espoir. Personne ne pourrait faire de mal à leurs enfants. Mme Zlatin avait trouvé pour eux une maison à la campagne, avec vue sur la Chartreuse et le nord du Vercors. Une colonie de vacances. Un havre de paix.

En mai 1943, dissimulé dans un hameau aux portes d'Izieu, ce refuge est devenu la Maison des enfants.

Un lieu de passage, le maillon fort d'une filière de sauvetage vers d'autres familles d'accueil et la frontière suisse. C'est Pierre-Marcel Wiltzer, sous-préfet patriote de Belley, qui avait proposé cet abri à l'infirmière polonaise et à Miron, son mari.

— Ici, vous serez tranquilles, leur avait promis le haut fonctionnaire.

Et ils l'ont été pendant presque un an.

Pas de radiateurs mais des poêles à bois, pas non plus d'eau courante. L'hiver, pour leur toilette, les éducateurs réchauffaient l'eau dans un chaudron. L'été, les enfants se lavaient dans la grande fontaine. Se baignaient dans le Rhône. Jouaient sur la terrasse et y chantaient aux veillées. Ils mangeaient à leur faim. Des cartes de ravitaillement avaient été fournies par la sous-préfecture et les adolescents entretenaient un potager.

À la « Colonie d'enfants réfugiés de l'Hérault », son nom officiel de papier tamponné, pas d'Allemands, pas d'étoile jaune. Seule l'angoisse de nuit des petits arrachés à leurs parents. Sur les hauteurs, dominant le Bugey et le Dauphiné, rien ne pouvait leur arriver. Ils ne se cachaient même pas. L'herbe était haute, les arbres touffus, leurs voix cristallines. La guerre était loin.

Une poignée d'adultes est venue en renfort de Sabine et Miron Zlatin.

Quand Léon Reifman est arrivé devant la Maison, il a souri :

— Quel paradis !

Étudiant en médecine, il a participé à la création de la Maison pour s'occuper des enfants malades. En septembre 1943, Sarah, sa sœur médecin, l'a remplacé. Le jeune homme était recherché pour le STO. Il n'a pas voulu mettre la colonie en danger.

Les Zlatin ont aussi embauché Gabrielle Perrier, 21 ans, nommée institutrice stagiaire à la Maison d'Izieu par l'inspection académique. Cadeau du sous-préfet Wiltzer, une fois encore. On lui a dit que ces écoliers étaient des « réfugiés ». Officiellement, il n'y a pas de juif à la colonie. Ce mot n'a jamais été prononcé. Avant même qu'ils soient séparés, les parents ont appris à leurs enfants le danger qu'il y avait à avouer leur origine. Certains survivants, absents le 6 avril, raconteront plus tard que chacun d'eux se croyait le seul juif de la Maison. Mais tout le monde savait aussi que la maîtresse d'école n'était pas dupe.

Pendant l'année scolaire, quatre adolescents étaient pensionnaires au collège de Belley. Ils ne rentraient à la colonie que pour les vacances. Pour les plus jeunes, une salle de cours avait été aménagée au premier étage. Il y avait des pupitres, des livres, des ardoises prêtés par des communes voisines, et une carte du monde accrochée au mur. L'institutrice, qui ne se séparait jamais d'un sifflet à roulette, prenait soin de tous. Il fallait à la fois rassurer Albert Bulka, que toute la colonie appelait Coco et qui n'avait que 4 ans, et instruire Max Tetelbaum, qui en avait 12.

*

— C'est ici qu'ils faisaient la classe, a lâché Mme Thibaudet.

En haut de l'escalier de bois et de tommettes rouges, une pièce qui ressemblait à un grenier. Sur les murs blancs, de vieilles photos passées et lacérées. Images de vache tranquille, de chevaux, de montagne. Un dessin cocardier montrant un coq et un enfant.

Il faisait froid.

La propriétaire a longé le mur, une fois encore. D'un geste du menton, elle a désigné trois pupitres d'écolier, tapis dans un coin d'ombre.

Silence.

— C'est tout ce qu'il reste ?

— C'est tout, oui. On n'a gardé que ces tables-là.

Je l'ai regardée, elle a baissé les yeux. Comme prise en faute.

— Quand on est arrivés, tout était humide à cause des fuites du toit. On a fait un tas dans la cour. Il y avait des vêtements, des matelas. On y a mis le feu.

Je n'arrivais pas à saisir son regard.

— Vous y avez mis le feu ?

Elle a haussé les épaules. Voix plaintive.

— Qu'est-ce que vous vouliez qu'on fasse de tout ça ?

Alors je me suis approché de la première table, avec son banc scellé. Sur le bois, il y avait des traces usées d'encre noire.

— Je peux ?

La villageoise n'a rien répondu. Ses épaules lasses, une fois encore.

Je pouvais.

J'ai retenu mon souffle et ouvert le pupitre. Ma main tremblait. À l'intérieur, contre le battant, un papier collé, un début de calendrier jauni, calligraphié à l'encre violette. « Dimanche 5 mars 1944, lundi 6 mars, mardi 7 mars. » Tout un mois aligné.

— Et ça ?

La propriétaire s'est penchée sur le rectangle noir encadré de bois.

— Une ardoise ?

Oui. L'ardoise de l'un des enfants, oubliée au fond du pupitre. Jamais trouvée, jamais regardée. Jamais intéressé personne. Une main malhabile y avait tracé le mot « pomme ».

J'ai levé les yeux vers la femme. Elle était indifférente. Comme repartie ailleurs. Elle lissait son tablier des deux mains.

Je me suis tourné, visage contre le mur.

Un instant. Presque rien. Un sanglot privé de larmes. Le temps de graver pour toujours ces cinq lettres en moi. J'ai entendu le crissement de la craie sur l'ardoise. Lequel d'entre vous avait écrit ce fruit ?

Lorsque je suis revenu vers la femme, elle m'observait, gênée.

Mon émotion l'embarrassait.

*

Le 6 avril, lorsque le convoi allemand arrive devant la Maison, la cloche vient de sonner le petit déjeuner. C'est le premier jour des vacances de Pâques. Tous les enfants sont là. Même les pensionnaires. Du cacao fume dans les bols, une denrée rare, offerte par le père Wucher, le propriétaire de la confiserie Bilbor.

Toutes ces années après, la grande salle à manger était restée dans la pénombre, Mme Thibaudet figée sur son seuil. Volets fermés, rais de lumière, étincelles de poussières. Le parquet avait été refait, le plafond ravalé. Odeur rance d'humidité. Dans un angle de mur, un lambeau de plâtre arraché. Le jour de la rafle, elle travaillait à l'usine de joints de Belley, à vingt-cinq kilomètres de là. En 1950, elle est devenue propriétaire des murs.

D'un même geste las, elle a désigné le centre de la grande pièce.

— La table était au milieu, et ils étaient autour.

*

Les militaires sautent brusquement des camions. Dix, quinze, la mémoire des témoins a souffert. Ils appartiennent au 958e bataillon de la défense antiaérienne et à la 272e division de la Wehrmacht. Ce ne sont pas des SS mais de simples soldats. Les quelques témoins se souviennent des trois hommes en civil de la Gestapo, qui commandaient la troupe. L'un d'eux semblait être le chef. Chapeau mou, gabardine, il est resté adossé à la margelle de la fontaine, alors que ses hommes entraient dans la Maison en hurlant.

— Les Allemands sont là, sauve-toi !

La dernière phrase de Sarah la doctoresse à son frère Léon.

Le jeune homme descendait les escaliers. Il les remonte en courant. Il saute d'une fenêtre du premier étage, à l'arrière de la bâtisse. Il court vers la campagne. Il se jette dans un buisson de ronces. Un soldat part à la recherche du fuyard. Il fouille partout, frappe les taillis avec la crosse de son fusil. « Il était si proche de moi. Je pense impossible qu'il ne m'ait pas vu », témoignera le Dr Léon Reifman, bien des années après.

Plus tard, prenant possession de la Maison d'Izieu, des officiers de la Wehrmacht traiteront les gestapistes de « porcs ». D'autres se diront ouvertement « désolés » que des soldats aient été mêlés à cette opération.

Tout va très vite. C'est l'épouvante. Les militaires enfoncent les portes, arrachent les enfants à la table du petit déjeuner, fouillent la salle de classe, les combles, sous les lits, les tables, chaque recoin, font dévaler les escaliers aux retardataires et rassemblent la cohorte tremblante sur le perron. Pas de vêtements de rechange, ni valises, ni sacs, rien. Arrachés à la Maison dans leurs habits du matin et cernés sur l'immense terrasse. Tous sont terrorisés. Les grands prennent les petits dans leurs bras pour qu'ils cessent de hurler.

Julien Favet voit les enfants pleurer.

Le garçon de ferme était aux champs. Aucun gamin de la colonie n'était venu lui apporter son casse-croûte, comme chaque matin. Cela l'avait inquiété. Alors, en retournant à la ferme de ses « maîtres », comme il dit, il décide de passer par la Maison. Il est couvert de terre, en short et torse nu. Il aperçoit Lucien Bourdon, qui se prétendait « Lorrain expulsé », marchant librement près de la voiture allemande.

Un soldat arrête Favet.

— Vous sauté fenêtre ? lui demande-t-il dans un mauvais français.

Les Allemands recherchent toujours Léon l'évadé.

Julien Favet ne comprend pas. Favet est un homme simple. Un domestique agricole, comme il le dit lui-même. L'homme en gabardine adossé à la fontaine s'avance, son chapeau sur les yeux. Il s'arrête face à lui. Le dévisage longtemps et en silence.

Bien des années plus tard, Favet reconnaîtra ce visage et ce regard sur des photos de presse. Il jurera que oui, c'est bien ce même homme qui lui avait ordonné de rentrer chez lui, le 6 avril 1944, à Izieu. Il n'en doute pas. Lorsqu'il le raconte, il prononce même son nom.

— Et alors Klaus Barbie m'a dit quelque chose comme : allez !

En repartant, Favet voit les enfants effrayés entassés à coups de pied dans les camions. Deux adolescents essayent de s'échapper. Ils sautent du plateau. Théo

Reis est rattrapé. Son camarade aussi. Frappés, traînés sur le sol, jetés par-dessus leurs camarades qui hurlent.

— Comme des sacs de pommes de terre, a témoigné plus tard Julien Favet.

Le fermier Eusèbe Perticoz veut rejoindre son commis. Les soldats le bloquent.

— Monsieur Perticoz, ne sortez pas, restez bien calé chez vous ! lui hurle Miron Zlatin de l'intérieur du camion.

Un Allemand frappe le mari de la directrice pour qu'il se taise. Coup de crosse dans le ventre, coups de botte dans le tibia. Une fois encore, Julien Favet raconte.

— Le coup de mitraillette l'a plié en deux. Il a été obligé de se coucher dans le camion, et puis je ne l'ai plus vu.

Avec les 44 enfants, 7 adultes sont arrêtés. Dans les camions, aux côtés de Miron Zlatin, il y a Lucie Feiger, Mina Friedler. Et aussi les survivants de la famille Reifman. Sarah la doctoresse, qui a permis à son frère de se sauver, Eva leur mère et Moshé, leur père. Une septième adulte travaille à la colonie comme femme de ménage, Marie-Louise Decoste. Elle est embarquée avec les autres.

La veille, après avoir donné aux enfants des leçons à réviser pour la rentrée, l'institutrice était retournée dans sa famille, à quelques kilomètres de là. Avant de partir, elle avait croisé les adolescents pensionnaires, qui rentraient à la colo pour les vacances. Et Léon

Reifman, revenu dans ce « paradis » pour y retrouver sa sœur médecin, leurs parents et aussi Claude, 10 ans, son petit-neveu. Tous cachés ici.

Sabine Zlatin aussi était absente. La directrice était partie à Montpellier. La Gestapo fouillait la Savoie, l'Isère, la région tout entière. Les Allemands et la milice avaient arrêté des « réfugiés » à Chambéry. Les enfants juifs de Voiron venaient d'être enlevés. Le sous-préfet Wiltzer s'était retrouvé muté à Châtellerault. La Maison d'Izieu n'était plus sûre. Alors Sabine Zlatin cherchait un autre abri pour ses gosses. Et c'est par un télégramme, que lui a envoyé une secrétaire de la sous-préfecture de Belley, qu'elle a appris le malheur : « Famille malade – maladie contagieuse. »

Le 6 avril, les malheureux sont conduits à la prison Montluc, à Lyon. Les petits sont jetés en cellule, assis à même le sol. Les adultes interrogés, puis enchaînés haut contre les murs.

Le lendemain, un tramway des transports lyonnais les emmène tous à la gare de Perrache. Puis un train de la SNCF les conduit vers Paris. Ils sont ensuite parqués dans des bus de la RATP et traversent la ville jusqu'au camp d'internement de Drancy, où ils arrivent le 8 avril 1944.

Ils sont enregistrés par la police française sous les numéros 19185 à 19235.

Le 13 avril, alors que le convoi n° 71 pour Auschwitz-Birkenau se met en place en gare de Bobigny, Marie-Louise Decoste est autorisée à quitter le camp. Alors elle craque. Sa carte d'identité française est fausse. Elle s'avoue juive polonaise. Elle donne son véritable nom : Léa Feldblum. Elle ne veut pas abandonner les gamins.

34 enfants sont déportés par ce premier convoi. Coco, 4 ans, est parmi eux. Les autres sont envoyés en Pologne par groupes de deux ou trois jusqu'au 30 juin 1944. En arrivant au camp, entassés après deux nuits d'effroi, les enfants, les malades, les vieux et les faibles sont séparés des adultes valides.

Léa Feldblum, la Française aux faux papiers, le racontera plus tard : elle et Sarah la doctoresse sont désignées pour les kommandos de travail. Elles se retrouvent dans le cortège des déportés promis aux chantiers. Mais lorsque Sarah voit Claude, 10 ans, poussé par un soldat dans la colonne des plus faibles, lorsqu'elle l'entend pleurer son nom, la mère change brusquement de file. Et elle court prendre son fils dans ses bras.

Aux monitrices d'Izieu qui assistent les petits, un SS demande en allemand : « Êtes-vous leurs mères ? » Edith Klebinder, une déportée juive autrichienne, a été désignée d'autorité comme traductrice. Elle a survécu. C'est elle qui raconte.

— J'ai reformulé la question en français. Et les adultes ont répondu : « Non. Mais nous sommes comme leurs mères adoptives. »

Le même soldat demande alors aux femmes si elles veulent les accompagner.

— Elles ont dit oui, évidemment.

Alors, les monitrices et les enfants ont rejoint Sarah et Claude dans le camion.

Un mois plus tard, Miron Zlatin, le directeur de la Maison d'Izieu, Théo Reis et Arnold Hirsch, deux des adolescents qui étaient pensionnaires au collège de Belley, sont déportés de Drancy vers l'Estonie, dans un convoi composé d'hommes en âge de travailler.

Les trois seront usés dans une carrière de pierres, puis fusillés par les SS à la forteresse de Tallin, en juillet 1944.

De tous les déportés d'Izieu, seule Léa Feldblum est revenue, libérée par l'Armée rouge en janvier 1945. Pendant sa détention, elle a servi de cobaye à des médecins nazis. Son avant-bras porte le matricule 78620. Son corps est en lambeaux. Elle pèse 30 kilos.

Léon Reifman, qui s'était sauvé par la fenêtre ouverte, a trouvé du secours pas très loin. Caché par Perticoz le paysan et Favet son garçon de ferme. Il sera accueilli plus tard par une famille française à Belley. Et il vivra.

Comme Yvette Benguigui, fillette de 2 ans recueillie avant la rafle et cachée au cœur d'Izieu, par la famille Héritier.

*

Mme Thibaudet s'impatientait un peu. Elle ne le disait pas, mais je sentais à ses gestes que la visite était terminée. Elle me regardait écrire des phrases qu'elle ne soupçonnait pas. Pages de droite, ce qui serait utile à mon reportage. Pages de gauche, ce que je ressentais. L'ardoise et le mot *pomme* à droite, mon ventre noué à gauche.

« Change tes larmes en encre », m'avait conseillé l'ami François Luizet, reporter au *Figaro*, qui m'avait surpris, quelques années plus tôt dans le sud de Beyrouth, assis sur un trottoir, désorienté, sans plus ni crayon ni papier, à pleurer les massacres que nous venions de découvrir à Sabra et Chatila.

Alors j'écrivais. Je dérobais chaque fragment de lumière, chaque battement du silence, chacune des traces laissées par les enfants. Sur une poutre du grenier, il y avait écrit « Paulette aime Théo, 27 août 1943 ». Paulette Pallarès était une gamine du coin, qui venait parfois prêter main-forte. Et Théo Reis, l'adolescent de 16 ans qui sera fusillé à Tallin. Cette déclaration d'amour a été offerte à une page de droite. Mon chagrin, confié à une page de gauche. J'écrivais tout. J'écrivais la salle de classe, le réfectoire, les escaliers qui menaient au-dehors. Je me suis adossé à la margelle de la fontaine et j'ai écrit le chant d'une alouette, la beauté de la campagne, le silence de la montagne, tout ce calme qui protégeait la Maison. Je me suis assis sur la terrasse. J'ai posé les mains partout où ils avaient posé les leurs. Sur cette rampe d'escalier, le bois rugueux de ce bureau, le froid de ce mur à l'odeur de salpêtre, le rebord d'une fenêtre, la tête d'une gargouille, l'écorce d'un arbre qui avait caché leurs jeux. J'ai arraché un peu de la mauvaise herbe qui poussait dans la cour.

J'espérais qu'un jour ce lieu serait sanctifié. Le procès de Klaus Barbie aiderait à ramener la Maison en pleine lumière. Mais j'avais peur qu'il ne reste rien de ce froid, de ce silence, de cette odeur ancienne. Rien des bureaux, rien de la pomme tracée sur une ardoise, rien de l'amour de Paulette et Théo, rien des enfants vivants, à part un mémorial célébrant leur martyre. Une nécropole élevée à leurs rires absents.

J'ai surpris Mme Thibaudet qui regardait sa montre. Le geste furtif d'une employée de bureau à l'heure de décrocher son manteau de la patère et de rentrer chez elle.

Lorsque je suis arrivé, j'étais en trop. Maintenant, c'est elle qui m'encombrait. J'aurais voulu qu'elle me laisse avec Max, avec Renate, avec tout petit Albert. Qu'elle aille faire quelques pas du côté de la grange. Ses hésitations, ses regards fuyants, sa toux gênée. Agacée.

J'étais injuste. Je le savais. Mme Thibaudet m'avait ouvert la porte des enfants et accompagné partout avec gentillesse. Maintenant, elle souhaitait que j'en termine. Que je range ce carnet, ce stylo. Que je retourne d'où je venais.

Alors j'ai refermé mon carnet. J'ai glissé mon stylo entre les spirales.

Elle n'a pu s'empêcher de soupirer. J'avais fini. Nous étions quittes.

Lorsque je lui ai tendu la main, sur le perron, elle m'a demandé :

— Ça passe quand, à la télé ?

J'ai souri. Ni équipe, ni caméra, ni micro. Quelle télé ?

Elle était saisie.

— Mais j'ai cru que vous étiez journaliste ?

— Je le suis, mais pour un journal.

Regard vaguement déçu.

— Ah oui. Un journal...

Et puis elle m'a tourné le dos. Elle a monté les trois marches. Elle est retournée chez les enfants comme si elle rentrait dans sa propre maison.

*

J'ai longé la grille de fer forgé noir, repris le chemin qui menait à la route. La bâtisse massive, trapue, coiffée de son toit de tuiles rondes et de sa lucarne. Un chien jappait toujours derrière la grange. J'ai cueilli deux grappes de lilas et une fleur de pissenlit. Je suis retourné sur la route. La départementale en lacet qui traverse les vignes et les champs paisibles. Je me suis assis sur le talus. J'ai regardé la colline, les murets de rocaille, les premiers arbres de la forêt. J'ai regardé la montagne.

J'ai posé mes fleurs là, au bord de la route, sur cette tombe qui ne se doutait pas.

Je me suis retourné une dernière fois. La lumière était trop belle.

C'était là.

Et j'avais rêvé que tu y sois avec moi, papa.

Pas pour te coincer dans un coin du grand réfectoire, te faire dire la vérité ou t'obliger à regretter ce que tu avais fait. Pour remonter la route à tes côtés. Pour conduire ta main près de la mienne, sur la margelle de la fontaine. Pour te voir frissonner comme moi dans le froid. Pour entendre le parquet pleurer sous tes pas. Pour ton souffle dans l'escalier menant à la salle de classe. Pour te tendre l'ardoise à la pomme et découvrir tes yeux de père sur ce mot d'enfant. Que tu t'asseyes au bord d'un lit. Que tu écoutes les monitrices les endormir dans la pénombre. Une seule histoire pour les filles, des histoires différentes pour chaque garçon. Ils étaient plus exigeants, les garçons. Surtout Émile Zuckerberg, le petit Belge d'Anvers, âgé de 5 ans. Il avait peur le jour, il avait peur la nuit. Il lui fallait une adulte toujours à ses côtés. Une autre maman rien qu'à lui. J'aurais voulu te raconter que c'est le Dr Mengele qui l'avait arraché de la main de Léa Feldblum.

Et peut-être, quand nous serions repartis toi et moi, laissant la Thibaudet happée par ses fantômes, nous serions-nous arrêtés sur le bord du chemin. C'est toi qui l'aurais souhaité. Une pause, avant de retrouver le monde des vivants. Et peut-être m'aurais-tu parlé. Sans me regarder, les yeux perdus au-delà des montagnes. Tu n'aurais pas avoué, non. Tu n'avais rien à confesser à ton fils. Mais tu aurais pu m'aider à savoir et à comprendre. M'expliquer pourquoi, tellement d'années après la guerre et alors que je venais de rencontrer une femme, tu m'avais demandé si elle avait « quand même des yeux aryens, comme nous », alors qu'elle était brune. J'aurais espéré que tout s'éclaire, sans que jamais personne te juge. Sans un mot plus déchirant que l'autre. Me dire où tu étais à 22 ans, lorsque Barbie et ses chiens sont venus arracher les enfants à leur Maison.

Et avant cela ? Que faisais-tu en novembre 1942, quand les Allemands sont revenus à Lyon, après l'invasion de la zone libre ? Qu'est-ce que tu as vu d'eux ? Leurs bottes cirées ? Leurs uniformes de vainqueurs ? Leurs pas frappés rue de la République ? Leurs chars sur les pavés du cours Gambetta ? Qu'est-ce que tu as compris d'eux ? Qu'est-ce que tu as aimé d'eux ? Qu'est-ce qui t'a poussé à les rejoindre plutôt qu'à les combattre ? Ou même à te terrer, comme tant d'autres, pendant que quelques braves forgeaient notre Histoire à ta place ?

Pourquoi es-tu devenu un traître, papa ?

2

Il m'aura fallu des années pour l'apprendre et une vie entière pour en comprendre le sens : pendant la guerre, mon père avait été du « mauvais côté ».

C'est par ce mot que mon grand-père m'a légué son secret. Et aussi ce fardeau. J'étais assis à sa table. Comme chaque jeudi après le déjeuner, j'avais droit à une pastille de menthe.

— Tu peux aller chercher ta Vichy, disait ma marraine en faisant la vaisselle.

Je n'avais pas connu la mère de mon père. Elle s'était suicidée avant la guerre. Mon grand-père s'était remis en ménage peu après, avec celle que j'appelais marraine. Cuisinière dans une grande famille lyonnaise, elle m'offrait un bonbon octogonal chaque semaine.

Et j'allais me servir dans une boîte en fer sous la radio.

— Il peut bien raconter ce qu'il veut, ton père…

Je me souviens des mots de mon grand-père. Il les avait prononcés en regardant derrière lui, comme s'il redoutait la présence de son fils. Il avait peur de mon père. Ils ne s'étaient pas revus depuis des années.

Il venait de soulever le couvercle de fonte de la cuisinière avec un tisonnier. Il était penché sur le seau à charbon et raclait rageusement les derniers boulets avec sa pelle en fer. Ce jour-là, il était en colère. Je ne sais plus pourquoi. Il était rarement fâché. Il réservait ses emportements à sa femme. Il l'avait maltraitée, je l'ai appris bien après sa mort.

Il a enfourné les morceaux de houille dans les flammes et frappé fort la pelle contre le bord. Je me souviens de ça. Le bruit du métal cogné, la gerbe d'étincelles dans la poussière de charbon, le regard inquiet qu'il a porté dans son dos au moment de cette phrase.

— … Ton père pendant la guerre, il était du mauvais côté.

Sa femme a protesté mollement.

— N'embête pas le petit avec ça. Ça ne le regarde pas.

Il a vidé le cendrier de la cuisinière, agaçant les braises au pique-feu.

— Bien sûr que si, ça le regarde !

Il a essuyé ses mains grises et noires.

— Ton père, je l'ai même vu habillé en Allemand, place Bellecour…

À l'école primaire, pendant un trimestre, mon père m'avait obligé à porter la Lederhose, la culotte de peau bavaroise, avec des chaussettes brunes montées jusqu'à la saignée des genoux. C'était peut-être ça, habillé en Allemand ?

— Arrête donc avec ça ! a coupé ma marraine.

Mon grand-père a haussé les épaules et rangé la pelle le long de la cuisinière.

— Eh quoi ? Il faudra bien qu'il l'apprenne un jour !

— Mais qu'il apprenne quoi, mon Dieu, c'est un enfant !

— Justement ! C'est un enfant de salaud, et il faut qu'il le sache !

C'était en 1962, et j'avais 10 ans.

*

Depuis toujours, mon père me racontait des histoires de soldats. Toutes ces années après, il pestait sans cesse contre ce que la paix disait de la guerre. Il insultait une émission de radio, se moquait d'un débat à la télé, maudissait ce qu'il appelait « les mensonges » des journaux. Mais il ne m'avait jamais parlé de sa guerre. Quand il protestait contre le « matraquage », ce n'était pas à moi qu'il s'adressait, mais à lui seul. Il n'attendait aucune réponse. Ni de ma mère qui n'écoutait pas, ni de son fils qui ne comprenait rien.

En 1965, il m'a emmené voir le film *Week-end à Zuydcoote*, avec Jean-Paul Belmondo. Mon premier film de guerre. Je n'ai pas saisi grand-chose, seulement que les gentils parlaient français. Et que Belmondo appelait les méchants « les Fridolins ».

Après la séance, je lui ai posé des questions.

Pourquoi les soldats français étaient à pied, à cheval et à vélo ?

— Parce que la France est nulle ! a crié mon père en pleine rue.

Ce film l'avait mis en colère. J'ai regardé autour de nous. Une femme s'était retournée. Un homme aussi, sur le trottoir d'en face. Il les a menacés du regard.

— J'emmerde les gens !

J'ai souvent eu honte de lui.

Ce soir-là, mon père m'a rejoint dans ma chambre. Il a éteint le plafonnier et allumé mon globe terrestre. J'étais couché dans mon lit, sur le ventre, et lui assis sur mon tabouret. Il s'est approché de moi. Il m'a chuchoté qu'il était lui aussi sur cette plage, avec les autres soldats. Dans la lumière soyeuse, il m'a dit que cela ne s'était pas passé du tout comme au cinéma. Il me raconterait la vraie histoire de Zuydcoote, une autre fois. Ce serait notre secret. Mais ce soir il était trop tard, et mes paupières luttaient contre le sommeil.

Il s'est levé pour me laisser dormir. Quand je lui ai demandé qui étaient les Fridolins dont se moquait Belmondo, il m'a regardé. Et s'est assis, bouche tordue.

— Mais tu n'as rien compris au film ou quoi ?

Il était agacé. Alors il m'a expliqué. Les Fridolins étaient dans les avions. Ce sont eux qui bombardaient Belmondo. Eux aussi, les deux espions déguisés en bonnes sœurs.

— Les Fridolins, c'étaient les Allemands ?

Mon père a hoché la tête sans un mot. Il était consterné. Il observait la clarté du couloir par la porte entrouverte. Il s'est redressé, bras croisés.

— Et tu peux me dire qui étaient les Anglais ?

— Quels Anglais ? j'ai demandé.

Il a été saisi. Il m'a observé durement. Je connaissais cette impatience.

— Tu n'as pas vu d'Anglais dans le film ?

Je n'ai pas répondu. J'ai eu peur, comme mon grand-père avait peur de lui.

— Tu ne savais pas qu'à Dunkerque en mai 1940 il y avait des Anglais ?

Il s'est rapproché de moi. Je me suis tassé. J'ai caché ma figure dans la saignée du coude. Il a semblé surpris par mon geste. Il ne m'a pas frappé. Ce n'était pas un jour comme ça.

— Ceux qui avaient un casque plat, tu les as vus ? C'étaient eux les Anglais !

Je suis revenu à lui.

— Ceux qui ne voulaient pas que Belmondo monte dans leur bateau ?

Son sourire triomphant.

— Voilà, c'est ça !

Alors j'ai demandé :

— Ils n'étaient pas gentils, les Anglais ?

Il a haussé les épaules. S'est levé.

— Tu as qu'à demander à Jeanne d'Arc.

Il est sorti. Et puis il a fermé la porte.

Mon père est revenu le lendemain, pour me parler de Zuydcoote. Et tous les soirs d'après pour me raconter ces années-là. Il ne m'a pas tout dit, il gardait des secrets. Mais il s'était engagé en 1940, à 18 ans, perdu sur la plage comme Belmondo, séparé de son régiment, arrêté par les Allemands, évadé et revenu à Lyon où vivaient ses parents. Il avait 20 ans lorsqu'il a rejoint la Résistance française. Il en souriait parfois.

— J'ai fait partie de la Légion. Mais de la Légion d'honneur !

C'est pour ça qu'il portait un ruban rouge à la boutonnière. Et la rosette au revers de son manteau. Pour ça que je suis devenu lyonnais à mon tour. Toutes ces années après, il m'avait élevé dans la ville de ses exploits. J'étais collégien aux Minimes lorsque l'établissement a été baptisé Jean-Moulin. Le discours d'André Malraux au Panthéon nous avait été lu dans la cour. Je me souviens qu'il pleuvait. Le soir, mon père m'avait parlé du héros mort.

— Je l'ai bien connu.

C'était tout. Jamais il n'avait voulu m'en dire plus.

Un autre jour, il a aussi prononcé le nom de Klaus Barbie.

— Je l'ai bien connu.

C'était tout. Et je n'ai jamais insisté.

— Tu as tué des Fridolins, comme Belmondo ?

Il a ri. Il m'a expliqué que la guerre, c'était plus compliqué que dans les films. Un jour on tuait les uns, et le lendemain on pouvait tuer les autres. Il fallait faire attention avec les mots « ami » et « ennemi » parce que l'Histoire avait été écrite par les vainqueurs. Il m'a répété aussi qu'il ne fallait pas croire les livres, les films ou les journaux. Et que lui, mon père, était bien placé pour le savoir.

— Je suis bien placé pour le savoir !

C'était sa phrase. En famille, en public, dans la rue devant des gens qu'il ne connaissait pas et à tout propos, mon père disait qu'il était bien placé pour le savoir.

Il disait aussi :

— J'ai eu plusieurs vies et plusieurs guerres.

C'était plus obscur encore. Et quand je lui demandais quelles vies et quelles guerres, il souriait.

— Un jour je t'expliquerai tout ça.

Le soir, en me racontant ses batailles, il m'observait. Il guettait ma peur au détour d'une phrase, ma fierté aussi. Il m'a expliqué comment lui et ses amis avaient d'abord arraché ou barbouillé les panneaux indicateurs dans la langue de l'ennemi. Puis grenadé un cinéma de Lyon réservé aux militaires allemands. Comment ils avaient mitraillé la voiture d'un officier qui remontait la rue de la République, et une fanfare militaire dans un kiosque à musique. Comment ils avaient ouvert le feu sur les plantons devant le siège de la Gestapo, sur des femmes soldates que mon père appelait « les souris grises », sur des patrouilles de nuit après le couvre-feu. Comment ils avaient saboté des transformateurs électriques, des trams, des trains. Comment ils avaient harcelé l'ennemi sans répit, partout où il se croyait en sécurité. Après chaque histoire, il me promettait une suite pour le lendemain. Et chaque soir, je l'espérais.

*

Un jour, il m'a demandé si mes grands-parents m'avaient parlé de lui pendant la guerre. Oui, j'ai répondu. Mon grand-père l'avait fait. Une fois, il y avait longtemps. Une de ces phrases qu'on lâche le dos tourné, pour ne pas embêter les enfants.

— Il a dit que tu avais été du mauvais côté.

Je n'aurais pas dû lui raconter cela. Je l'ai compris à sa pâleur.

— Il t'a dit quoi ?

Mon père s'était figé au milieu du salon.

J'ai répété.

— Il t'avait vu habillé en Allemand place Bellecour.

Je n'ai pas osé lui avouer qu'il m'avait aussi traité d'enfant de salaud.

Alors il est entré dans une rage immense. Il a hurlé que mes grands-parents étaient des menteurs. Que c'était fini. Que je ne retournerais plus chez eux le jeudi. Et il a fait jurer à ma mère de ne plus jamais les revoir.

— Ce sont tes parents quand même, elle a répondu.

— Une bande de cons, oui ! a craché mon père.

Je n'ai pas revu mon grand-père. Il est mort quelques années après, juste avant que le mercredi remplace le jeudi des enfants. Alors je suis retourné voir ma marraine, en cachette, mais il n'y avait plus de pastilles de menthe sous la radio. Jusqu'à ce qu'elle meure aussi, je lui ai envoyé des cartes postales lointaines. J'aimais écrire son adresse lyonnaise sous des timbres étrangers. J'imaginais l'image exotique posée sur son buffet, contre le moulin à café, dans une odeur de charbon et de sauce aux morilles.

*

Lorsque je suis devenu adulte, mon père ne m'a plus parlé de la Résistance. Son fils, son spectateur, son captif avait quitté le théâtre sur lequel il régnait. Il n'y avait plus de petites mains pour applaudir sa bravoure. J'ai passé mon enfance à croire passionnément tout ce qu'il me disait, et le reste de ma vie à comprendre que rien de tout cela n'était vrai. Il m'avait beaucoup menti. Martyrisé aussi. Alors j'ai laissé sa vie derrière la mienne.

Un soir, au ciné-club, j'ai revu *Week-end à Zuydcoote*, et j'ai souri. Je l'avais compris, mon père n'avait jamais été sur cette plage. Mais peut-être lui-même avait-il fini par le croire. Plusieurs jours après avoir vu le film, il fumait comme Belmondo. Il avait pris ses tics. Son accent titi parisien. Au marché aux puces, il avait acheté un casque de l'armée française qu'il a laissé longtemps sur la plage arrière de notre voiture.
— On appelle ça un casque Adrian, répétait-il avec importance.

J'ai été désolé pour lui et triste pour nous. Je n'étais plus en colère. Fabriquer tellement d'autres vies pour illuminer la sienne. Mentir sur son enfance, sa jeunesse, sa guerre, ses jours et ses nuits, s'inventer des amis prestigieux, des ennemis imaginaires, des métiers de cinéma, une bravoure de héros. Pendant des années, j'ai pensé à sa solitude effroyable, à son existence pitoyable. Cela m'a rendu malheureux. Une fois les plaies refermées, je me suis demandé combien de faussaires vivaient en lui. Combien de tricheurs lui griffaient le ventre. Est-ce qu'une seule fois, une seule minute, ce charlatan avait dit vrai ? Est-ce qu'un seul jour il s'était regardé bien en face ? Et puis ces questions ont été diluées dans le temps. Je n'ai jamais osé les lui poser. Il n'y aurait d'ailleurs jamais répondu. La phrase de mon grand-père était la seule vérité qui me resterait. Tout le reste n'avait été qu'imposture.

— Ton père, il était du mauvais côté.

Mon grand-père m'avait abandonné avec cette confidence. Mon père avec ses fables, et moi, enfant de salaud, j'entrais dans la vie sans trace, sans legs, sans aucun héritage. Ne restaient en moi que son silence et mon désarroi.

Ce « mauvais côté », je l'imaginais pire que tout. Un Français qui assassine d'autres Français. Une fripouille de 20 ans qui accepte un sifflet vert-de-gris et une matraque brune pour se donner des airs de nervi. Un gamin sans éducation, sans intelligence, sans projet, sans morale non plus, ébloui par les vainqueurs, qui décide de claquer du talon à leur suite. Un corniaud qui n'a eu que la haine pour livre de chevet. Petit Français perdu, honteux de son peuple, qui s'en invente un autre à hauteur de vanité. Petit bandit, coupant les files d'attente en bousculant les autres, pistolet dans la ceinture ou badine à la main. Petit rien-du-tout se croyant immense par la grâce d'une gabardine noire ou d'un béret bleu. Milicien ? Gestapo ? Je me suis longtemps posé ces questions en secret.

Jusqu'à ce printemps, où j'ai cru que mon père avait enfin décidé de parler.

*

Le 21 mars 1983, il a failli mourir. Ma mère m'a téléphoné. Il avait « quelque chose » dans le ventre, une ambulance était venue le chercher. Elle ne m'en a pas dit plus. Alors qu'il était encore torturé par la fièvre et la douleur, mon père m'a téléphoné de son lit d'hôpital. Je n'étais pas à Paris. Il m'a appelé trois fois dans la matinée, raccrochant dès qu'il entendait mon répondeur. À la quatrième, il m'a laissé un message essoufflé, terrifiant, d'une voix métallique que je ne lui connaissais pas. Ce message, je l'ai écouté le soir, en rentrant chez moi. Des dizaines de fois pour en comprendre le sens. Ses phrases gémissaient. Ses mots un à un, alourdis de silence. C'étaient les dernières paroles d'un mourant.

« *Ici ou ailleurs… Quand tu seras à Paris, je voudrais une chanson… C'est beaucoup te demander… Je voudrais* Lili Marleen, *en souvenir de tous mes copains… Qui sont morts dans des circonstances tragiques… Un peu partout, sur toutes les plaines d'Ukraine et de Russie… Mes camarades… Je les revois tous… Dans les derniers jours de Berlin… C'était terrible… Terrible… Et je ne regrette rien… Voilà… Absolument rien… Cette chanson, je ne l'entendrai pas, mais qui sait ?… Qu'est-ce que la mort ?…*

Mon fils… Au revoir mon fils… Je t'aime… Mon Dieu que c'est dur… C'est dur de savoir qu'on ne se reverra plus… »

Mon père. Après toutes ces années, voilà qu'il me revenait. Un adieu balancé comme une gifle. Il savait que je suffoquerais d'impuissance. Il était bien trop tard pour appeler l'hôpital. J'ai téléphoné à ma mère. Je l'ai réveillée.

— Papa est en train de mourir !

Silence. Et puis elle a ri.

— Mais qu'est-ce que tu racontes, mon fils ?

Elle m'a dit que non, tout allait bien. Elle avait eu le médecin en fin d'après-midi, et puis lui en début de soirée. Il avait eu très peur, mais il s'en était tiré.

— Il avait même une bonne voix.

J'ai regardé le combiné.

— Allô ? Mon fils ?

Je me suis excusé. Je l'avais dérangée pour rien. Je ne lui ai pas parlé du message. Je tremblais en raccrochant.

J'ai écouté la bande une fois encore.

« C'est dur de savoir qu'on ne se reverra plus… »

J'ai fermé les yeux en écoutant la fin. Terreur d'enfance, dégoût d'adulte. Même croyant sa dernière heure venue, il était incapable de mourir sans jouer.

Aucun de ses mots ne s'adressait donc à moi. Il était remonté sur scène. Il s'était habillé de drame, maquillé de deuil. Il récitait une tirade pathétique. Mon père simulait sa fin en pleurant chaque mot. Il s'écoutait mourir. Il m'obligeait à porter son cercueil.

« Au revoir mon fils... Je t'aime... »

Il se vengeait de mes années de silence. Il me renvoyait à mon indifférence de fils. À ma culpabilité. Je t'aime ? Jamais il n'avait osé ces mots lorsque j'étais enfant. Quand j'en avais tellement besoin. Et voilà qu'il les abîmait. Qu'il les dégueulait comme on claque la porte.

J'ai laissé passer deux semaines avant de le rappeler. Le temps de me remettre. Que je cesse de lui en vouloir d'être encore en vie. Le temps aussi qu'il sorte de l'hôpital. Qu'il retrouve son fauteuil rouge, qui lui servait de tribune pour haranguer la terre entière.

— Tu veux que je te passe ton père ?

Ma mère avait décroché. J'entendais sa voix forte à lui, engueuler sa télévision. Elle a baissé le son. Il s'est emparé du combiné. Voix de mourant.

— Allô, c'est qui ?

Ce n'était que moi. Qui d'autre ? Mon père avait passé son existence à faire le vide autour de lui. Je lui ai demandé comment il se sentait.

— Pas fort.

Il respirait bruyamment. S'est mis à tousser comme un enfant se force.

— Tu sais, j'ai écouté ton message, papa.

Silence.

— Tu es là ?

Oui, il était là. Une toux de plus. J'étais debout, je me suis assis par terre, torturant le fil du téléphone.

— Tu te souviens de ce que tu m'as raconté dans ce message ?

Il m'a répondu oui.

— Tu m'as raconté quoi, papa ?

Silence. Il frottait le combiné près de sa bouche.

— Sur *Lili Marleen* ?

— Oui, sur *Lili Marleen* et sur tout le reste. Ça veut dire quoi ?

Il devait regarder ma mère, retournée dans sa cuisine. Il a baissé la voix.

— Je t'expliquerai un jour, pas maintenant.

— Si, maintenant.

Ce même froissement dans l'oreille.

— Non, c'est trop long.

J'ai soupiré.

— Et puis ce sont des choses qui se disent en face.

Je devais venir à Lyon, pour un reportage sur des émeutes dans la banlieue sud. Le plateau des Minguettes s'était soulevé contre des descentes de police répétées. J'avais un rendez-vous avec le curé qui soutenait les jeunes du quartier. Si mon père le voulait, nous pourrions nous rencontrer à ce moment-là.

— Mais pas à la maison. Pas avec ta mère.

D'accord. Pas à la maison. Pas avec ma mère. Il m'a dit que ce serait une conversation d'hommes, qui ne regardait que moi. Je lui ai demandé s'il était suffisamment solide pour sortir. Il m'a répondu oui.

On trouverait un café discret près de chez eux. J'allais raccrocher. J'ai eu un doute :

— On parle bien de ce que tu m'as dit dans ton message, c'est ça ?

Silence.

— C'est ça.

— Tes camarades, l'Ukraine, Berlin… C'est bien ça ?

— Oui, je te parlerai de tout ça.

J'ai eu peur qu'il me mente encore. Qu'il s'invente une vie en plus. Un autre Zuydcoote pour enfant. Mais il y avait dans sa voix quelque chose que je ne lui connaissais pas. Dans sa respiration, une lassitude particulière. Un souffle d'inquiétude et de délivrance. Alors je lui ai donné une dernière chance de me dire vrai.

3

Je l'ai observé de la rue, à travers la vitrine. Je l'ai trouvé fatigué, le visage gris et les yeux presque éteints. Mais lorsque je suis entré dans le café, il a repris vie, comme une marionnette dont on tire les fils. Il s'est levé de la banquette et m'a embrassé par-dessus sa bière.

— Tu as vu le curé des Minguettes ?

Je l'avais vu, oui.

— Il ferait mieux de rester dans son église, celui-là !

En un regard agacé, un geste impatient et quelques mots grincés, mon père revenait à lui.

— Ton journal de gauche est d'accord avec les émeutes, j'imagine ?

Il m'observait par-dessus son verre. J'ai levé la main vers le bar.

— S'il vous plaît, la même chose.

Il m'a interrogé d'un geste du menton.

— Hein ? Toi aussi tu es pour les casseurs ?

La bière était fraîche. J'ai pris le temps de la première gorgée. Celle qui calme, qui remet le cœur à l'heure. Je me suis penché.

— On ne va pas s'engueuler, non ?

Il a regardé autour de lui. Deux vieux Arabes buvaient un café avec leur verre d'eau.

— C'est pas des Lyonnais, ceux-là.

Il a parlé bas. Tout ça, c'était à cause de la guerre d'Algérie et de Mai 68.

— Je m'en fous, papa.

Il a eu un geste d'impatience.

— Moi pas.

Tous les deux dans nos bières, mon regard au bord du sien.

— Tu avais quelque chose à me dire.

Il a levé la main, commandé un autre demi. Puis il s'est adossé à la banquette. Il m'a regardé en silence. Il a refermé *Le Progrès* ouvert devant lui.

— Pépé t'avait dit vrai.

Coup de poing.

Je n'ai pas répondu. Il a plié son journal. Il regardait la trace mouillée du verre sur le bois.

— Qu'est-ce qu'il m'avait dit, pépé ?

Ma voix était montée dans les aigus. Je ne l'avais pas contrôlée. L'émotion. J'ai raclé ma gorge, main devant la bouche.

— Il m'avait dit quoi, pépé ?

Mon père a haussé les épaules.

— Mais tu sais bien. Les trucs sur la guerre, là. Toutes ces conneries.

Je tenais mon verre glacé à deux mains. J'ai eu froid. J'ai menti.

— Je ne me souviens pas.

Il s'est rapproché.

— Tu ne te souviens pas ? Il t'avait dit qu'il m'avait vu habillé en Allemand place Bellecour pendant la guerre, et qu'il avait eu honte de moi.

J'ai été sidéré.

Il a jeté un regard sur nos voisins. Une table vide nous séparait.

Ses yeux brillaient.

— Eh bien oui, pépé m'a vu place Bellecour, habillé en Allemand, voilà !

Et puis il s'est calé contre le dossier de la banquette. Il a allongé ses jambes sous la table et soupiré fort. Il a regardé le plafond gras. Il venait de se délester de quelque chose d'immense. Il s'est rapproché, penché par-dessus la table.

— Comprends-moi bien, ce que les gens pensent, je m'en fous. Ce que tu penses, je m'en fous aussi. Ce n'est ni à toi ni à personne de me dire si j'ai fait bien ou mal, tu entends ?

Silence. J'avais peur que sa voix porte.

— Et j'interdis que qui que ce soit, assis dans son canapé, me fasse aujourd'hui la morale. Tu pourras dire que ton père pendant la guerre, il a fait ça. Et qu'il vit très bien avec.

J'ai fini ma bière d'une longue gorgée. Et j'ai levé la main pour une autre. Mon père en voulait une aussi. J'imaginais ma mère à côté, le grondant en secouant la tête. « Ça fait ta deuxième, Jean, tu exagères ! »

Je ne trouvais pas mes mots. Les siens étaient énormes. Trop sonores pour ce café lyonnais, ce rire d'homme au comptoir, ce soir qui arrivait.

Habillé en Allemand.

Il m'observait.

— Tu l'as ta réponse, voilà.

Je n'ai pas osé le regarder en face. Du doigt, je caressais le titre de l'article, en bas de page : « Les Minguettes s'embrasent à nouveau. »

Silence.

— Tu étais dans la milice ?

Une phrase violente. Je l'avais murmurée.

Alors mon père a ri. Il a posé ses mains bien à plat sur la table. Il a levé les yeux au ciel.

— La milice ?

Quelqu'un en face a sursauté. Mon père se croyait dans son salon.

— Ces gangsters ?

Il a baissé la voix.

— J'étais un soldat, bonhomme ! Pas une petite frappe !

Bonhomme, le nom qu'il me donnait depuis l'enfance, parfois, les jours heureux.

De son poing fermé, il a essuyé la trace humide du verre sur la table.

— Tu sais ce qu'on leur faisait aux miliciens lorsque nous étions en permission ?

Son visage contre le mien. Odeur aigre de bière.

— Tu le sais ?

J'ai secoué la tête. Non, je ne savais pas.

— On leur faisait la peau ! On les chopait dans la rue et on les massacrait en leur gueulant de venir se battre en Russie avec nous.

Il a bu en aspirant bruyamment.

— Quand ces ordures voyaient l'écusson FRANCE sur nos manches, je peux te dire qu'ils couraient. Ils allaient pleurer chez Darnand, les pourritures !

La violence de son regard.

— Et quand on chopait un Franc-Garde, les Allemands laissaient faire. Tu te rends compte ? Ils se marraient en regardant ailleurs. Les Boches méprisaient ces minables. On leur faisait bouffer leur carte tricolore et des gens nous applaudissaient sur le trottoir.

La chaleur lui montait au visage. Des plaques rouges striaient son cou.

— Moi dans la milice ? Non mais ça ne va pas ?

À deux mains, de ses doigts ouverts, il a ramené sa crinière grise en arrière.

— Je n'ai jamais touché aux cheveux d'un seul Français, tu m'entends ? Jamais !

J'ai cligné nerveusement les paupières. J'ai pensé aux « yeux aryens ».

— Et les juifs ?

Il a bondi.

— Les juifs ? Mais on s'en foutait, des juifs ! C'était pas notre boulot, les juifs.

Il m'a dévisagé.

— Notre boulot c'était la France, tu comprends ça ?

Mes yeux dans les siens.

— Redonner sa grandeur au pays, ça te parle ?

Mon silence l'affectait.

— Tu croyais quoi ? Que j'avais tué des résistants ?

Pas la force de répondre.

— On avait tué des patriotes, c'est ça que tu croyais ?

Il a reposé son verre vide.

Ma voix sourde :

— « On », tu dis toujours « on ». Mais c'était qui, « on » ? Tu étais avec qui ?

Il a croisé les bras. Son visage avait changé. Ses lèvres disaient la morgue.

— J'ai combattu dans la division Charlemagne.

Je l'ai regardé, bouche ouverte. La division Charlemagne ? Je connaissais un peu. À peine. Deux livres, un documentaire, pas grand-chose. Des jeunes Français qui avaient endossé l'uniforme allemand pour aller combattre l'Union soviétique. Mais qu'est-ce que mon père était venu faire dans cette histoire ? Alors il m'a expliqué. Et je l'ai cru, vraiment. Parce qu'il l'a fait, pour une fois, sans jeu de manche ni effets de voix. Il y avait un grand miroir, à sa droite, contre le mur. Il ne s'est pas regardé dedans une seule fois en me racontant sa guerre.

En août 1942, ce soldat vaincu a choisi le camp de Vichy. Et a endossé l'uniforme pétainiste de la Légion tricolore. Il avait 20 ans.

J'ai sursauté.

— Mais quand j'étais petit, tu m'avais dit que tu avais été résistant ?

Son sourire.

— J'ai eu plusieurs vies et j'ai fait plusieurs guerres, tu comprends ?

Non, depuis mon enfance, je n'avais jamais compris cette phrase.

Il s'est avancé, comme pour me livrer un secret.

— Tu avais entendu parler de la Légion tricolore ?

Une fois, oui. J'avais 10 ans.

*

Papa, te souviens-tu du cadeau que tu m'avais offert pour ma collection de timbres ? J'aimais les animaux, les fleurs et les paysages. Un jour, tu as retrouvé un timbre rouge dans ton armoire et tu me l'as tendu fièrement.

— Celui-ci, il est très rare. Tu dois bien être le seul de ta classe à l'avoir.

C'était une vignette-timbre surtaxée en l'honneur de la Légion tricolore, gravée par Pierre Gandon en 1942. Ce même artiste qui avait offert à l'État milicien une série de timbres en hommage à Philippe Pétain avant de célébrer, en 1945, les combats de la France libre par le timbre « Libération » et dessiner la première vignette « Marianne » de l'après-guerre.

Sous les mots « Postes françaises », il y avait le profil d'un homme rude, béret sur la tête et mâchoires serrées, avec en arrière-plan une charge de grognards d'Empire emmenée par un officier sabre au clair dans une nuée de drapeaux français.

Comme je ne savais pas où le classer, tu m'avais demandé de le coller sur la couverture de mon album.

— Un jour, tu comprendras l'importance de ce timbre, m'avais-tu dit.

Et je venais de la comprendre.

*

— La Légion tricolore, c'était ça.

Mon père a levé la main droite, baissé la voix, froncé les sourcils et fermé les yeux.

— Je jure de continuer de servir la France avec honneur dans la paix, comme je l'ai servie sous les armes…

Je ne bougeais pas.

— Tu te rends compte, quarante-cinq ans après, je me souviens encore du serment.

— Tu étais habillé en Allemand ?

Il a secoué la tête.

— Non, pas nous. C'était toute la différence avec l'autre Légion, celle des Volontaires français contre le bolchevisme. Les gars de la LVF portaient l'uniforme allemand, avec juste un écusson tricolore sur l'épaule. Mais nous, on était des Français qui combattions le communisme sous un uniforme français.

Il a regardé autour de lui. Toujours, il cherchait à savoir si on le remarquait, entre la crainte d'être écouté et l'espoir secret d'être entendu.

— Tiens, tu sais de quelle couleur était le drapeau légionnaire ?

Non, je ne le savais pas. Lui, rayonnait.

— Tricolore, le drapeau ! Français, parfaitement !

De ses bras ouverts, il a dessiné la devise légionnaire par-dessus la table.

— Honneur et Patrie ! Tu appelles ça le mauvais côté, toi ?

Il s'est frappé le torse de la main.

— Pétain l'avait dit : « La Légion détient une part de notre honneur militaire » !

Malgré les bières, j'avais la gorge ensablée.

— Avec la Légion tricolore, c'est un peu comme si la France ressuscitait.

— Mais pépé a dit qu'il t'avait vu habillé en Allemand.

Il a souri.

— Tu vas trop vite, bonhomme ! C'est long une guerre, tu sais.

Il a regardé nos verres tristes.

— Habillé en Allemand, ça a été bien plus tard, quand je suis rentré dans la Charlemagne.

Il a commandé un dernier demi. Raconter sa guerre lui donnait soif.

— C'était quand, la Charlemagne ?

Il a trempé ses lèvres. Ses yeux rouges, ses mains énervées, sa voix forte. J'ai regretté que nous soyons en public.

— En décembre 1942, Hitler a dissous la Légion tricolore. Il ne voulait plus rien de français. Alors j'ai pris ce qu'on me proposait, un poste de manœuvre dans une usine de sous-marins en Allemagne. Mais je me suis fait chier.

Du regard, il a balayé nos voisins de table. Et il a baissé la voix.

— Je n'avais rien à faire sur une chaîne. J'étais un soldat, pas un ouvrier. Alors j'ai rejoint la 33e division de grenadiers de la Waffen-SS.

J'étais pétrifié.

— Tu étais avec les SS ?

Il a haussé les épaules.

— Évidemment ! La Charlemagne c'était la SS, tu croyais quoi ?

Il m'a observé. Je respirais à petits traits. J'avais pris mon poignet entre mon pouce et mon index. J'écoutais mon cœur affolé. Il a levé le doigt.

— Mais attention hein ! Pas des SS comme ceux que tu vois dans les films, ceux qui torturaient des résistants, tout ça ! Nous les Français on n'a jamais touché aux Français. C'était pas notre boulot, les Français. Nous, c'était flinguer Staline et rien d'autre !

Mon père était ivre. Ses mots bégayaient. Il dérapait ses phrases. Sa voix était devenue celle d'un fâcheux de comptoir à l'heure de la fermeture.

— Tu as tué des Fridolins comme Belmondo ?

Ma voix d'enfance.

— Tu as tué des Russes ?

Il a ouvert les bras.

— C'était eux ou moi.

J'ai répété ma question.

— En Poméranie, oui.

— Dans ton message, tu parlais de la Russie et de l'Ukraine.

Il a paru chercher. Il a agité une vague main. J'ai répété sa phrase.

— Des gars à nous sont tombés un peu partout.

« Mes camarades. Je les revois tous… »

Il se refermait.

— Tu as parlé de Berlin, aussi.

« Dans les derniers jours de Berlin. C'était terrible… »

— Oui, terrible.

Il voyait autre chose que notre table. Il était parti ailleurs. J'étais en train de le perdre.

— Tu as fait la bataille de Berlin, papa ?

— Avec le bataillon Charlemagne, oui. Le métro. Le dernier carré.

Il s'est calé sur la banquette, tête en arrière et les yeux fermés.

— On a défendu le bunker d'Hitler jusqu'au 2 mai 1945.

Il était fatigué. Ce n'était pas seulement la bière. L'hôpital l'avait marqué.

— Quand on a décroché, le Führer était mort depuis deux jours.

Il a prononcé le mot Führer avec respect.

J'étais stupéfait. Je ne respirais plus. Ses aveux puaient le rance, la bière et les ruines. Je me suis levé. J'ai enfilé mon blouson. Il s'est redressé. Il a peiné avec sa manche de manteau. Je l'ai aidé. Et nous sommes sortis dans la rue.

— Tu as été capturé par les Russes ?

Il regardait le ciel d'orage.

— Certains se sont rendus, pas moi. Avec quelques hommes, on a marché pendant trois nuits vers l'ouest, jusqu'aux faubourgs de Wismar. Et lorsque nous sommes arrivés aux avant-postes britanniques, la plupart des gars ont levé les bras. Même notre *Hauptsturmführer* s'est rendu aux Anglais.

Il est revenu vers moi.

— Et tu sais quoi ? Les Rosbifs l'ont refilé à leurs copains russes ! C'était bien la peine…

— Et toi ?

Il a eu un geste vague. Et puis il a cligné de l'œil.

— J'étais pas con, moi. J'ai abandonné tout le monde aux portes de la ville. J'ai décousu l'écusson tricolore de ma manche et je suis allé vers le sud.

Il m'entraînait vers les quais de Saône.

— Et puis le soir, je me suis endormi au bord d'un lac. J'avais bricolé une couverture en feuillage et avec le brouillard, hop ! invisible.

Il m'a regardé.

— Mais tu sais quoi ?

Non.

— J'ai été réveillé par des chiens qui aboyaient. C'étaient les paras anglais.

Il attendait quelque chose de moi. J'ai feint la surprise.

— Alors qu'est-ce que tu as fait ?

Il a ri.

— Très bonne question !

Il s'est arrêté sur le trottoir.

— J'avais le choix entre les Tommies ou le grand bain.

Il ménageait son effet.

— Et donc ?

— J'ai rampé jusqu'à la rive et j'ai plongé.

Il m'a regardé.

— Ça a de la gueule, non ?

Les phares des voitures éclairaient son regard. Il ne quittait pas le mien.

— D'abord j'ai paniqué, tu vois ? Parce qu'un lac, c'est pas rien !

Il a ouvert grands ses bras pour en montrer la largeur.

— Il avait plu, j'étais couvert de boue, j'avais une besace. Tu vois ?

Oui, je voyais.

— Mais les aboiements et les coups de sifflet, ça te pousse au cul.

— Et puis ?

— Et puis ils m'ont repéré.

Il a marqué un temps d'arrêt.

— J'avais leurs torches dans la gueule !

Il a joint les mains, comme au bord d'une piscine. Il s'est répété.

— Alors ni une ni deux, j'ai plongé. Le brouillard était tellement épais qu'on ne voyait pas l'eau. Et ces salauds me tiraient dessus à l'aveuglette.

— Tu n'as pas eu peur ?

— Pas le temps, non. Quand ta peau est en jeu, tu fonces.

Il a souri.

— Quand j'ai sauté je me suis dit : t'inquiète pas, bonhomme, tu vas y arriver !

Il m'observait.

— Je me suis encouragé à voix haute, comme si on était deux. Tu comprends ?

J'ai hoché la tête. Il a ri de ma surprise. J'étais bouleversé. Je venais de comprendre d'où venait mon sobriquet. Il m'avait offert le nom secret qu'il utilisait pour se parler à lui-même.

— Alors j'ai su que j'allais y arriver.

Il s'est redressé. Il était fier.

— Et tu y es arrivé.

Debout au milieu du trottoir, il a imité un crawl avec les bras.

— Bien sûr, oui, bonhomme ! J'ai nagé des heures. J'ai traversé le lac.

Les poings sur les hanches.

— Tu te rends compte ? Ton père qui traverse un lac sous les balles en pleine nuit ?

Avec les lampes des soldats qui fouillaient les roseaux, un projecteur blanc qui interrogeait la surface et les chiens qui hurlaient, je me rendais compte, oui.

— C'est héroïque ça, non ?

C'était surtout désespéré.

— Avant de me mettre au sec, j'ai passé une journée couché dans la vase.

Il m'a regardé.

— Tu vois le truc ? Trempé, couvert de boue ? Tu vois ?

Je voyais, oui.

Il a mis les mains dans ses poches. Il a repris sa marche. Et puis comme pour lui-même :

— Putain. J'ai traversé un lac !

Nous avons longé la Saône.
— Et après ?
Il a haussé les épaules.
— Après, je me suis caché dans une ferme. Des braves gens m'ont donné des vêtements civils, des chaussures et aussi une carte de travailleur agricole.
— Pour faire quoi ?
— Pour rejoindre les libérés du STO.
Il avait relevé le col de sa veste.
— J'ai su plus tard que ce lac s'appelait Tressower.
— Tu y es retourné après la guerre ?
— Je n'ai pas pu, non. Il était passé à la RDA.
Il a souri.
— Et puis la Saône me suffit bien.

*

Le fleuve avait la couleur du plomb. Depuis des années, mon père et la Saône partageaient un secret. Plus bas sur ce quai, il venait s'isoler, respirer, se cacher de la ville. Ou simplement se reposer de nous. Jamais il ne nous en avait parlé. Je l'avais surpris un soir de sortie scolaire, il pleuvait. Nous revenions du musée avec ma classe, un hiver à la nuit tombée. J'ai vu mon père assis au bord de l'eau, en plein vent, qui caressait la surface ballottée avec une lampe de poche. Cette image empestait la tristesse et la solitude. Il m'a vu, de loin. Un signe de la main. Et le soir, il m'a expliqué.
— C'est le seul endroit de Lyon où l'on n'entend rien.

Il mangeait comme à son habitude, bouche ouverte en faisant du bruit.

— Ni les voitures ni les connards, rien.

Il a levé sa fourchette.

— Alors quand je suis fatigué de tout ça, je m'assieds sur ces marches.

Il m'a regardé.

— Et tu sais quoi ?

J'ai secoué la tête.

— Quand la nuit tombe, j'ai l'impression d'être au bord d'un lac.

Il a pris son verre d'eau dans la main, l'a levé à hauteur de ses yeux. Il ne m'observait plus. Souvent, mon père partait ailleurs. Son regard se dérobait, ses gestes étaient plus lents.

— Et puis là-bas, personne ne vient me faire chier.

Il est revenu à moi. Il a souri.

— Un soir, un type est venu avec son chien. Je me suis dit : si tu le laisses passer, ça va devenir une habitude.

Ma mère était à la cuisine. Il a baissé la voix.

— Tu sais ce que j'ai fait ?

Je ne savais pas.

— Je me suis levé, la main dans ma gabardine, comme si j'avais un flingue.

Je ne disais rien. « Tu connais ton père, tu n'as qu'à le laisser raconter », disait souvent ma mère.

Alors il a raconté. Ce soir-là, il s'était inventé policier. Lui et ses collègues enquêtaient sur un tueur de chiens qui écumait les quais. Saône, Rhône, il frappait partout dans la ville. Le promeneur n'en avait pas entendu parler.

— Mais si, il y a eu un grand article dans *Le Progrès* !

Mon père lui a demandé s'il avait remarqué quelque chose, un individu suspect, un détail qui l'aurait alerté. L'autre a répondu non à tout. Il était pâle. Il repartait avec une mission : passer le mot à tous ceux qui avaient un chien. Il a promis, et puis il est remonté vers la rue par les premiers escaliers.

— Je n'ai jamais revu ce type.

Mon père a ri, claquant son verre sur la table comme un domino.

Il s'asseyait toujours au même endroit du quai. Pas sur un banc, ni dans les mauvaises herbes, mais sur les marches de pierre qui mènent à l'eau. Très droit, le regard caressant les remous et la main agrippant un anneau d'amarrage scellé dans le pavé du quai.

Et aujourd'hui, je venais de comprendre. Tout à l'heure, me racontant sa fuite, l'agitation des parachutistes anglais, son plongeon dans l'eau glacée, c'est le fleuve qu'il observait du trottoir. Ce n'était pas sur un quai de Lyon que mon père venait rêver ses journées, mais sur les rives d'un lac de Poméranie. Son refuge lyonnais était un souvenir de guerre. Une surface noire, huileuse, brillante des reflets de lune, balayée par le faisceau des lampes, hachée par les balles, malmenée par la progression des chiens de soldats. Cette nuit où il s'était dit de ne pas s'inquiéter. Où il s'était juré qu'il le ferait. Qu'il traverserait ce lac.

Qu'il rejoindrait l'autre rive. Qu'il échapperait à ses poursuivants.

La Saône avait une odeur de vase. Malgré la douceur de mai, tu as frissonné.

— Tu restes ici jusqu'à quand ?

Trois jours. Peut-être plus.

Je voulais qu'il finisse son histoire.

— Et après ? Après le lac, qu'est-ce que tu as fait ?

Notre conversation l'avait fatigué.

— Après le lac je me suis mélangé aux autres. Les libérés des Stalag, des Oflag, du travail obligatoire, les toquards, quoi ! Ni vu ni connu. Et quand j'étais arrêté aux check-points, je racontais la même histoire que les autres. Pendant la guerre ? J'avais sarclé la pomme de terre, biné la betterave, épandu le fumier, ramassé du chiendent dans les champs, soigné des cochons, rentré du charbon et fermé ma gueule. Dans quel village ? Un nom boche. J'avais jamais pu le prononcer. Mais la fermière s'appelait Ursula et son mari était mort à la guerre. Alors forcément, elle manquait d'hommes.

Pour la première fois, il a ri.

— Et tu sais quoi ? Je disais ça en clignant de l'œil au soldat qui me posait des questions et on se marrait comme deux copains de chambrée.

Je l'ai regardé.

— Et en fait, il laissait filer un SS ?

Mon père a enlevé les mains de ses poches.

— Heureusement qu'ils n'étaient pas malins, autrement tu ne serais pas là, bonhomme !

*

J'avais pris un hôtel près de Bellecour.

— Mon père a été SS.

Il m'a fallu une nuit pour cuver cette phrase et tout le vin qui allait avec. Que je la répète dans ma tête en marchant dans le vieux Lyon, chassé de bar en bar par le torchon mouillé du patron sur le zinc. Puis que je la dise à voix haute, sa violence dans la nuit.

— Mon père a été SS.

J'ai revu mon père, celui de mon enfance, son ombre menaçante qui n'avait jamais eu pour moi d'autres mains que ses poings. Depuis toujours mon père me frappait. Il avait soumis son enfant comme on dresse un chien. Lorsqu'il me battait, il hurlait en allemand, comme s'il ne voulait pas mêler notre langue à ça. Il frappait bouche tordue, en hurlant des mots de soldat. Quand mon père me battait, il n'était plus mon père, mais un Minotaure prisonnier de cauchemars que j'ignorais. Il était celui qui humiliait. Celui qui savait tout, qui avait tout vécu, qui avait fait cette guerre mais aussi toutes les autres. Qui racontait l'Indochine, l'Algérie. Qui se moquait de ceux qui n'étaient pas lui. Qui les cassait par ces mêmes mots :

— Je suis bien placé pour le savoir !

Mais cette fois, je le croyais. Je revoyais mon grand-père penché sur sa cuisinière. Il avait vu mon père habillé en soldat ennemi. Sa confidence était la preuve que tout était vrai.

Mon père avait été SS. J'ai compris ce qu'était un enfant de salaud. Fils d'assassin. Et pourtant, face à lui, je suis resté silencieux. Je ne lui ai rien opposé. Pas un mot. Et c'était terrible. Longtemps, je l'avais imaginé portant le béret de la milice française et voilà que le casque allemand me paraissait plus léger. Du criminel de droit commun, qui avait profité de la guerre et terrifié les plus faibles, il était passé au soldat perdu qui avait chèrement défendu ses idées. Ce n'était pas un voyou qui avait pourchassé les juifs en France. Il ne les avait ni volés ni maltraités. Il n'avait pas été un Lacombe Lucien, bandit gestapiste arrêtant des malheureux à la Croix-Rousse en aboyant « Police allemande » avec l'accent lyonnais. Il n'avait pas été leur chien de meute. Il n'avait pas traqué des partisans, pas arrêté des patriotes, pas torturé des braves. J'en avais presque été soulagé.

Mon père m'avait piégé. Donné le choix entre milice et SS, entre deux monstres. Les crapules qui avaient assassiné dans notre pays et les tueurs qui avaient lynché partout ailleurs. Son regard hypnotique, ses mots anesthésiants. Comme il avait réussi à duper les barrages alliés en racontant son histoire de fermière esseulée, il venait une fois encore de berner son fils. Mon silence, à sa table, avait fait de moi son complice.

En quelques heures et quelques bières, il avait réussi un autre de ses tours. Faire passer un salaud pour un héros. Un homme qui avait choisi « l'autre côté », comme disait son père, mais qui y avait risqué sa peau. Mon grand-père aussi était anticommuniste, et c'est là, sur ce trottoir et des années après, que je me suis souvenu de leurs engueulades, lorsque père et fils se voyaient encore.

— Tu critiques Moscou de ta cuisine, c'est tout ce que tu sais faire ! lui disait mon père.

L'autre ne répondait pas. Il n'avait jamais osé l'affronter.

— Tandis que moi, je me suis vraiment battu contre les Rouges !

Je n'avais rien compris à leurs cris. Ce jour-là, ma marraine m'avait offert deux pastilles Vichy. Parce que j'avais peur. Et lorsque j'ai demandé à ma mère qui étaient les « Rouges » que son mari avait combattus, elle m'a répondu :

— Encore un truc à ton père.

Alors oui, à sa table, je n'avais entendu que cela : il n'avait pas fait de mal à un Français.

Des images de Russie, de Pologne et d'Ukraine me déchiraient la tête. Les *Einsatzgruppen*, la Shoah par balles, le massacre de Babi Yar, cette photo de femme protégeant son enfant et fusillée dans le dos, ces vieillards agenouillés en bord de fosse avant d'être abattus d'une balle dans la nuque, ces processions de miséreux qui marchaient vers la mort. Rejoignant mon hôtel, j'ai juré de le rappeler. Pour qu'il avoue ce qu'il avait commis sous l'uniforme allemand. Les crimes des SS étaient dans les livres noirs, mais lui, ce gamin de 20 ans né dans un village de la Loire, qu'avait-il fait ?

Mon père avait été SS. Je me suis endormi au vacarme de cette atrocité. Au réveil, j'ai eu honte d'avoir été soulagé par ses aveux. Il n'avait pas fait de mal à la France, et alors ? Peut-être avait-il tué partout ailleurs. J'ai voulu lui téléphoner le matin même. Le lendemain encore. Le jour d'après. Et puis non. Je suis rentré à Paris avec ce sac de pierres sur les épaules. Je ne pouvais plus rien entendre de lui.

Mon père avait été SS.

À 31 ans, je repartais dans la vie avec cette honte et ce fardeau.

*

Les jours suivants, j'ai voulu tout savoir. Je n'en pouvais plus d'imaginer son uniforme camouflé, les runes de la SS sur son col, l'écusson FRANCE sur sa manche gauche. Je suis allé à la bibliothèque, chercher des textes et des photos. Dans le catalogue, j'ai retrouvé les deux seuls livres que mon père possédait, rangés dans la vitrine du meuble de télévision.

Le premier était un chant d'amour que l'écrivain Jean Mabire adressait à la division Charlemagne et aux SS, « fils des vieux guerriers germaniques surgis des glaces et des forêts ». Une réhabilitation du nazisme. J'ai reconnu le dessin sur la couverture. Le calot, la tête de mort, le regard sombre. « Les combats des SS français en Poméranie. »

J'ai revu mon père.

— Tu as tué des Russes ?

— En Poméranie, oui.

Alors je l'ai cherché à chaque page. J'imaginais sa tête de tout jeune homme sous un casque trop lourd. Je n'ai pas lu le livre comme un document, mais comme le roman qu'il était. Il y avait trop de mots pour célébrer les morts. Trop de lyrisme. Trop de boursouflures. Pas assez de silence. L'auteur entraînait son lecteur dans la grandeur de la défaite. J'ai imaginé mon père lisant ces lignes, les larmes aux yeux.

Le deuxième ouvrage, *Mourir à Berlin*, avait été écrit par le même auteur. Il y racontait « les derniers SS français défenseurs du bunker d'Adolf Hitler ». Dans le premier, comme dans le second, j'ai retrouvé des passages entiers de l'aventure paternelle. Une fois encore, sans la confidence de mon grand-père, j'aurais pu croire que tout cela était une autre de ses lubies. L'un des mensonges comme il m'en avait tant et tant raconté. Mais non. Cette fois, mon père disait vrai, je le sentais. Il n'avait pas puisé sa vie dans ces livres. Au contraire, ces livres nous la faisaient partager. Et puis quoi ? Raconter à son fils que l'on est agent secret, pilote de chasse ou conseiller secret du général de Gaulle, est une chose. C'est une fable qui flatte celui qui parle et éblouit celui qui écoute. Mais SS ? Qui peut se féliciter d'avoir trahi son pays, puis rejoint le pire de ses ennemis pour tuer des hommes et des femmes qui combattaient pour leur terre ? Quelle gloire retirer de cette infamie ? Pourquoi après toutes ces années, alors que le nazisme a été vaincu, jugé, condamné, et qu'il est devenu synonyme de barbarie, pourquoi révéler qu'on a soi-même pris part au forfait ? Non, c'était absurde. Sans mon grand-père, mon père n'aurait rien admis. S'il ne s'était pas cru en train de mourir, ce 21 mars 1983, jamais il n'aurait voulu soulager sa conscience.

Un jour, il m'avait demandé d'emporter ces livres avec moi à Paris et de les lire, parce que leurs pages disaient « une vérité que tout le monde nous cache ». C'était en 1975, j'étais déjà journaliste. J'ai refusé.

— Ne chercher ni à savoir ni à comprendre, un réflexe de gauche typique, avait-il répondu.

Mais rien de plus. Seulement un père courroucé par son fils de 23 ans.

— Tu sais pourquoi je t'aime bien quand même ?

Je me suis attendu au pire.

— Parce que tu as des convictions et que tu te bats pour elles. Extrême droite ou extrême gauche, c'est pareil. Ce sont des gars qui mettent leur peau au bout de leurs idées.

Je lui connaissais ce regard. Il disait qu'il était bien placé pour le savoir.

— Souviens-toi toujours que la guerre en France, c'était 1 % de collabos, 1 % de résistants et 98 % de pêcheurs à la ligne. Toi, je t'aime bien parce que tu n'es pas un pêcheur à la ligne.

Le pire des compliments.

*

Pour en savoir davantage sur la Charlemagne, j'ai rappelé mon père trois fois.

J'essayais de refermer le grand livre de sa guerre.

Combien de SS français vivaient encore ? Il ne savait pas. Il existait un cercle d'anciens engagés volontaires sur le front de l'Est, mais cela ne l'intéressait pas. Ses copains étaient morts. Il n'avait que faire des vivants.

Une autre fois, je lui ai demandé pourquoi il n'avait pas son groupe sanguin tatoué près de l'aisselle gauche, comme tous les SS.

Silence.

— Tu fais une enquête sur moi ou quoi ?

Non, bien sûr. J'avais lu cela dans une revue d'histoire. Et je ne me souvenais pas que le corps de mon père ait été marqué. À part de vilaines cicatrices qui lui lacéraient le torse et le dos.

— Dans ta revue, ils n'ont peut-être pas dit que ça s'appelait le *Blutgruppentätowierung* et que pas mal de gars de la Légion tricolore versés dans la Charlemagne n'avaient pas été tatoués. Tu es bluffé, hein ? C'est comme ça. Mais tu sais, je l'ai pas regretté ce tatouage !

Il a ri.

Je lui ai enfin posé la question de son dos lacéré.

— Trois combats au corps à corps à la baïonnette et à la grenade.

Je suis resté muet.

— Tu entends, bonhomme ? Pas un, trois ! On peut dire que ton père a eu de la chance.

Ma respiration difficile dans le combiné.

— J'ai même reçu une médaille de bronze, pour ça. L'agrafe de combat rapproché. Je la portais dans les combats de Berlin.

— Tu l'as gardée ?

Il a ri.

— Je l'ai balancée avec mon écusson FRANCE, mon uniforme, toutes ces saloperies.

Un temps.

— Tu sais, j'ai bien hésité à la planquer au fond d'une poche, mais c'était trop dangereux.

Son rire, une fois encore. Et puis le temps qu'il faut pour une gorgée de bière.

— C'est con, je te l'aurais bien donnée. Tu aurais pu la montrer à tes copains gauchistes.

4

Lorsque ma marraine est morte à son tour, mes parents n'ont rien gardé d'elle. Ils ont jeté sa vie dans une benne de déchetterie. Les meubles, quelques pauvres bibelots, ses modestes vêtements et le costume de mariage de son mari. Elle l'avait gardé dans la penderie, serré contre sa robe blanche. Comme mes parents, mes grands-parents étaient locataires. Cette famille n'avait jamais eu de patrimoine. Ma mère s'est chargée de vider leur deux-pièces minuscule. Plus tard, elle m'a téléphoné. Elle avait retrouvé une boîte en fer, grande comme un sac à chapeau, décorée d'edelweiss, de marmottes et de chamois des Alpes. C'est là que ma marraine rangeait mes cartes postales, mes lettres, mes articles aussi, depuis 1973.

— Il y en a des centaines, ça me fait mal au cœur de tout jeter, a dit ma mère.

Je lui ai répondu qu'on verrait ça plus tard.

Sur le couvercle, il y avait une étiquette collée avec mon prénom. Ma mère ne voulait pas que mon père fouille ce qui était à moi. Et surtout, qu'il apprenne que j'avais continué à écrire à ma marraine pendant tout ce temps. À lui envoyer des baisers de Moscou ou des pensées de Beyrouth. Alors elle a rangé la boîte au-dessus d'une armoire, dans le bureau où elle a travaillé toute sa vie comme secrétaire. Elle l'a cachée à mon père plusieurs années, puis oubliée, avant que je ne l'ouvre.

Je l'ai fait avec précaution. Et j'ai pioché. Des images de moi, d'abord. La photo d'un garçonnet en short bouffant clignant les yeux sous le soleil. Une autre, adolescent serré dans un pull jacquard sans manches, avec une mèche gominée en accroche-cœur ridicule. Une photo noir et blanc de mon grand-père aussi, déjeunant avec les copains de sa compagnie d'assurance, tous en veste, gilet et chapeau, avec une bouteille de vin devant chaque convive.

Et puis mes articles par dizaines. Des procès, des reportages. Et aussi mes dessins de presse, publiés par le journal à ses débuts, avant que les illustrateurs professionnels ne s'y invitent. Je n'ai pas fouillé plus loin. Tout ce temps passé, le remords me tordait le ventre. J'ai imaginé ma marraine assise dans son salon minuscule, découpant mes mots de journal puis notant avec soin leur date de parution dans la marge. Et moi qui ne venais pas la voir. Qui me contentais de lui écrire des cartes lointaines, plus par vanité de grand voyageur que pour lui donner des nouvelles, à elle qui n'avait jamais quitté Lyon.

Chaque carte postale était associée à un reportage. Un trombone rattachait mes articles sur les massacres des Palestiniens de Sabra et Chatila, à une vue de la place des Martyrs, que je lui avais envoyée de Beyrouth. Une enquête sur l'Armée républicaine irlandaise était épinglée à une carte de bonne année, postée de Belfast.

Ces traces de vie, pieusement conservées, étaient pour moi comme un chagrin. Un reproche silencieux, aussi. Alors j'ai rangé la boîte en bas de ma penderie. Et j'ai attendu.

J'ai attendu jusqu'en mars 1987, lorsque j'ai appris que le journal m'avait choisi pour suivre le procès du nazi Klaus Barbie, devant la cour d'assises de Lyon. J'ai été pétrifié par l'importance de l'événement. Ce serait le premier procès intenté par la justice française pour crime contre l'Humanité. Et ce serait un vrai procès. Un procès digne. Un procès équitable. Pas comme les mascarades de l'épuration, les comédies expéditives, les condamnations pour l'Histoire plus que pour la Justice. Le temps du « pour un œil les deux yeux, pour une dent toute la gueule », s'était éteint. La France allait juger l'un de ses bourreaux. Le mettre face à ses victimes. C'était considérable. Et douloureux pour moi. Je me suis demandé si un fils de traître avait le droit de témoigner des voix les plus immenses de notre temps.

Et j'ai repensé à la boîte aux souvenirs. J'ai imaginé ma marraine encore en vie, tout heureuse que je revienne à Lyon le temps d'un reportage. Et qui n'aurait pas besoin d'une carte postale de la place des Terreaux pour accompagner les articles qui racontaient sa ville.

Un samedi matin, j'ai soulevé le couvercle.

*

La vérité m'attendait là depuis des années, dissimulée par les chamois et les edelweiss, recouverte par des articles jaunis et des photos écornées. Deux papiers en lambeaux d'avoir été pliés et dépliés à l'infini, protégés dans une longue enveloppe de papier kraft. Le casier judiciaire de mon père et son billet de sortie de prison.

Mon père avait été emprisonné.

J'ai posé les feuilles sur mon bureau et je suis allé à la fenêtre sans les lire. Il pleuvait. Je n'avais rien à boire. J'ai enfilé mon blouson, j'ai mis ma casquette irlandaise et je suis sorti. Les escaliers, le trottoir, la rue. Dans quelques semaines, j'irais à Izieu pour faire un reportage sur les enfants déportés par Klaus Barbie. Je redoutais l'instant où je sonnerais à la porte de la Maison. J'étais hanté par l'idée de profanation. Et voilà que ce matin de mars ma marraine m'offrait d'autres pièces du puzzle. J'ai acheté une bouteille de vin blanc, n'importe lequel, le frais, celui en vente à côté de la caisse. Je ne suis pas rentré directement. Au lieu de traverser la rue, j'ai contourné mon immeuble. J'avais peur. Peur de ce que ces deux feuilles oubliées allaient m'apprendre. Ce n'était ni l'immense phrase de mon grand-père attisant le feu, ni les longs discours de mon père au regard perdu. Cette fois, c'était de l'encre officielle sur du papier autorisé. Des signatures certifiées. Des tampons authentiques. La réalité des documents administratifs. Celle des juges et des tribunaux. Il faisait froid. Le verre givré de la bouteille, la pluie gelée sur mon visage. Je me suis assis à table. J'avais gardé ma casquette et mon blouson. Je n'avais même pas ouvert le vin.

Le bulletin n° 3 du casier judiciaire venait de la cour d'appel de Lyon et du tribunal de première instance de Montbrison. « Le nommé… » Mon père. Ses prénoms, les noms de mes grands-parents, sa date et son lieu de naissance. En dessous, un tableau.

« Date des condamnations. Cours ou tribunaux. Nature des crimes ou délits. Date précise des crimes ou délits. Nature et durée des peines. »

J'ai débouché la bouteille. Le goulot choquait le verre, ma main sursautait. Un tic nerveux dans la saignée du bras. Le 18 août 1945, mon père avait été condamné par la Cour de justice de Lille à un an de prison et cinq ans de dégradation nationale pour des « actes nuisibles à la défense nationale », commis en 1942. J'ai bu mon verre d'un trait. Le billet de sortie, délivré par le département du Nord, indiquait qu'il avait été écroué à la « Maison cellulaire de Loos » le 20 décembre 1944 et libéré le 13 février 1946 de la citadelle de Lille. « L'intéressé n'a perçu aucun titre d'alimentation à sa libération », précisait le laissez-passer, seulement la somme de 19,30 francs. Le billet était signé par le surveillant-chef de Loos.

Pourquoi Loos ? Pourquoi Lille ? Je comprenais l'accusation d'« actes nuisibles à la défense nationale », mon père m'avait assez parlé de son engagement, mais jamais il n'avait évoqué la prison. Et brusquement, j'ai claqué des dents. Tout le froid du dehors venait d'entrer. Il s'était engouffré dans mon dos, dans mon ventre. Dix fois, j'ai relu les dates écrites à la main. Une belle écriture, calligraphiée, avec des fioritures trop élégantes pour ce que ces mots avaient à me dire.

Écroué le 20 décembre 1944, jugé le 18 août 1945, libéré le 13 février 1946.

Mon père, face à moi, son fils et sa bière. Moi qui l'observais en respirant à peine, lui qui terminait son dernier verre, tête en arrière et les yeux fermés. Lui qui bravait le monde entier.

— On a défendu le bunker d'Hitler jusqu'au 2 mai 1945.

Tu m'as menti, une fois de plus. Pendant que tes camarades de roman mouraient sur les plaines de Russie et d'Ukraine, tu étais emprisonné dans le nord de ton propre pays. Comme des centaines de malfrats français. Je ne tenais plus sur la chaise. Je me suis allongé sur le parquet, bras en paravent sur les yeux. J'étais épuisé. Je me suis demandé s'il était possible de dormir tout un an, de me réveiller seulement lorsque mon corps et ma tête auraient encaissé ces nouveaux coups. J'étais à la fois soulagé et effondré.

Soulagé parce que jamais tu n'avais porté les runes de la SS sur ton col. Effondré parce que, même sur ton lit de mort, tu m'avais encore trahi.

Jamais tu n'avais ouvert le ventre d'un partisan russe avec une baïonnette. Jamais non plus tu n'avais été décoré par personne. Lorsque j'étais enfant, tu portais parfois un ruban rouge à la boutonnière. Tu te souviens ? Tu le dissimulais en levant ton col de veste lorsque nous croisions un policier. Pour ne pas qu'il soit jaloux, tu disais. Tu te souviens du macaron bleu GRAND INVALIDE DE GUERRE, que tu plaçais sur le pare-brise de ta voiture ? Et qui t'obligeait à boiter lorsque quelqu'un te regardait d'un œil soupçonneux ?

— Ils sont cons les gens, hein ? me disais-tu, en rigolant de ceux que tu avais bernés.

Tu n'avais pas eu la Légion d'honneur des mains de la France, ni obtenu l'agrafe de combat rapproché de celles de l'Allemagne nazie. Tu n'avais pas été le résistant que tu racontais. Pas non plus le chevalier teuton.

Mais alors quoi, papa ?

Et qui, pour être condamné par une cour de l'épuration ?

Le lendemain, sans t'en informer, j'ai écrit au tribunal de Lille, au ministère de la Justice, même à ta mairie de naissance. Et c'est la juridiction du Nord qui m'a répondu. Ton dossier pénal était entre les mains des Archives départementales. Mais une loi de 1979 avait fixé à cent ans, à partir de la date des documents, le délai pour qu'il puisse être ouvert à tous.

*

En visitant la Maison d'Izieu, j'en étais là.

Mon père était un renégat mais je ne savais rien de sa trahison. Cent ans ? J'avais 34 ans. Et il me faudrait attendre l'âge de 92 ans pour savoir quelle avait vraiment été ta guerre. J'ai été terrassé par la nouvelle.

Je me suis assis contre le talus. J'ai observé la colline, les murets de rocaille, les premiers arbres de la forêt. J'ai regardé la montagne. Et j'ai regretté que tu ne sois pas là. Quand même et malgré tout. Pour que les petits fantômes d'Izieu te tourmentent de leurs peurs, de leurs pleurs. Que leur mémoire douloureuse t'oblige à regarder ton enfant en face.

Et à lui dire enfin toute la vérité.

5

Samedi 2 mai 1987

Mon père m'a appelé.

— Tu crois que je pourrais assister au procès Barbie ?

Ce n'était pas une question. Son fils était journaliste, de gauche, débrouillard, tout le contraire d'un pêcheur à la ligne. Faire entrer son père dans la salle d'audience ne devrait pas poser de problème. J'ai été stupéfait. Assister au procès, mais pourquoi ?

— Ce n'est pas tous les jours que la France juge un *Obersturmführer-SS*, a-t-il répondu.

Près de 800 journalistes du monde entier avaient fait une demande d'accréditation. Il fallait accueillir 149 victimes, leurs parents, leurs amis, leurs 39 avocats, les dizaines de parties civiles, les témoins. Des personnalités régionales, nationales, des professeurs avaient demandé à pouvoir emmener leurs classes à une audience, de jeunes avocats se bousculaient, des élèves de l'École nationale de la magistrature, des associations, des clubs, des fédérations de tout et de rien. Aucune pièce du palais de justice de Lyon ne pouvait contenir une telle foule. La municipalité avait un temps proposé un complexe sportif, mais l'accusation avait répondu qu'une justice rendue dans les stades n'était jamais bon signe. Alors l'immense salle des pas perdus a été transformée en prétoire et les mots COUR D'ASSISES, qui coiffaient la porte d'entrée, sont devenus le fronton solennel surplombant magistrats et jurés.

Mais comment faire entrer mon père en contrebande ? Et d'abord, fallait-il qu'il assiste à ce procès ? De quel droit un homme condamné et emprisonné pour des « actes nuisibles à la défense nationale » devrait-il partager la même rangée de chaises que ses victimes ?

— Je ne sais pas si c'est possible, papa.

— Tu te renseignes ? C'est historique, quand même !

Quand même, oui. J'allais voir ce que je pourrais faire, promis. Mais l'idée de sa présence me terrorisait. Réunir son visage et celui de Barbie sur une même image m'était insupportable. Qu'allait faire cet intrus, dans le procès ? Comment allait-il se comporter ? L'âge n'avait pas calmé ses emballements et ses colères. Il pouvait s'emporter chez lui dans sa cuisine, mais aussi sur le trottoir, dans un magasin, dans un cinéma lorsque le film ne lui plaisait pas, se levant dans l'obscurité et prenant la salle à témoin. Il n'avait aucune conscience de la gravité d'une situation, pas même de l'attitude qui devait être la sienne. Parfois, il ne se souvenait même plus qu'il était en public. Il se croyait toujours protégé par ses murs. J'ai frémi.

Un instant, j'ai eu l'image de mon père souriant, se dirigeant main tendue vers le box de Barbie. Je l'ai imaginé dans la salle, coupant en allemand la parole à un témoin. Je l'ai vu debout, applaudir bruyamment une saillie de Jacques Vergès, l'avocat de l'accusé.

Et c'est Germaine, une amie du journal, qui m'a dit que j'avais tort. Elle ne savait rien de lui. Je n'avais dévoilé son passé à personne. C'était mon père et voilà tout.

— Tu ne peux pas laisser ton père à la porte, quand même !

Germaine était plus âgée que nous tous. Plus cabossée aussi. Elle n'aimait que les animaux, les hommes lui avaient fait trop de mal. Elle était née à Bône en Algérie. Juive, pauvre, orpheline, elle avait été vendue à un maquereau à l'âge de 17 ans et séquestrée. Cauchemar, clients par dizaines attendant leur tour, douleurs, humiliation, mépris. Après les maisons de passe algériennes, le trottoir parisien. Abattage à Barbès. Misère noire. Pendant la révolte des prostituées, en 1975, Germaine a rencontré des journalistes. Elle était intelligente, vive, toujours de bonne humeur. À 47 ans, elle avait vécu plus que nous tous réunis. La souffrance lui avait donné force et recul. Elle nous appelait « les gosses ». Elle voulait relever la tête, et le journal l'a aidée. Standardiste, elle était devenue copine avec Simone Signoret et Yves Montand, qui appelaient la rédaction chaque jour ou presque, pour se plaindre d'un article ou d'un titre. Elle s'était rapprochée de Brigitte Bardot, par amour des chats. Un jour, on lui a proposé de devenir claviste, de composer les articles que les rédacteurs dictaient au téléphone ou écrivaient à la main. Et puis elle est devenue journaliste, imposant les animaux dans nos colonnes. Et écrivaine, racontant dans un livre sa vie de prostituée en Algérie. Orpheline de père et de mère, elle ne comprenait pas pourquoi je ne profitais pas des miens.

— Tu t'en fous ! Tu le mets dans un coin et tu ne t'en occupes pas !

Son rire, son accent pied-noir. J'ai cédé.

— Et puis je te présenterai Fortunée !

Jamais Germaine ne m'en avait parlé. Sa tante était partie civile. Ses trois enfants étaient réfugiés dans la Maison d'Izieu lorsque Barbie et ses hommes sont arrivés.

J'ai mis les choses au point avec mon père. Aucun passe-droit, aucun coupe-file ni attention d'aucune sorte. S'il voulait venir, qu'il fasse la queue à l'entrée du public, comme tout le monde. Au téléphone, il a hésité.

— Mais j'ai lu qu'il fallait avoir une carte de couleur orange. Un truc qui se met au cou…

— L'accréditation de presse ?

C'était ça, oui. Avec tes contacts, ça devrait être facile à obtenir, non ?

Je lui ai expliqué comment marchait la presse judiciaire, le nombre de places réservées, la difficulté à entrer dans le prétoire. Il ne m'a pas répondu. Il n'était pas convaincu.

Mais oui, quelques rangées de chaises seraient réservées au public en fond de salle, derrière les journalistes, et il faudrait qu'il soit là tôt. Les audiences n'auraient lieu que les après-midi. Elles commenceraient le lundi 11 mai. Je lui ai rappelé qu'il devait prendre ses papiers d'identité et lui ai conseillé de ne pas emporter son cartable, un accessoire de bureau qu'il promenait parfois pour faire croire aux passants qu'il allait au travail.

Il m'a rappelé deux autres fois. La première, pour savoir si la cravate était obligatoire. Quelle étrange question. Je me suis demandé s'il portait une cravate, le 18 août 1945, dans le box des accusés de la Cour de justice de Lille.

La deuxième, pour qu'on déjeune ensemble le premier jour des débats, avant l'ouverture des portes de la cour d'assises. J'ai refusé. J'ai prétexté une réunion de rédaction au téléphone, pour mettre au point les derniers détails. Je ne voulais pas qu'il reste dans mon sillage, tentant de profiter de mon sésame orange.

— On se retrouve à l'intérieur, alors ?

Voilà, c'est ça. À l'intérieur.

— Mais on pourra discuter, quand même ?

Après les audiences ? Oui. S'il le voulait. Je n'y tenais pas.

Depuis la découverte des documents de justice, même sa voix me mettait mal à l'aise. Chacun de ses mots semblait un nouveau mensonge. Je ne l'avais pas vu depuis deux mois, je ne savais pas si son regard avait changé. Un soir de mars, j'avais quitté un soldat vaincu. Un après-midi de mai, j'allais retrouver ce même imposteur. Le mépris serrait mes poings. Il fallait que je me reprenne. Ce serait le procès de Klaus Barbie, pas le sien. Il fallait que je me concentre sur le box en verre de l'accusé, pas sur une chaise en fond de salle. Aucune voix ne devait recouvrir la parole des victimes.

6

Procès de Klaus Barbie

Lundi 11 mai 1987

« Il entre, vieillard fantomatique en costume noir. » Mes premiers mots pour le journal, écrits sur la page de droite d'un carnet neuf. D'un geste, Klaus Barbie a tendu ses poignets entravés. Un policier l'a libéré de ses liens et invité à s'asseoir.

Dans la salle, le silence était complet. Pas de ces chuchotements qui accompagnent l'entrée d'un accusé dans le box, pas même un bourdonnement de foule. Ni toux, ni chaise qui racle le sol. Alors qu'il venait de s'asseoir j'ai noté : « Cet homme n'est pas Klaus Barbie. » Il ne ressemblait pas aux photos anciennes, aux films, aux paroles volées à la prison de La Paz avant son extradition. Ce n'était pas le Barbie en col roulé blanc, regard droit, menton haut, que nous avions pu voir à la télévision avant qu'il n'arrive en France. Ce n'était pas celui qui parlait en détachant chaque mot, qui souriait à la caméra, qui laissait traîner le mépris en bord de lèvres en affirmant que ce procès serait une mauvaise chose pour la France. Ce n'était pas non plus l'homme aux yeux mobiles et inquiétants que certains de ceux qui l'accusaient ont dit ne jamais devoir oublier. L'homme qui venait de s'asseoir était un prisonnier.

D'instinct, il en avait adopté le maintien, voûté et la tête dans les épaules. Nous nous étions habitués à un visage sans angle, à ces rondeurs qui agacent plus qu'elles ne rassurent, mais l'homme qui soutenait les caméras de télévision, qui ne cillait pas devant les flashes et ne semblait pas s'émouvoir des centaines de regards plantés dans le sien, avait les traits émaciés d'un oiseau de nuit. Un nez en bec, une couronne de cheveux blancs qui rendait plus évidente encore sa maigreur. J'ai écrit : « De ce profil, il faut retenir la bouche et les yeux. » Des yeux tellement enfoncés qu'ils semblaient naître au milieu des joues pour mourir aux sourcils. Et sa bouche, un trait de pinceau tremblé sur une face livide.

Mais cette impression n'a duré qu'un instant. Quelques secondes d'étonnement devant ce spectre arrivé en pleine lumière, et Klaus Barbie, de nouveau.

C'est par son sourire qu'il nous est revenu. Un mince sourire à l'adresse de son avocat et de la traductrice qui siégeait à sa droite. Autour de ses yeux, quelques rides. Celles de l'homme qui se détend. Maître Vergès s'est levé, s'est tourné vers le box vitré, s'est accoudé contre le bois tapissé de moquette grise. Il a glissé quelques mots à son client, et Barbie a ri. Alors doucement, et pour la première fois depuis que le président l'avait fait entrer dans la salle d'audience, Barbie a tourné la tête vers le public, et observé ceux qui l'épiaient. C'est en ce premier jour, à ce moment précis, qu'il a gravé sur son visage le sourire blanc qui ne le quitterait jamais. Autour de moi, des journalistes y ont vu de la moquerie, d'autres du mépris. J'ai écrit le mot « amusé ». C'était cela. Amusé par les objectifs qui se bousculaient, par la salle qui frémissait, par les bancs surchargés des parties civiles. Amusé comme un homme pris pour un autre, qui va suivre un procès qui n'est pas le sien.

— Il veut parler allemand, a dit la traductrice.

Nous n'avions pas encore entendu la voix de l'accusé. Il a jeté un autre regard vers la salle. Furtivement, j'y ai vu la lueur vite éteinte de l'animal traqué.

— Quels sont vos nom et prénoms ? a interrogé le président Cerdini.

L'accusé était debout. Voix forte, posée, tranquille et rocailleuse.

— Altmann, Klaus, né le 25 octobre 1913 à Bad Godesberg, près de Bonn.

Dans la salle, des cris et des sifflets. Rumeurs sous les colonnes.

Alors il a repris en français :

— Je suis naturalisé bolivien depuis le 3 octobre 1957, sous les noms d'Altmann et Barbie.

C'est à ce moment-là que je me suis retourné. J'ai cherché mon père du regard. La salle était comble, la mezzanine surchargée. Je savais que de nombreuses personnes étaient restées dehors. Mais mon père avait pu entrer. Je l'ai aperçu, tout au fond contre la barrière. J'ai été soulagé parce qu'il était assis, logé contre le mur. Il avait mis sa main en cornet derrière son oreille. Il souriait.

Mon père souriait. Dans cette cathédrale étouffante, au milieu des yeux mouillés, des sourcils froncés, des regards noirs, des mouchoirs martyrisés par des mains inquiètes, il y avait son sourire. Le petit coup de théâtre du patronyme avait dû le ravir. Ils voulaient juger Barbie et c'est Altmann qui s'est avancé. Le vieux nazi allait rendre coup pour coup.

Je me suis interdit de l'observer davantage. Mais je le sentais derrière moi. Je savais qu'il réagissait comme s'il était à table avec sa femme et son fils sans se soucier de rien. J'espérais ne pas entendre sa voix s'élever dans mon dos.

Barbie a suivi le tirage des jurés avec intérêt, lisant sur les lèvres des magistrats, regardant les avocats, écoutant chacun avec une attention extraordinaire. Oiseau de proie, une fois encore. Son défenseur a récusé cinq jurés. Une femme, qui avait eu le tort de vivre à Lyon pendant l'Occupation, est retournée s'asseoir dans la salle, un peu vexée.

À l'appel des victimes juives, le greffier peinait. Il suivait les lignes avec le doigt, écorchait les noms des survivants. Je n'ai pas osé me retourner vers mon père. La machine judiciaire s'était mise en marche et la solennité avait déjà quitté les lieux. L'émotion même avait disparu. La présence de l'homme aux cheveux blancs n'étonnait plus. Les premiers journalistes étaient sortis de la salle. Des avocats passaient d'un banc à l'autre, obligeant le président à réclamer le silence. Lorsque le magistrat a demandé à Barbie s'il arrivait à suivre les débats, l'Allemand a répondu :

— Je comprends parfaitement.

— Alors ? m'a-t-il demandé.

J'ai retrouvé mon père rue Saint-Jean après l'audience, comme convenu. Le temps d'une ou deux bières en terrasse avec un œuf dur. Il était déjà assis.

— Alors quoi ?

— Tu l'as trouvé comment ?

C'était un peu tôt. Il n'avait pas dit grand-chose. Je l'avais trouvé attentif.

Mon père a ri.

— C'était bon le coup d'Altmann, hein ?

Un gain de temps, rien de plus. Il s'est calé contre son dossier, il a ajouté :

— Moi, j'ai trouvé ça malin.

Et puis il aimait bien Vergès. Il le trouvait meilleur que « tous les autres ». L'avocat de la défense avait parlé d'« imbécillité judiciaire », accusant certains de ses confrères de négligence et d'autres encore, de ne pas s'être constitués partie civile dans les temps. Et puis, entre chaque morsure infligée à l'autre camp, il se replongeait dans ses notes en souriant.

Mon père a regardé le sol.

— Tu me passes ma canne, s'il te plaît ?

Je ne l'avais pas remarquée, glissée sous la table du café. Une canne en buis torsadé d'acier, avec un lourd pommeau argenté en tête d'aigle aux aguets. Jamais mon père n'avait eu besoin d'une canne pour se déplacer.

Il s'est levé, lourdement appuyé sur sa canne, comme un vieillard. J'ai été saisi.

— Qu'est-ce qui t'est arrivé ?

Il a souri. En enfilant son manteau, il m'a montré son revers. Ruban rouge.

— Comment tu crois que je suis entré au palais de justice ?

De son cartable, il a sorti une carte de réduction dans les transports, délivrée par le ministère des Anciens Combattants et Victimes de guerre. Et son macaron de voiture, GRAND INVALIDE DE GUERRE. Il a cligné de l'œil.

— Tu aurais vu le jeune flic à l'entrée, il était presque au garde-à-vous.

Il a tapoté le carrelage du bar, sa main posée sur l'aigle.

— C'est une canne-épée. Jolie, hein ?

Je respirais mal. Je craignais que ses impostures ne me salissent.

— Tu n'as pas parlé de moi ? Tu n'as pas dit que ton fils était journaliste ?

Mon père a haussé les épaules.

— Tu me prends pour qui ?

Cette première audience lui avait plu. Il voulait revenir chaque jour. Et aussi, repérer ma place dans la salle. Où j'étais assis ? Un peu partout. Nous n'avions pas de chaise attitrée. Il m'a embrassé et a fait quelques pas d'éclopé pour moi, plié sur sa canne en riant.

— Ils sont cons les gens, hein ?

Puis il m'a tourné le dos, canne d'acier coincée sous l'aisselle droite, comme le stick d'un officier anglais. Et je me suis demandé qui habitait dans sa tête, à cet instant précis.

7

Procès de Klaus Barbie

Mercredi 13 mai 1987

Dans sa veste noire, qu'il portait comme un manteau trop grand, Klaus Barbie ne réagissait pas. Il ne protestait ni des yeux ni des gestes. On connaît l'accusé accoudé à son box qui mime la surprise ou feint l'indignation. Qui souligne chaque fait reproché par la pantomime comique du non-coupable. Mais lui, rien. Lorsque le greffier a longuement ânonné les cinq chefs d'accusation, le patron de la Gestapo de Lyon observait les colonnes corinthiennes de la salle. Ces heures étaient sans passion. Chacun savait, et assistait une fois de plus à la litanie de ses crimes. Klaus Barbie, accusé de l'arrestation, de la torture, de la déportation et de la mort de 83 juifs du comité lyonnais de l'Union générale des Israélites de France. Klaus Barbie, signant le télégramme « travail accompli », après l'arrestation des enfants d'Izieu et de leurs accompagnateurs. Klaus Barbie, seul responsable du « dernier train vers l'Allemagne », le 11 août 1944, qui a déporté 650 personnes vers le camp français du Struthof, puis vers Dachau, Ravensbrück et Auschwitz. Klaus Barbie enfin, responsable de la mort du résistant juif Marcel

Gompel, des tortures infligées à Lise Lesèvre et de la disparition de sa famille.

À cette évocation, Barbie a opposé le silence. Comme s'il se tenait à l'écart du spectacle. Même le tourment habituel des questions-réponses n'a débouché sur rien.

Que voulait dire être nazi, monsieur Barbie ?

— C'est une question qui remonte à plus de quarante ans. Je ne peux y répondre.

Les juifs ?

— Je ne connais pas la haine. Je n'avais pas de haine contre les minorités.

Son rôle de chef de la Gestapo lyonnaise ?

— J'ai entendu que je m'y étais conduit comme un fou, poursuivant des juifs, les envoyant dans les camps. C'est faux ! J'obéissais aux ordres. Je n'étais pas le maître de Lyon.

Et quand même, au détour d'une réplique, Klaus Barbie intact. Vieux nazi sans regrets, qui reproche même à quelques anciens « bonzes du parti » de s'être enrichis et d'avoir « trahi l'idéal de camaraderie en quittant les chemins du national-socialisme ». Avant que l'avocat ne se penche vers son client pour le rappeler à l'ordre. Alors Barbie a haussé les épaules.

— Mais un jour j'ai dû voir la réalité en face. L'Allemagne avait perdu la guerre.

Deux fois je me suis retourné vers le fond de la salle. Mon père ne quittait pas l'accusé des yeux. J'étais dissimulé par un journaliste anglais. Je l'observais, sans qu'il me remarque. Il hochait la tête aux interventions de la défense, grimaçait à celles des parties civiles. Sommeillait lorsqu'un avocat développait un point de droit trop obscur. Aux suspensions de séance, il parlait avec les policiers avec le naturel de celui qui inspecte les troupes.

Et voilà que ce mercredi matin Barbie s'est avancé au micro pour une déclaration.

— Pas trop longue ? s'est inquiété le président.

Non. Simplement affirmer une fois encore s'appeler Altmann, être citoyen bolivien et avoir été illégalement enlevé d'une prison de La Paz pour être jugé en France.

— Je n'ai donc plus l'intention de paraître devant ce tribunal.

Grand froid dans la salle. Murmures stupéfaits. Le président s'est penché.

— Vous voulez dire que vous refusez de comparaître à l'audience.

— Exact.

Les avocats des victimes se sont levés d'un bond. Certains protestaient, d'autres griffonnaient quelques arguments à venir.

— Demain, prenez des calmants ! leur avait lancé Jacques Vergès la veille, comme s'il avait déjà préparé son coup.

Le sang a quitté la salle, la fébrilité a parcouru les rangs. Chacun a compris que celui qui devait répondre de tout allait échapper à tous. C'est alors que Pierre Truche s'est levé, comme un lion s'ébroue. Hermine et crinière blanche, l'avocat général a rappelé que l'accusé en avait le droit. Sa voix tranquille.

— La force n'est pas de notre temps. Ce sera la victoire de la démocratie sur le nazisme.

Douloureusement, le magistrat s'était résigné à l'absence.

Mon père était stupéfait. Vraiment. La colère saccageait les visages, pas le sien. Lise Lesèvre, torturée dix-neuf jours par Barbie, a essuyé une larme, son mouchoir à la main. Partout, l'impuissance et la fureur, mais rien de tout cela dans son regard. L'accusé venait de jouer un bon tour à la ville de Lyon, à la justice, à la France entière. Ses yeux disaient le ravissement. Lorsque le président s'est penché une nouvelle fois vers le micro, j'ai continué à observer mon père. Lui en face, la Cour dans mon dos. J'étais à rebours du public, de la salle entière, à guetter les réactions du seul homme qui n'avait pas le droit d'être là.

— Vous ne voulez plus comparaître ici, c'est bien cela ?

— *Ja*, a répondu l'accusé.

Mon père a sursauté. Et puis il a souri, croisant les bras comme s'il goûtait un instant magique. Altmann le Bolivien venait de répondre en allemand.

Lorsque la Cour s'est retirée pour délibérer, mon père m'a cherché des yeux. Il n'avait toujours pas repéré ma chaise. Dans le tumulte de la suspension, au milieu de la colère des avocats des parties civiles, de l'énervement des journalistes, du désarroi des victimes, il paraissait maîtriser la situation. Quelques vieilles personnes étaient rassemblées autour de lui, qui l'écoutaient en silence. D'un geste large, il désignait les rangs de la presse. Certainement, il était en train de leur expliquer la suite des événements.

Une heure plus tard, la Cour a repris place dans un silence de tombeau.

— Faites entrer l'accusé, a demandé le président.

— Il ne veut pas revenir, lui a répondu un gendarme.

Au nom de la loi, il a alors demandé qu'une sommation lui soit lancée. Il a aussi parlé de la force publique, mais tout le monde avait compris. Au lieu de traîner Barbie chaque jour dans le box et créer un désordre quotidien, il y serait amené contre son gré lorsque sa présence serait nécessaire. Face à ses victimes, par exemple. Qui s'étaient interdit de mourir avant d'avoir pu se tenir debout devant lui.

Un huissier est allé en coulisse, porter à l'accusé la sommation à comparaître, suivi par son avocat très tendu. Peine perdue. Jacques Vergès est revenu seul dans la salle d'audience, avec l'huissier. Dans sa main, la citation avait été datée et signée « Klaus Altmann ».

*

En cette fin d'après-midi, mercredi 13 mai 1987, j'ai levé pour la première et dernière fois la main sur mon père. Lorsque je suis sorti de la salle d'audience, il n'était pas là. Ni sur les marches du palais, ni dans son refuge du quai de Saône.

Comme Klaus Barbie, il avait quitté le procès de Lyon.

Je connaissais ses haltes, sur le chemin de sa maison. Il était attablé en terrasse d'un café du vieux Saint-Jean, seul devant sa bière. Son sourire forcé.

— Ah c'est toi ?

Qui d'autre ?

Pourquoi mon père était-il parti ? Parce que. C'était fini. Ce procès ne valait plus rien.

— Comment plus rien ?

Il s'est mis en colère.

— Zéro, tu m'entends ? Si l'autre ne revient plus, ça vaut zéro !

J'avais entendu des journalistes cracher les mêmes mots en sortant de l'audience. « Démonétisé ! » avait lancé un reporter français.

Des reporters étrangers étaient sombres. Leurs journaux, leurs radios, leurs chaînes de télévision allaient certainement les rapatrier. « Du coup, c'est une histoire pourrie ! »

Barbie, Barbie, Barbie. Tous n'avaient que ce nom à la bouche. Ils n'avaient eu de regards que pour l'accusé, aucun pour les victimes. Ils attendaient le coup d'éclat, le rebondissement imprévu. Il y avait le procès, certes, mais aussi tout ce que l'avocat de la défense avait promis aux affamés de l'incident. Sur le trottoir, Vergès et son cigare avaient juré qu'on allait voir ce qu'on allait voir. Son client n'allait pas se laisser faire. Tiens ! Et s'il balançait la canaille qui avait trahi Jean Moulin ? Hein ? Ça vous dirait, mesdames-messieurs de la presse ? Oui bien sûr, il a cette information dans ses dossiers ! Oui, il peut abattre cette carte à n'importe quel moment ! Et si le traître avait été un de vos grands résistants, hein ? Et si son nom était jeté à la foule du box de la cour d'assises de Lyon ? Il aurait bonne mine, le procès Barbie ! Oui, l'accusé détient des secrets qui peuvent ternir le grand roman national. Oui, il peut montrer les vainqueurs de cette guerre sous un autre jour. Oui, il peut se faire accusateur. Démontrer que la France s'est conduite en tortionnaire en Algérie, en criminelle à Madagascar. Oui, il peut assimiler nazisme et France coloniale. Il peut brouiller les pistes, déplacer les débats, s'amuser de cette Cour, en commençant par se prétendre un autre que celui qu'elle jugeait.

Et voilà qu'il était sorti par la petite porte, comme un second rôle privé de texte.

Dépit, déception, rancœur, les assoiffés de coups de théâtre se sont retrouvés seuls face à une cage vide en verre blindé. Et lorsqu'on leur répondait que, quand même et malgré tout, les victimes seraient bien au rendez-vous de la justice, certains levaient les yeux au ciel.

Les victimes ? Il manquerait le choc entre elles et leur bourreau.

Mon père ne pensait pas cela. Jamais il n'avait eu un mot pour les martyrisés. Lui était venu assister au procès du chef de la Gestapo de Lyon. Barbie quittait la scène ? Le procès était terminé. À la deuxième bière, il m'a parlé d'une justice de vengeance.

Il s'est rapproché.

— Tu as vu les avocats d'en face ? Tous des procureurs !

J'ai haussé les sourcils.

— Ce n'est pas un procès, c'est un lynchage !

— Comment oses-tu dire ça ?

Sa bouche mauvaise.

— Un lynchage, oui ! Face à Barbie, il n'y a que des accusateurs ! Les avocats, les victimes, les jurés, la presse, le public, regarde-les ! Pas un seul qui parle de justice !

Il avait haussé la voix.

— Tu les entends tous ? Ils n'ont qu'un seul mot à la bouche !

Il a pris une voix geignarde.

— Le devoir de mémoire !

Je regardais autour de moi. Quelques regards amusés.

— C'est quoi ça, hein, le devoir de mémoire ? Il n'y a que ce mot dans ton journal !

Il a vidé son verre, tête en arrière.

— Ce n'est plus une cour d'assises, c'est un colloque d'historiens !

J'étais gêné.

— Moins fort, s'il te plaît.

Il a eu un geste d'agacement.

— Comment peux-tu écrire que c'est un procès équitable ?

Il a levé son verre vide, cherché le serveur des yeux, hésité.

— C'est un vaincu jugé par les vainqueurs. Si Barbie avait gagné la guerre, vous seriez tous à sa place !

— Je t'en prie, arrête ça !

Mon père a ri méchamment.

— La vérité fait mal, hein ?

C'était comme si la présence de Klaus Barbie lui avait redonné de la force, de la morgue, de la haine. Voir le SS, observer son sourire, écouter sa tranquille assurance l'avait galvanisé. Au premier jour du procès, j'avais espéré qu'il entendrait raison. Que le jeune collaborateur de 22 ans, condamné en 1945, se retrouve comme face à ses juges. Qu'il mesure le chemin parcouru. Et qu'il me parle. Qu'il m'entraîne après l'audience pour quelques bières de vérité. Non papa, tu n'étais pas à Berlin en 1945. Non tu n'as pas combattu avec le dernier carré du bataillon Charlemagne. Tu étais en taule, imbécile ! Moins français que n'importe qui. Et c'est ça que tu aurais pu m'avouer entre deux audiences de ce procès. Ça, que tu aurais dû me raconter. J'ai besoin de savoir qui tu es pour savoir d'où je viens. Je veux que tu me parles, tu m'entends, je l'exige ! Je n'ai plus l'âge de croire mais j'ai l'âge d'entendre et d'accepter. Cette vérité, tu me la dois.

— Cette vérité, tu me la dois !

Sorti comme ça, au détour de ma bière.

— Je te dois quoi ?

J'ai été transi. Ses yeux dans les miens, ses paupières lourdes, ses sourcils d'ogre.

J'avais pensé tout haut, trop fort. J'ai eu peur. Ma voix rayée.

— Tu dois continuer à assister au procès.

Il a reculé sa chaise.

— Je te dois quoi ? Quelle vérité, réponds !

Des gens se sont retournés. Il les a fixés violemment. Dans un accès de fureur, il pouvait se lever, retourner une table et frapper un homme.

— Tu m'as demandé d'assister au procès, je ne veux…

— Quelle vérité ? Tu réponds ?

J'ai levé les mains comme pour me rendre.

— La vérité, c'est que tu dois revenir.

Il a craché par terre. Il le faisait souvent, se raclant la gorge dans la rue.

— La vérité, c'est que toi et ton procès vous commencez à me faire chier !

Il a jeté deux billets de banque sur la table et il est parti, oubliant sa canne-épée contre le dossier de sa chaise. Alors j'ai fini ma bière. J'ai attendu que ma tête se calme, que mon ventre s'apaise. Les jointures de ma main gauche étaient blanches. Je me suis levé. En marchant vite, je le rejoindrais au funiculaire. Je l'ai rattrapé avant. Je l'ai appelé, tenant sa canne à la main comme une barre de fer. Il a remarqué mon regard. J'ai vu son inquiétude.

— J'avais oublié ma canne ?

Je n'ai pas répondu. J'ai laissé tomber son aigle et je l'ai saisi à deux mains par le col de sa veste. Je l'ai poussé contre un rideau de fer. Toutes ces années après, je ne sais toujours pas d'où m'est venu ce geste. Et ce qui m'en a donné le courage.

Au bruit violent de son dos contre le métal, je me suis comme réveillé. Je tenais mon père prisonnier, son visage à quelques centimètres du mien. Dans ses yeux, ni effroi ni surprise, rien. Il assistait à cette scène comme un témoin lointain. J'espérais que la peur change de camp mais c'est moi qui tremblais. Je venais de capturer le Minotaure. Quelques secondes, pas plus. J'ai attendu qu'il se dégage, il l'a fait sans rudesse. Je l'ai lâché. Mon cœur n'était plus en colère. Il est resté adossé à la ferraille. Puis j'ai ramassé sa canne. Notre bousculade avait figé la rue. Des passants reprenaient leur marche en silence. Une femme nous observait par sa fenêtre.

Mon père m'a arraché des mains la canne que je lui tendais. Il s'est redressé. Il a observé l'aigle d'argent quelques secondes. Ses lèvres closes. Une ombre de mépris. J'ai cru qu'il allait me frapper, me bâtonner comme un animal. Mais non. Il m'a tourné le dos.

— Pauvre bonhomme !

Et il a repris son chemin.

Le journal m'avait loué une chambre d'hôtel du côté de la place des Jacobins, pour le temps du procès. Mais ce soir-là, je n'y suis pas retourné. D'une cabine, j'ai téléphoné à Alain. Je lui ai dit que j'étais prêt à tout. Il était temps. Et je voulais savoir.

8

Jeudi 14 mai 1987

J'ai connu Alain en 1970 et milité avec lui, tellement certains de l'imminence du Grand Soir que nous dormions avec nos rangers, prêts au combat dès l'aube. Mais, de déceptions en défaites, nous avions renoncé à changer le cours de l'Histoire. Lui pour mieux l'enseigner, moi pour seulement la raconter. J'étais devenu journaliste, il s'était consacré à l'université. Nous avions baissé les bras. Un crépuscule commun.

Le père de mon ami avait combattu dans les FTP. Son oncle avait présidé un tribunal de l'épuration dans l'Ain. Élevé dans les replis des drapeaux rouge et tricolore, il s'était intéressé tout jeune à ceux qui avaient fait le choix de l'ennemi. Et s'était construit une vie autour de cet épisode français. Ses géants s'appelaient Robert Paxton, Jean-Pierre Azéma ou Serge Klarsfeld. Passionné par leurs travaux, il avait orienté ses recherches sur Vichy, la collaboration française et les procès de l'après-guerre.

C'est à sa porte que j'ai frappé le 14 mai, avec le bulletin de sortie de prison de mon père et son extrait de casier judiciaire. Parce qu'il était historien et aussi mon ami. L'un des rares à qui j'avais confié les guerres de mon enfance. Toutes celles que mon héros de père me racontait. Et le seul aussi à les avoir balayées les unes après les autres. Comme il l'aurait fait lors d'une recherche universitaire, il avait retrouvé pour moi des anciens de la poche de Dunkerque et de l'opération Dynamo. Je savais que papa n'avait pas combattu sur la plage de Zuydcoote avec Belmondo, mais quand Alain a étalé devant moi des témoignages de combattants et les souffrances de leurs régiments délabrés, mon père en était absent. Jamais il n'avait été au côté de ces braves. Il s'était aussi penché sur l'attentat antiallemand contre un cinéma de Lyon. Tout était vrai. La salle devenue un *Soldatenkino*, la bombe, les cinq militaires blessés. Sauf que cette action avait été menée le 17 septembre 1942 à Paris, contre le Grand Rex, par les FTP du détachement Valmy.

Les documents de mon père en main, Alain a souri.

— Laurent de Rome doit veiller sur toi, mec.

— C'est qui ?

— Le saint protecteur des archivistes.

Son oncle travaillait au centre départemental des Archives du Nord. Il y était entré en 1952, à l'essai pour trois mois comme auxiliaire de service, avec un certificat de nationalité française en poche. Et il en était aujourd'hui l'une des mémoires. Les anciens lui avaient raconté l'évacuation des dossiers en 1939, leur transfert dans l'ancienne prison de Lille puis dans les sous-sols de la faculté de Droit, après le bombardement de la maison d'arrêt. Mon père avait été jugé dans cette même ville et emprisonné à Loos. Son dossier sommeillait quelque part, sur les rayonnages métalliques dont l'oncle d'Alain prenait soin.

Mais en découvrant ces documents, il a secoué la tête.

— Prendre seulement un an pour une accusation aussi grave, ça ne colle pas.

Et il avait raison. Au moment où mon père est entré dans la salle d'audience, en août 1945, l'épuration extrajudiciaire était terminée. Mais pour beaucoup en France, la prison c'était encore trois murs de trop. Instruction, condamnation, peloton. Comment ce jeune homme, que mon grand-père avait vu habillé en Allemand dans Lyon occupé, avait-il pu être châtié comme un voleur de poules ?

Mon ami m'a demandé si je lui donnais carte blanche pour ses recherches.

Oui, évidemment.

Alors il a téléphoné à Lille.

Connu des archivistes et des bibliothécaires, auteur d'une dizaine d'ouvrages sur la collaboration, il leur avait dit préparer un essai sur l'épuration dans la « zone interdite » entre 1944 et 1949. À l'heure du procès Klaus Barbie et de la France repentante, l'historien rigoureux, fils de combattant héroïque et de magistrat patriote, avait obtenu du ministère de la Culture et de la Direction des Archives de France une dérogation spéciale à « des fins historiques », pour l'accès anticipé au dossier judiciaire de mon père.

— Tu n'auras pas à attendre cent ans, camarade. C'est quand tu veux !

*

Alors, après avoir agrippé mon père par le col, j'ai appelé Alain.

Je voulais. J'étais prêt. C'était maintenant.

— Quand veux-tu y aller ?

— Tout de suite.

Il a ri.

— En pleine nuit ?

— En pleine nuit.

— Avec toi, c'est toujours tout ou rien.

Et puis, quand même, il m'a demandé de le rejoindre.

Il sortait de table. Il était embarrassé. À cette heure, il n'y avait plus de train pour Paris et aucune chance de trouver une correspondance pour Lille.

— Ta voiture ?

Je ne conduisais pas. Je n'avais jamais passé mon permis. Je pensais que c'était trop tard. Les pères offraient ce cadeau à leurs fils, mais je n'avais pas été le fils d'un de ces pères-là. Dans une voiture, j'étais celui qui sommeillait à côté ou qui faisait du bruit à l'arrière.

— Tu es gonflé quand même !

Alors j'ai fait mes yeux d'enfant battu. Il a ri. Et puis il a téléphoné à son oncle.

Dehors, il faisait déjà sombre.

— Même en roulant bien, tu ne pourras pas être au procès Barbie demain après-midi.

Pas grave. Ce 14 mai, les débats porteraient sur Altmann le Bolivien. Nous passerions de la guerre à l'après, lorsqu'une poignée de nazis à travers le monde espéraient encore reprendre le pouvoir. J'avertirais le journal. Notre spécialiste de l'Amérique latine, accréditée pour la journée, couvrirait l'intégralité de l'audience. Et les confrères du *Matin* ou de *France-Soir* me passeraient leurs notes.

Pendant le long trajet, je n'ai rien dit. Lui non plus. Quelques mots de nuit pour agacer le silence. Et oublier les routes sans fin. Je sommeillais. Réveillé ici et là par des arrêts en bord de talus. Il faisait froid. Nous roulions fenêtres fermées. Alain avait voulu éviter Paris. Nous étions passés par Troyes et Reims. Les phares peinaient dans le brouillard. À la radio, Anita Ellis chantait *Put the Blame on Mame*. Rita Hayworth venait de mourir et c'était sa doublure voix dans le film *Gilda* qui passait à l'antenne. J'étais le front contre la vitre. Les arbres de printemps découpés par la lune. Les yeux d'un animal dans notre lumière jaune. En hommage à Hayworth, une actrice française a cité celle que le public préférait en satin sur papier glacé plutôt que pieds nus le matin et sans maquillage. « Les hommes s'endorment avec Gilda et se réveillent avec moi. »

Alain a souri, sans quitter la route des yeux.

— Et toi, tu vas te réveiller avec quel père ?

J'ai haussé les épaules.

Les phares violents d'un camion en face.

— Tu vivras assez longtemps pour tourner la page ?

— Je veux d'abord la lire.

Il n'a pas insisté.

J'avais demandé à être à ses côtés, mais ma présence ne comptait pas. Lui seul pourrait entrer dans le bâtiment des Archives, se présenter à l'accueil, être admis dans la salle de lecture et consulter le dossier de la Cour de justice de Lille conservé sous la cote 9W56.

— Tu pourras photographier ou photocopier des pièces ?

— Ni l'un ni l'autre, m'avait-il répondu.

Une loi de 1979 n'autorisait que la prise de notes.

J'ai été bouleversé.

— La prise de notes ?

Il a agité une main.

— Il y a la loi, mais il y a aussi mon oncle.

Je ne comprenais pas.

— Toute la semaine, il est président de salle de lecture.

Toujours pas.

Alain avait ri.

— Laisse tomber. C'est mon problème, pas le tien.

Nous sommes arrivés au petit jour. À peine le temps d'un café. Alain faisait déjà la queue devant les Archives, carte d'identité à la main.

— Et je fais quoi, moi ?

Il a souri.

— Toi ? Tu espères.

*

Une heure plus tard, il m'a rejoint à la table du café, en face de la gare. Il s'est assis.

— Ne me demande rien.

Je ne lui ai rien demandé.

Il a frotté ses mains l'une contre l'autre.

Je cherchais son regard.

— Une bière ?

Non, un jus de pomme.

L'alcool avait emporté son père. Il observait mes verres avec méfiance.

Et puis il a bu, lentement, les yeux levés vers le ciel.

Il a murmuré :

— J'ai tout.

— Tout ?

— L'histoire de ton père.

— En une heure ?

Il a levé un sourcil.

— Saint Laurent a fait du bon boulot.

Lorsque Alain s'était présenté à l'accueil, une enveloppe l'attendait. Son oncle avait photocopié discrètement les 124 pages racontant la guerre de mon père.

J'étais stupéfait. Aussi simple que cela ? Son sourire, toujours.

— Arrête de poser des questions. Intéresse-toi plutôt aux réponses.

Il n'a pas voulu m'en dire davantage. Il s'est baissé, a ouvert sa serviette de cuir. À deux mains, il a posé une grande enveloppe grise sur la table.

Lui, moi, ma bière, son jus, et la vie de mon père entre nous.

D'abord, j'ai regardé l'enveloppe épaisse. Sans l'ouvrir, ni même la toucher. Depuis nos années militantes, il savait que le passé de mon père me torturait. Lorsque notre organisation politique s'était dissoute, plutôt que de s'abîmer en violence, des copains ne cessaient de justifier ce renoncement en répétant que nous n'avions rien à expier. Ni nazis, ni fascistes, ni aveuglés par le soleil levant, contrairement aux camarades allemands, italiens ou japonais, notre passé avait été racheté par la Résistance. Hitler et ses hordes, Pétain et ses chiens avaient été balayés par nos mères et nos pères. Nous étions les enfants de la victoire et pouvions en être fiers. Aucune culpabilité collective ne pouvait justifier la violence politique. C'était comme ça et c'était bien. Je me souviens d'Alain pendant ces discussions tardives. Mon embarras, ses regards de frère. Moi, fils d'un collabo dont je ne savais rien, j'applaudissais comme les autres à la légende de nos pères. Tout le monde était dupe, lui ne l'était pas. Mais jamais il ne m'a trahi. Ni même par un sourire ou un clin d'œil complice. Comme tous, j'étais de cette jeunesse sans ombre qui pouvait regarder ses anciens en face. Et justement, ces anciens-là martelaient que nous faisions fausse route et que nous revendiquer de la Résistance en 1970 n'avait pas plus de sens que de crier *CRS-SS* dans la rue.

Alain savait tout cela. Mes doutes, mes douleurs, toutes ces questions sans réponse. Et il était toujours à mes côtés, toutes ces années après. Mais avec tellement de pudeur et d'amitié. Il déposait sur une table de café les pages signées et tamponnées qui allaient enfin dire vrai.

J'ai tendu la main. Elle a erré au-dessus de l'enveloppe brûlante. J'ai regardé mon copain. Il avait compris. Cet instant devait être à moi seul.

— Tu sais quoi ? J'ai promis à Lola de lui rapporter un Merveilleux.

Il s'est penché sur la table.

— Cela ne te dérange pas si je te laisse un quart d'heure ?

Nos sourires. Pas un mot. Cela faisait quinze ans qu'il avait ces élégances.

Je n'ai pas pris l'enveloppe entre mes mains. J'ai déchiré l'un des coins du rabat. Elle contenait une chemise épaisse fermée par deux élastiques. Je l'ai sortie.

Et puis je l'ai ouverte.

La première page était la couverture du dossier de mon père. « Année 1944 » avec, au centre, les mots « Parquet du greffe de la Cour de justice de Lille ». Le document indiquait qu'une procédure avait été intentée contre lui. Son nom, écrit en belles lettres et souligné d'un trait qui devait être rouge. Son âge, 22 ans. Sa profession ? Chromeur.

Chromeur ?

Celui qui fait reluire.

J'ai souri. C'était le seul métier dont il avait oublié de me parler.

Nature de l'infraction : « Atteinte à la Sûreté extérieure de l'État. Collaboration. »

J'ai bu une gorgée de bière. « Collaboration », j'avais ce mot en tête et en lèvres mais jamais je ne l'avais imaginé écrit sur un document officiel. Un tampon dateur indiquait le 20 décembre 1944, jour où le Commissaire du gouvernement en avait été informé. Et aussi le 18 août 1945, date de son procès, avec la décision de la Cour, cette année de prison et ces cinq ans de dégradation nationale. Cette peine d'indignité.

J'ai passé deux doigts sur la photocopie. Malgré l'absence de couleur, tout était là. Les marques du temps, les pliures, les traces, le délavé du soleil, les cicatrices de papier collant. Et aussi les écritures de tous ceux qui avaient eu à t'interroger. Des chiffres mystérieux au stylo, au crayon gras, une rature de greffier dans la lune.

Ton numéro d'instruction était le 202. Et ton juge s'appelait Henri Vulliet.

J'ai refermé la chemise, rabattu les élastiques et glissé le dossier dans l'enveloppe. Cette table, ce bistrot, ce jeudi matin n'étaient pas le lieu du cérémonial. Pour marcher sur tes pas, il me faudrait du temps, du courage, du silence et de la solitude.

Je ne pouvais feuilleter ton crime comme on parcourt un magazine.

Lorsque Alain est revenu, je terminais ma troisième bière. Il avait trouvé la meilleure meringue chocolatée du Nord pour sa fille. Et une autre pour moi, juste ce qu'il fallait pour sucrer l'amertume. Il a vu l'enveloppe décachetée sur la table. Il ne m'a rien demandé, je ne lui ai rien répondu. Il avait la courtoisie des amis vrais, chez lesquels tu sonnes en pleine nuit et qui t'ouvrent sans demander pourquoi, avant de traverser deux fois la France sans se plaindre.

Il s'est installé au volant. J'avais posé le dossier de mon père sur mes genoux.

Il l'a regardé.

— Tu me diras ?

— Bien sûr.

Mais j'avais décidé de prendre le temps qu'il faudrait.

Saint-Quentin, Laon, le retour a été long et difficile. Nous avons dormi deux heures au bord de la nationale, mangé du pain et du jambon. Lorsque nous sommes arrivés à Lyon, le palais de justice avait fermé ses portes. J'ai appelé ma mère. Mon père ne s'était pas déplacé. Il reviendrait demain au procès, peut-être. Elle était inquiète.

— Mais qu'est-ce que tu lui as fait ?

— Rien, maman.

Rien, maman. Je l'ai juste poussé violemment contre un rideau de fer.

— Mais tout va bien, mon fils, tu es sûr ?

— Oui, maman, très bien.

Oui, maman, très bien. J'ai le dossier pénal de papa le collabo posé sur mon oreiller.

— Il n'y a rien qui te tracasse ?

— Non, maman.

Non, maman, j'ai seulement l'impression de trahir mon père et ton mari.

9

Procès de Klaus Barbie

Vendredi 15 mai 1987

Au soir de la cinquième audience, mon père m'avait laissé un message dans mon casier d'hôtel, à côté de ma clef. Une feuille de papier à carreaux pliée en quatre :

« Tu as bien fait d'insister, j'ai bien ri. »

Deux jours après notre empoignade, il était revenu. Assis à sa place, au fond de la salle. Avec un bristol de restaurant, il avait bricolé un panneau « réservé », qu'il laissait en évidence sur sa chaise. En arrivant, j'ai hésité à le saluer. Je n'avais pas encore ouvert son dossier. Trop lourd. J'avais mal dormi. La culpabilité rongeait mon ventre. Après avoir levé la main sur mon père, je m'apprêtais à profaner son passé. Et dans la rue, il n'avait rien fait pour se défendre. Lui qui pouvait enfoncer un meuble d'un coup de coude, qui pouvait casser une gueule pour un mot de trop, n'avait pas réagi. Rien de ce que nous avions vécu cette soirée-là ne nous ressemblait. Je n'avais pas cette colère en moi, il n'abritait pas cette tranquillité. Pourquoi s'était-il laissé faire ? Parce que j'étais devenu un homme ? Parce que j'étais son fils ? Nous aurions pu nous battre, vraiment. Je ne sais pas qui l'aurait emporté. Au côté d'Alain, dans la voiture, j'ai repassé les images de cette confrontation. Je me suis dit que, peut-être, il m'avait protégé de lui. Et cette délicatesse m'était insupportable. Alors non, je ne suis pas allé à sa rencontre, au fond de la salle des pas perdus. Je ne tenais ni à m'expliquer ni à m'excuser ni même à ce qu'il devine ma présence.

Je revenais de Lille avec sa vie en plus.

Mon père avait ri. Libéré de son client, maître Vergès s'était grimé en clown.

Les avocats d'en face n'avaient pas accepté la politique de la chaise vide. Ils sont montés au front en désordre, désunis pour la première fois.

— Employez la force pour le ramener devant votre Cour, ont tonné les uns.

— Ce n'est pas dans les usages de ce pays, ont plaidé les autres.

— Je représente la communauté juive et elle est divisée, a avoué un troisième.

Seul dans son immense box, l'avocat de la défense s'est alors amusé. Il a nargué chaque intervenant de la partie civile, gonflant les joues, roulant des yeux, dodelinant de la tête en souriant, les yeux dans les yeux du confrère agacé. Et plus il singeait ses adversaires, les mimant sur l'air enfantin du « cause toujours », plus ceux-ci se raidissaient. Maître Paul

Lombard s'est levé, demandant au président Cerdini de faire cesser ces grimaces.

Geste innocent de Vergès. Quelles grimaces ?

Deux jours sans l'accusé n'avaient pas été dommageables. La Cour avait pu, hors sa présence, évoquer ses méfaits en Bolivie, après la guerre. Barbie en fuite avait profité des désordres pour devenir officier de l'armée bolivienne. Aidé par des amis SS et des fascistes italiens, il avait créé « Les fiancés de la mort », un groupe paramilitaire qui opérait là où les forces régulières ne se risquaient pas. Il avait aussi aidé à la création de camps de concentration anticommunistes et antisyndicalistes, de centres d'interrogatoire et de torture.

Loin d'Izieu, de la rafle de la rue Sainte-Catherine ou du dernier convoi pour la mort, Altmann était redevenu Barbie.

Pierre Truche s'est levé. L'avocat général voulait en finir avec la discorde.

— S'il vient ici, ce sera un vieillard muet, porté sur une chaise.

À ceux qui continuaient d'exiger la comparution de l'accusé :

— Je ne veux pas en faire un martyr.

Pour lui, l'heure où s'avanceront « les témoins, les isolés, les faibles, ceux qui ont souffert dans leur chair et dans la chair de leur chair » ne pourrait être celle d'une confrontation silencieuse. Ou le lieu de tous les pleurs.

Une fois encore, le président a constaté le « refus injustifié » de l'accusé à comparaître et déclaré que sa présence n'était pas indispensable. Mais il a ajouté :

— Dans les circonstances présentes, du moins.

Les rangs de journalistes ont frémi. La Cour venait de laisser entrouverte la porte à un retour de l'accusé. Les agenciers ont quitté la salle pour dicter leur dépêche. Vergès, lui, s'est replongé dans ses dossiers, le regard caché par ses lunettes d'écaille. Le comique troupier avait fini son numéro. Il savait que les jours prochains seraient rudes. Mais aujourd'hui, l'avocat de la défense avait fait rire mon père. Et il lui avait donné un moyen de rester au procès. Il reviendrait demain la tête haute, même s'il avait été bousculé par son fils en pleine rue, comme des chiffonniers qui règlent un différend.

10

Samedi 16 mai 1987

Ce matin, j'ai eu 35 ans. Mes anniversaires d'enfance n'avaient pas été des cadeaux, mais aujourd'hui, je voulais m'offrir un peu de vérité. Ton dossier en main, j'ai décidé de lire le procès-verbal de première comparution. Le reste pouvait attendre. Le réquisitoire d'information, ton mandat de dépôt, ces dépositions par dizaines, les commissions rogatoires, les documents frappés des cachets de la Gendarmerie nationale, de la Cour de justice de Lille, de juges d'instruction d'un peu partout, du Tribunal militaire permanent de la 1re région, je n'ai rien lu de tout cela. Seulement les en-têtes, les premières lignes, ces lettres mal alignées, tapées à la machine à écrire usée sur du papier pelure. J'ai aussi regardé le nom des vainqueurs tout neufs qui t'ont interrogé. Lesquels d'entre eux venaient d'un maquis, les mains couvertes de poudre ? Ou sortaient d'un buisson après s'y être terrés ? Inspecteurs, commissaires, magistrats. Tant de fonctions salies par quatre ans d'indignité, qui avaient retrouvé la lumière et les honneurs.

Et alors je t'ai vu, mon père entravé. Eux et toi autour d'une table. Toi côté suspect, eux côté irréprochable. Les fonctionnaires avaient recyclé les documents de la police pétainiste. En tête de page, des procédures indiquaient encore ÉTAT FRANÇAIS. L'épuration avait été urgente. Faute d'imprimerie, faire vite. Pour châtier les salauds comme mon père, ils ont utilisé la paperasse qui avait servi à condamner les héros. Certains formulaires écrasaient la dictature vichyste par les mots RÉPUBLIQUE FRANÇAISE, un tampon neuf à l'encre si tendre qu'elle laissait encore apparaître les traces de l'État voyou.

Ces hommes en face de toi, je les ai imaginés t'écoutant, le sourcil froncé. Essayant de dresser un portrait de mon futur père en jeune égaré. En gamin couleur traître qu'il fallait faire avouer. Comment était-il, Victor Harbonnier, chef du service de la Surveillance du territoire de Lille ? Et Henri Vulliet, le juge chargé d'instruire ton affaire ? Et Robert Pugnières, l'adjoint au commissaire central de Lyon ? Et le greffier Deblauwe ? Et l'inspecteur Renard ? Et tous les autres qui t'ont questionné, enfant de la Loire passé à l'ennemi ? Tous, qui ont signé ces documents, bavant par mégarde leur paraphe humide d'un coup de manche. J'ai vu une salle grise, la fumée de cigarette, une pipe éteinte dans un cendrier, un chapeau mou traînant sur une table, des imperméables accrochés aux patères. J'ai vu des regards sévères, des moustaches de ce temps, une Légion d'honneur revenue au revers d'un policier.

Et toi, tu étais comment, toi ? Tu avais 22 ans. Tout à l'heure, en marge de ta fiche de renseignement, j'ai appris ton degré d'instruction : « Études primaires. Sait lire et écrire. » Rien de plus. Un écolier qui sort de la communale et qui attend l'âge de travailler pour nettoyer les machines d'une imprimerie, puis porter des caisses de vêtements avant de rejoindre la chaîne d'une usine de pédales de vélos, dans la Loire.

Il aurait fallu que je classe ton dossier dans l'ordre chronologique, pièce à pièce, mais je n'en avais pas encore le courage. Demain, probablement. Le dimanche a toujours été pour moi un jour de silence à combler. Mais avant, j'ai pioché une feuille dans ton dossier. J'ai extrait à deux doigts une photocopie parmi les autres. C'était le procès-verbal n° 20, l'audition d'André Bordry, un voisin de tes parents dans leur bourg du Forez. Lui aussi, je l'ai imaginé. Tout gonflé d'importance, passant la porte de la 14e légion de la gendarmerie de la Loire, le 5 juin 1945 à 17 heures, pour témoigner de la « conduite et de la moralité mauvaise » de la famille du collabo.

Mon père ? « Issu d'une famille d'alcooliques, surtout la mère. Il a été élevé par sa grand-mère. » Mon père, encore ? « Pendant l'Occupation, j'ai entendu dire par plusieurs personnes de ma localité qu'il avait été vu habillé en uniforme allemand dans les rues de Saint-Étienne. Mais pour mon compte personnel, je ne l'ai jamais vu. » J'ai imaginé Claudius Ducreux, maréchal des logis-chef commandant la brigade de gendarmerie d'Andrézieux, faisant reformuler une phrase au témoin, l'aidant à préciser un mot. « J'ai également entendu dire qu'il aurait pu faire arrêter plusieurs personnes. » J'ai frémi. « Entendu dire… »

Qu'est-ce que le juge d'instruction de Montbrison avait bien pu faire de cette déposition ?

11

Procès de Klaus Barbie

Mercredi 20 mai 1987

Et puis, ils sont arrivés. Les noms fragiles, les voix cassées, les phrases tremblées, les dos voûtés ou fiers, les mains crispées sur la barre, les souvenirs qui se bousculent, qui s'échappent, qui écorchent la mémoire ou qui lui font défaut, les larmes ravalées, les yeux secs, les colères sourdes, les âmes en repos, les jambes usées d'une vie debout, les cheveux blancs, les costumes riches, les ensembles pauvres, les fantômes.

Ils étaient enfin là, ces témoins. Après des dizaines d'heures vouées aux mots, aux bons mots, aux mots stupides, aux traits d'esprit, aux griffes procédurières, aux effets, aux attentes, à Barbie rappelé chaque jour pour rien et qui chaque jour déclenchait de vaines polémiques, Léa Katz est entrée dans la salle d'audience. Elle s'est avancée vers le micro des témoins. Elle a posé son sac à terre. Relevé ses cheveux gris et raconté avec une voix douce.

Le 9 février 1943, la jeune fille, qui vit avec sa mère dans un garni de Villeurbanne, est contrôlée par la police française. Les uniformes cernent l'immeuble.

Au moment où elle montre ses papiers, elle entend dans les escaliers deux fonctionnaires qui parlent d'une rafle de juifs pour le lendemain, quai Tilsitt. Léa Katz a 16 ans. Dès que les policiers ont levé le siège, elle court prévenir le rabbin Kaplan.

— Il m'a dit qu'il n'était pas de service ce jour-là et m'a conseillé d'aller avertir un autre rabbin, qui était à l'Union générale des Israélites de France, rue Sainte-Catherine.

L'UGIF ? Elle a expliqué. Dans les locaux de cette organisation, créée par Vichy pour mieux les contrôler, se pressent les juifs les plus démunis, les plus misérables. Poussés par la détresse, ils trouvent là un réconfort, une aide morale ou matérielle, un peu d'argent, un conseil, un soutien. Depuis le matin, jour de distribution d'aide aux réfugiés, le standard de l'UGIF ne cesse de répéter sous la contrainte qu'aucune information ne peut être donnée par téléphone. Pour tout renseignement, il faut venir sur place. C'est un piège.

Sur ordre de Klaus Barbie, la Gestapo est embusquée dans les étages.

— J'ai tourné la poignée de porte et j'ai tout de suite vu les messieurs en manteaux de cuir noir. L'un d'eux m'a tirée en avant et a claqué la porte derrière moi.

J'ai relevé la tête. Les journalistes prenaient en notes les paroles, sans bruit. J'avais du mal à respirer. Je me suis retourné. Mon père avait sa petite moue. Celle qui lui tordait la bouche lorsqu'il s'ennuyait.

Lundi, la Cour avait difficilement cherché à établir la responsabilité de Barbie dans l'envoi du dernier convoi pour Auschwitz. Contrairement à Izieu et à la rafle de la rue Sainte-Catherine, il n'existait aucun document signé de sa main l'impliquant dans la déportation de 650 personnes, le 11 août 1944. Cette lacune était le seul point faible de l'accusation.

Avant même de comparaître à Lyon, Barbie avait juré ne « rien savoir » de ce qui se passait dans les camps. Selon lui, le sort des juifs dépendait d'une sous-section lyonnaise de la police allemande de sécurité, et lui, chef de la Gestapo tout entière, n'avait aucune idée de ce qui se tramait dans le bureau d'à côté. Mieux, comme Helmut Knochen, son supérieur en France occupée, Barbie a expliqué avoir appris lors du procès de Nuremberg quel était le sort réservé aux malheureux. Croyant jusque-là que le mot « solution finale » désignait la création d'un État juif indépendant.

Cette fois-là, mon père avait hoché la tête. Ni pour le public ni pour moi mais pour lui-même. Un geste discret qui disait l'adhésion. Depuis le mot qu'il avait laissé dans mon casier d'hôtel, nous ne nous étions pas reparlé. Il ne m'avait pas attendu en fin d'audience et je ne l'avais pas cherché non plus. Mais il était revenu, le lundi, le mardi et aujourd'hui encore. Il avait suivi les débats avec attention. Depuis deux jours, il avait un bloc-notes posé sur les genoux. Une sorte d'écritoire en cuir de conférencier. Lorsque je me retournais, je le voyais souvent le stylo à la main. On aurait dit un journaliste égaré au milieu du public.

Mais là, alors que Mme Katz parlait, mon père avait posé son stylo. Aucune victime ne l'avait jamais intéressé. Et moi je l'ai observé, qui doutait de ce témoignage.

*

Depuis deux jours, j'avais du mal à suivre le procès, à me concentrer, à me laisser malmener par les débats. Dans ton dossier, j'étais allé directement à la condamnation. J'en étais sorti tremblant. À l'énoncé de ta peine, un an ferme et cinq années de dégradation nationale, Alain m'avait terrorisé.

— Ce doit être pour une dénonciation.

Alors j'ai pioché au hasard des documents, j'ai cherché mon père le mouchard désignant un juif à la police ou vendant un patriote à l'ennemi, mais non. Tu n'avais été ni corbeau ni indicateur, balance de rien ni personne. J'ai été soulagé. Et j'ai eu honte de l'être.

*

— Ma mère est malade, je suis venue chercher un médecin, explique Léa Katz au gestapiste qui l'agrippe.

Quarante-quatre ans après, la femme pousse un drôle de soupir. Le même que la môme sortant sa carte d'identité. Le président Cerdini l'écoute avec attention. Trois fois, le témoin l'a appelé « maître ».

— L'émotion, je suis confuse, monsieur le Président.

Lorsque le gestapiste remarque le tampon rouge qui macule la carte il lance :

— Tiens, encore un petit chaton juif !

On lui arrache son sac à main. On la jette dans une pièce bondée, porte restée ouverte.

— Les autres me faisaient signe de me sauver. Je ne comprenais pas.

Ensuite, ils ont emmené les hommes.

— Je me souviens d'un grand monsieur avec une barbe blanche, il priait dans un coin.

Et puis, l'instinct de vie. Cet instant vertigineux qui souffle que le moment est venu.

— Je me suis dit : il faut tenter ma chance.

Elle s'adresse à « un monsieur en noir qui était là ».

Léa Katz a expiré une fois encore, longuement, étreignant la salle tout entière.

— Je lui ai dit que ma mère était malade, que je voulais la prévenir et que je reviendrais.

« Parlez allemand ! » lui ordonne le policier. C'est alors dans cette langue qu'elle répète sa phrase. Le gestapiste la gifle deux fois.

Léa Katz a regardé les jurés et la Cour.

— Et puis il m'a dit cette phrase : « Petite chose insolente. Tu as dit que tu ne parlais pas allemand, mais pour supplier tu sais le faire ! »

C'est en allemand qu'elle a parlé à la Cour. Une tirade violente gravée pour mémoire.

Le moment où tout se joue. Léa regarde le policier. Que se passe-t-il ? Une idée qui lui traverse la tête ? Une faiblesse ? Une pensée pour une autre mère ? Ou rien, peut-être. Un coup de chance. Un jour comme ça. L'Allemand accepte. Il lui dit de se présenter le lendemain à l'hôtel Terminus de Perrache, au siège de la Gestapo. Elle est libre.

Elle descend les escaliers en courant. S'enfuit dans la rue. Saute en marche dans le tramway n° 7 et explique à des passagers qu'elle vient d'échapper à une rafle. Quelqu'un lui échange un ticket de tram contre un timbre. Elle est rousse, elle se teint en brune. Avec sa mère, elle entre dans la clandestinité et remercie aujourd'hui la cour d'assises de Lyon pour « ces familles françaises qui ont tant risqué pour nous cacher ».

— Voulez-vous des exemples ?

La salle hoche la tête en même temps.

Depuis la rue Sainte-Catherine, Léa est sans papiers d'identité, restés entre les mains de la Gestapo. Sur les conseils d'une amie, elle va faire une déclaration de perte au commissariat de police de Saint-Jean. Le fonctionnaire ferme les yeux. Sans rien vérifier, il note sur le récépissé ce que la jeune femme lui dicte. Un autre jour, à Villeurbanne, elle est prise dans une nouvelle rafle. Au poste, le commissaire a remarqué la gamine embarquée, tassée sur un banc. « Pourquoi est-elle là, celle-là ? » demande-t-il à ses hommes. Ils répondent qu'elle ne possède rien d'autre qu'un récépissé suspect. Leur chef hausse les épaules. « Ça va bien, j'ai l'original dans mon bureau », ment-il. Et il demande aux flics de la laisser partir.

Je ne l'avais pas senti venir. J'ai eu honte. Trois taches piquetaient ma page de carnet. Trois larmes délayaient ce que j'avais écrit. Je me suis essuyé les yeux en secret. Je me suis retourné. Mon père écrivait. J'ai croisé le regard chaviré d'une amie journaliste. Ses joues étaient luisantes. Elle ne se cachait pas. J'ai écrit :

« Les noms de ces policiers, personne ne les a connus ou applaudis. Ces choses insignes mises bout à bout finissent par ressembler au plus pur des courages. »

Pendant la suspension des débats, je me suis pris à rêver. Voilà, c'était ce genre de policiers qui t'avaient mis à table. Des garçons comme eux, qui avaient pris des risques mortels pendant l'Occupation, violé les lois scélérates, désobéi aux ordres illégaux et menti à leur hiérarchie pour sauver une gamine juive qu'ils ne reverraient jamais. Le temps de l'interruption, au milieu du brouhaha, des paroles d'avocats, des bruissements du public, des journalistes qui traduisaient des instants d'audience à leurs confrères étrangers, j'ai marché vers le fond de la salle en me disant que cette France-là avait été belle. C'était elle qui t'avait jugé et elle en avait eu le droit. C'est pour cela que j'avais accepté que tu assistes à ce procès. Que tu prennes ce pays vaillant en pleine gueule. Et les enfants d'Izieu. Et les déportations. Que tu quittes chaque audience comme au sortir d'un ring, titubant sous les coups d'une histoire qui ne fut pas la tienne. Mais rien ne t'atteignait.

Tu avais quitté ta place. Je t'ai vu sur les marches du Palais, parlant haut, entouré d'étudiants venus avec leur professeur. Tu avais laissé ton bloc-notes sur ta chaise, un stylo-bille passé sous l'élastique. Sur le cuir qui protégeait l'écritoire, gravés en relief, les mots dorés PRÉSIDENCE DE LA RÉPUBLIQUE entouraient le symbole enlacé du chêne et de l'olivier.

Lorsque Michel Goldberg est entré dans la salle, mon père venait juste de s'asseoir en dérangeant les autres. La sonnette avait retenti depuis longtemps. Il commençait à prendre ses aises. Le père de Michel était aussi rue Saint-Catherine lors de la rafle. Il avait voulu l'emmener au centre juif mais il faisait froid, il y avait de la neige et les souliers de son enfant étaient troués. Michel Goldberg avait 4 ans. Avec un temps plus clément et une bonne paire de chaussures, il aurait accompagné son père à l'UGIF et, comme lui, ne serait jamais revenu.

— Je ne savais pas que j'étais juif. Je ne savais pas ce que c'était d'être juif, monsieur le Président.

Lui aussi a rendu hommage à ces voisins qui « perdaient » leur carte d'identité pour la donner à des juifs. À ce Français sans histoire qui l'a sauvé, caché, pris en charge et a fait de lui son petit-fils, le temps de lui trouver de faux papiers convenables.

Mais l'enfant n'a plus revu son père. Il est devenu jeune homme, puis homme, abîmé par cette absence et les silences du camp.

— Alors on prend le deuil, et on ne le quitte plus jamais.

Je me suis retourné une fois encore. Mon père bâillait, sans main devant la bouche. Je m'en étais douté. Encore un déporté ? Allaient-ils tous témoigner les uns après les autres ? Lui venait pour le cirque, pas pour les larmes. Il aimait les colères de Vergès, se régalait des divisions qui fragilisaient ceux d'en face. Il avait de la justice une image de télévision, avec effets de manches, rebondissements, coups de théâtre. Il était fasciné par les tribuns et dégoûté par les plaintes. Ses héros de prétoire s'appelaient Jean-Louis Tixier-Vignancour et Jacques Isorni. Le premier avait fait acquitter Céline, le second avait défendu Pétain.

— Tes avocats n'ont aucune tenue, m'avait-il glissé au début du procès.

Le sien était seul, les miens étaient légion. Il en souriait.

— Ils veulent tous être sur la photo.

Deux défenseurs des victimes trouvaient pourtant grâce à son cœur, comme un aviateur en vol salue son ennemi au combat. Serge Klarsfeld, parce qu'il « a passé sa vie à se battre », et François La Phuong, parce que c'était « un ténor lyonnais cerné par des cabots parisiens ».

Je savais ce que Michel Goldberg avait à nous raconter. C'est pour cela que je me suis levé et adossé contre une des colonnes corinthiennes de la salle d'audience. Je ne souhaitais pas que mon père me remarque, mais je tenais à l'observer.

En 1974, lorsque la Cour suprême de Bolivie refuse d'extrader Klaus Barbie vers la France, Michel Goldberg décide de l'assassiner. Il se procure un revolver et prend l'avion pour le rencontrer. Au fond de la salle, mon père n'écrit plus. Il a cessé de jouer. Penché en avant, le poing sous son menton, il écoute.

— Je n'avais pas l'illusion d'avoir un mandat du peuple juif ou français. Je n'avais ni mission, ni obligation. C'était une affaire personnelle.

La salle a frémi. Le témoin se fait passer pour un journaliste. Et se retrouve pendant une heure face à l'homme qui a tué son père. Il l'interviewe. Barbie fanfaronne : « J'avais plus de pouvoir qu'un général. » Mais dit aussi qu'il ne s'occupait pas des juifs. Et plus le SS se détend, plus l'arme dans la poche du petit orphelin est lourde.

— Alors je l'ai trouvé méprisable. Plein de contradictions, plutôt médiocre. Je n'ai pas ressenti cette bouffée de haine qu'il fallait pour tirer.

Mon père semblait sidéré. Comme s'il rencontrait un homme à sa mesure.

— Je me suis dit qu'il fallait le faire de sang-froid. J'imagine que lui et moi sommes de races différentes.

Il s'est redressé, a relevé la tête et regardé la Cour en face.

— Je ne l'ai pas fait, monsieur le Président.

Mon père clignait nerveusement des yeux. Il hochait la tête en murmurant « ben mon vieux », comme lorsque quelque chose le stupéfiait. Il regardait à droite, à gauche. Il cherchait d'autres regards ébahis.

*

À la fin de l'audience, je suis allé vers lui.

— Alors ?

— Incroyable, l'histoire de ce type qui a failli tuer Barbie !

— Ce n'est pas une histoire.

Il a ouvert les bras.

— Tu gobes tout toi, hein ?

Il a baissé la voix.

— Barbie a tué son père, il a un revolver, il est en face et il ne tire pas ?

— Non. Il voulait qu'il soit jugé légalement.

Il descendait les marches. Un peu plus voûté qu'avant notre querelle. Il s'est arrêté sur le trottoir.

— T'as pas compris que c'était du bidon ?

— Comment ça, du bidon ?

— Les gentils Français qui ne dénoncent personne, la population qui cache des juifs un peu partout, les flics qui leur font des faux papiers, les Allemands qui relâchent une suspecte en pleine rafle et lui demandent de revenir le lendemain, Barbie qui reçoit un journaliste juif alors qu'il sait qu'il a le Mossad aux fesses ?

Il a haussé les épaules.

— Et puis ce type, ce fils de déporté qui attend depuis toujours de pouvoir buter Barbie ? Il est en face de lui, seul avec une arme dans la poche, et qu'est-ce qu'il fait ? Eh ben il ne tire pas, parce qu'il juge l'assassin de son père « plutôt médiocre » ?

Il m'a fait un clin d'œil.

— La France résistante, la France bienveillante ?

Il parlait en marchant.

— C'est l'Histoire réécrite par les vainqueurs !

Il s'est redressé.

— Tu vas mettre quoi dans ton journal ? La morale de ce procès, c'est le triomphe de la démocratie face à la barbarie ? La cruauté terrassée par la clémence ?

J'étais effondré. Il a ri. Puis il a fait tourner son index autour de sa tempe.

— Ça te fait cogiter, hein ?

Il a posé sa serviette sur le sol et remonté son pantalon à deux mains.

— C'est bien que tu réfléchisses un peu. Ça te change et ça me fait plaisir.

Il a regardé le ciel, le fleuve, son triste refuge au loin.

— Heureusement que ton père t'aide à y voir plus clair, non ?

Et puis il a levé une main pour dire adieu.

— Un jour, tu me remercieras.

12

Tu as devancé l'appel à 18 ans. Sur un premier procès-verbal, daté du 18 novembre 1944 et frappé d'une croix de Lorraine toute neuve, le commissaire de police de la Sûreté nationale lilloise indique que tu as rejoint le 81e régiment d'infanterie alpine de Montpellier, le 9 février 1940. Tu t'es engagé dans l'armée française quatre mois avant l'armistice.

J'ai regardé le ciel menaçant, par la fenêtre ouverte. Tu viens de quitter ton usine de pédales à vélos et tu traverses la France pour rejoindre ce bataillon. Pourquoi celui-là ? Parce qu'on l'appelait « le régiment de la flamme », chargé de ranimer le feu éternel du soldat inconnu ? Parce que Valmy ou la bataille des Flandres étaient brodés sur son drapeau ? Non. Gamin du Forez, tu ne savais rien de tout cela. Tu aurais pu rester en culottes courtes, apprenti sans instruction vivant chez sa grand-mère dans un bourg de la Loire, mais tu as voulu faire la guerre. Celle-là ne durera pour toi que le temps de rejoindre le front. Tu y es parti début juin 1940 pour y être encerclé et arrêté quelques jours plus tard. Entre-temps, tu affirmes t'être battu en Mayenne puis avoir été désarmé par les Allemands en Normandie, à un jour de marche de ton régiment. Dans un ouvrage sur la débâcle, j'ai lu que ta troupe s'était délitée dans la région d'Abbeville. Une partie des hommes a pu s'embarquer pour l'Angleterre, l'autre a capitulé. Tu étais de ceux qui ont levé les mains. Et te voilà comme des centaines de milliers de garçons français, sans arme ni ceinturon, en brodequins crottés et uniforme défait, à errer sur les routes de ton pays vaincu.

« Ayant réussi à m'évader, je me procurais des habits civils et me rendais à Lyon où j'étais démobilisé le 20 juillet 1940. »

Cette fugue courageuse, détaillée devant le premier commissaire qui t'a interrogé en 1944, je ne l'ai retrouvée nulle part ailleurs dans ton dossier. Entendu par un juge d'instruction lillois le 27 juin 1945, tu indiques simplement : « Après l'armistice, j'ai été démobilisé. » Plus d'arrestation, plus d'évasion, ces heures de gloire ont disparu, balayées par les réflexions prudentes qu'inspirent sept mois de cachot.

Te voilà donc démobilisé, rendu à ton travail et à ta famille, mais c'est la patrie que tu dis choisir. Tu racontes, le policier tape à la machine. Et ton récit est vertigineux. En parcourant ces rapports, je t'ai vu bien plus tard, lorsque tu serais père. Tes grands gestes dans ma chambre d'enfant, tes yeux mouillés, ta voix grave, tes sifflements pour imiter les balles.

Le 4 février 1941, tu dis arriver à Marseille pour gagner le Portugal et rejoindre « l'armée du général de Gaulle » en Syrie. Cette phrase a été soulignée dans la marge par le commissaire qui t'interrogeait. Ton entreprise est « vouée à l'échec ». Alors tu joues les braconniers dans la montagne basque, tentant le passage vers l'Espagne, sans plus de succès. Demi-tour. Tu recules jusqu'à Perpignan et songes à gagner Casablanca. Alors tu demandes à t'engager dans le 6e tirailleurs sénégalais de « l'Armée d'Armistice », une poignée de régiments français maintenus par Vichy avec l'accord de Berlin, pour faire croire à la France qu'elle avait encore des soldats à ses ordres. Ton idée ? Toujours la même. Rallier cette armée fantoche pour déserter et rejoindre les gaullistes. Mais « devant la lenteur des choses », dis-tu aux enquêteurs, tu décides de rester en France et tu t'engages au 5e régiment d'infanterie de Saint-Étienne, élément majeur de cette formation chimérique. Des photos l'attestent. Te voilà une fois de plus en uniforme français, fourragère à l'épaule et calot à la main. Au lieu de rallier le Général tu t'es rangé derrière le maréchal.

Mais tu affirmes toujours rêver de France libre.

C'est ton oncle Claude qui parle, interrogé le 12 juillet 1945 par un officier de police judiciaire de Saint-Étienne. Il se souvient de toi.

« Mon neveu se rendait à la maison pour souper et c'est alors que je me suis rendu compte qu'il ne rêvait que d'exploits militaires. À plusieurs reprises, il m'a déclaré qu'il voulait rejoindre les forces gaullistes en Angleterre. Pour mieux dire, j'avais l'impression qu'il était un "tantinet" exalté avec des idées plus ou moins suivies. »

Exalté. Et bravache, aussi. En 1944, alors qu'un policier se rend compte que tu as fait une fausse déclaration lors d'un précédent interrogatoire, il te demande :

— Pourquoi avez-vous menti ?

— Je croyais me faire valoir davantage, lui as-tu répondu.

J'ai souligné cette phrase d'un crayon rouge et gras. « Me faire valoir davantage. » Lorsque tu as prononcé ces mots tu avais 22 ans, et aujourd'hui encore, quarante-trois ans plus tard, cette phrase est ton malheur et notre effroi à tous.

Voilà, petit soldat. Avec le 5e régiment d'infanterie, tu appartiens désormais à cette « armée de transition », lambeau de notre puissance nationale. Mais revêtir cet uniforme n'a encore rien d'une trahison. D'ailleurs, et tu le claironnes dans tous tes procès-verbaux, ton chef s'appelle Jean de Lattre de Tassigny. Jean, comme toi. En octobre 1941, deux ans avant qu'il s'oppose aux Allemands et rejoigne la France libre, il t'aurait désigné pour suivre une formation de moniteur de culture physique dans le Puy-de-Dôme. « À la suite de ce stage, écris-tu, une adénite cervicale m'empêchait de suivre le Général en Afrique. »

Toi, mon père, tu aurais été empêché de rejoindre la 1re Armée française, de débarquer en Provence et mener la victorieuse campagne Rhin et Danube jusqu'au lac de Constance, puis de hisser notre drapeau à Ulm, comme Napoléon en 1805, à cause d'un ganglion dans le cou.

Un nouvel orage se formait au-dessus de Lyon. Le vent agaçait les volets. Un premier éclair a déchiré le ciel. Je me suis levé pour fermer la fenêtre. Le jour était noir comme la nuit. La pluie suppliait la vitre de la laisser entrer. Juste un peu. Une bière. Fraîcheur, amertume, sourire. Portrait de mon père en excellent Français, qu'un kyste aurait interdit de voler au secours de son pays.

« Le 30 octobre 1941, j'étais admis à l'hôpital de Saint-Étienne. »

L'infection est grave puisque les médecins t'ont promené ensuite à Lyon puis à Saint-Raphaël et libéré de ton lit en janvier 1942 pour une permission de quatre jours, avant que tu puisses regagner ton régiment. Mais tu ne l'as pas fait. Tu t'es enfui.

Le 18 août 1942, après sept mois d'absence, tu as été déclaré déserteur de l'armée française en temps de guerre.

Interrogé en novembre 1944, tu as avoué ce crime aux policiers. Pas le choix. Sur leur bureau, ils avaient une ordonnance du Tribunal militaire permanent de la 1re Région de Lille et ton avis de recherche.

Oui, tu avais été reconnu déserteur du 5e régiment d'infanterie.

Mais pire encore. Dès le lendemain, 19 août, tu avais signé un engagement pour la durée de la guerre avec la Légion tricolore pour combattre l'URSS. Même si tu avais l'écusson FRANCE cousu sur la manche de ton uniforme collabo, il n'existait plus aucun lien entre toi et ton pays.

« Devant l'Histoire, tu ne seras pas un héros anonyme », proclamaient les affiches légionnaires placardées dans Lyon. Être anonyme, ta vie entière s'est construite autour de cette menace. Et voilà que des harangueurs de brasserie t'avaient promis une aventure héroïque. Et un peu française, malgré tout. Mais tu étais comme un enfant. Et tu as fait n'importe quoi. Engagé, déserteur, après avoir tout tenté pour retrouver de Gaulle, tu t'es éloigné de son appel pour te rapprocher de l'ennemi. Pourquoi ? Tu réponds à cette question le jour de ton arrestation par la police française, puis dans tes interrogatoires. Et pour une fois, tes déclarations ne varient pas :

« Ne pouvant rejoindre de Gaulle, je me proposais d'entrer dans la Légion tricolore dans le but de donner des renseignements. »

Donner des renseignements, mais quels renseignements ? Et à qui ?

« En l'espèce, une liste de légionnaires qui avaient signé une pétition contre Édouard Herriot », ancien président de la Chambre des députés, qui avait renvoyé sa Légion d'honneur à Pétain pour protester contre l'attribution de cette distinction aux hommes de la Tricolore.

Mais à qui donc as-tu donné ces informations ?

« À un individu qui m'est inconnu et qui fréquentait assidûment "Aux gars du Nord", un café près de la gare du Nord, à Paris. »

Après avoir été soldat français, tu t'es prétendu agent double. Un brave faufilé dans les rangs collaborationnistes pour leur soutirer des renseignements ? Le policier qui t'interroge doute de cette histoire. Ton juge d'instruction lance alors une commission rogatoire. Le commissaire de police du quartier Rochechouart mobilise ses hommes. Et le 18 juillet 1945, à 10 heures, Charles Rouvillers, patron de l'établissement « Aux gars du Nord et du Pas-de-Calais », rue de Saint-Quentin à Paris, est entendu par le maréchal des logis-chef Roger Eline. « Il est exact que mon établissement était un lieu de rendez-vous pour les chefs des divers groupements de Résistance. » Et donc, se souvenait-il de toi ? « Je n'ai jamais connu d'individu de ce nom qui aurait été en rapport avec des chefs de la Résistance. » J'ai imaginé le bistrotier penché sur l'image tendue par le juge. « Toutefois, après examen de la photographie annexée au dossier, il me semble avoir vu cet individu en tenue allemande au comptoir de mon établissement. »

Tu vois, papa, pour les braves gens, l'uniforme de ta Légion pétainiste n'était rien d'autre qu'un accoutrement ennemi barbouillé de tricolore.

Après le soutien du patron de café, tu as essayé d'en appeler à de Lattre de Tassigny. Tu lui as écrit de ta prison et il a répondu. Pas à toi mais à ton juge. Dans une lettre datée du 11 septembre 1945, un mois après ton procès, le cabinet du général écrit :

« Monsieur le juge,

Le général de Lattre a reçu, il y a quelques semaines déjà, une lettre émanant d'un de ses anciens subordonnés poursuivi pour intelligence avec l'ennemi et qui lui affirmait n'être entré dans la Légion tricolore que pour le compte de la Résistance.

Ignorant évidemment tout de ce dossier, le général serait cependant heureux de savoir la suite que son examen a permis de lui donner. »

Je me suis demandé comment tu avais encaissé ces témoignages. Un cafetier résistant, qui raconte t'avoir vu accoudé à son comptoir en uniforme collabo. Puis, plus tard, un général héroïque qui répond qu'aucun de tes actes n'a été commis en son nom.

Tu as réagi comment, papa, face à ces dénégations ? Tu y as répondu ? Tu as haussé les épaules ? Tu as évité les coups ? Tu les as détournés ? Tu as fait comment lorsque les policiers ont plaqué le témoignage du patron de bistrot sur ta table d'interrogatoire ? Quel orage, dans la tête de l'apprenti de 22 ans ? Le même que celui qui balaye notre ville ce soir ? Tu penses que c'est la fin ? Que tout est joué ? La justice n'a aucune pitié pour les traîtres, et ce sale mot gueule partout dans ton dossier. Tu joues ta tête, tu le sais. En ces temps, elles roulent, les têtes. Tu viens de perdre une carte majeure. Je ne comprends même pas pourquoi tu l'as jetée sur le tapis avec tant d'assurance. Convoquer un cafetier patriote dont tu connaissais par avance les réponses ? Quelle arrogance ! Tu cherchais quoi, papa ? À étouffer la procédure sous les commissions rogatoires ? Démultiplier les procès-verbaux ? Rajouter des noms aux faits et des dates aux aveux, jusqu'à l'étourdissement ? Égarer les policiers, les gendarmes, les juges ? Tu espérais que les greffiers perdraient la tête ? Tu essayais de gagner du temps parce que le pire était à venir ?

Et plus tard, pourquoi solliciter le témoignage d'un futur maréchal de France avec un tel aplomb, sachant que tu n'avais obéi à aucun de ses ordres ?

*

En décembre 1942, après quatre mois d'entraînement à la caserne de la Reine à Versailles, la Légion tricolore a envoyé ton détachement à Kruszyna, en Pologne. En Pologne ? Mais bon Dieu, qu'allais-tu faire là-bas, alors que des juifs y étaient massacrés par centaines de milliers ? Aucun policier français ne t'a posé la question. Lorsqu'ils t'ont interrogé pour la première fois, Auschwitz avait encore deux mois pour tuer. L'extermination des juifs d'Europe ne faisait pas partie des tourments. Dans ce commissariat lillois enfumé par les cigarettes, comme dans les gendarmeries et les bureaux de juges d'instruction, la question juive n'était pas d'actualité. Mais à l'heure du procès Barbie, le mot « Pologne » m'a griffé le ventre.

Mais toi, dis-moi, qu'y as-tu fait ?

Te souviens-tu de ton message mourant sur mon répondeur ? De tes camarades Waffen-SS tombés « un peu partout, sur toutes les plaines d'Ukraine et de Russie » ? Te souviens-tu de ta voix tremblée, pleurant « les derniers jours de Berlin » ? Et de ces mots tragiques : « C'était terrible… Terrible… Et je ne regrette rien… Voilà… Absolument rien… » Te souviens-tu m'avoir dit, cette nuit-là, que tu les revoyais tous ? Et aussi de m'en avoir parlé plus tard, devant nos litres de bière ? Ces amis, je les vois enfin. Ils sont là, tes camarades, leurs noms mal frappés sur du mauvais papier, en annexe d'une de tes dépositions. Pierre Clémentin, Marcel Thévenot, Aimé Crepet, Marius Bonsembien, disparus dans l'hiver russe ou condamnés à mort à la Libération. « Je les revois tous. » Mais tu les revois où, papa ? Eux sont vraiment partis se battre sur le front russe.

Cette mère de toutes les batailles que tu m'avais racontée, ils l'ont faite sans toi. Sans toi, ils se sont battus à Smolensk, dans la forêt de Briansk, à un jet de grenade de la Bérézina. Ces hommes, tu les as vus de dos, papa. Lorsqu'ils partaient mourir ensemble. Tout cela, aucun policier français ne te l'a demandé. Mais alors, comment as-tu fait pour ne pas les suivre et rentrer tranquillement à Versailles, ton point de départ, comme l'ont indiqué les enquêteurs ? Je lis ta déposition :

« Trois jours après mon arrivée en Pologne, j'ai refusé de prêter serment à Hitler. »

Voilà ce que tu assènes aux policiers. Une graine de félon, engagé dans le combat contre le bolchevisme, qui s'oppose à l'idée de combattre en Russie ? Mieux : qui refuse de prêter allégeance au Führer, droit dans ses brodequins sur la terre polonaise ? Un jeune coq de 22 ans dressé face à l'aigle germain qui lui explique que non, finalement, tout ça n'était pas une bonne idée ? Et d'ailleurs je suis malade. Je veux rentrer en France et retourner vivre chez ma mère-grand, dans la Loire.

« J'ai réussi à me faire rapatrier », c'est ce que tu as expliqué aux policiers français. Et les voilà qui notent tes propos sans sourciller.

« Il a été dirigé en Pologne puis rapatrié à Versailles pour cause de maladie », écrit simplement le chef de la surveillance du territoire de la région de Lille. C'est le retour en France du collabo qui l'intéresse. Pas ce qu'il a perpétré hors de nos frontières.

« J'étais mis en disponibilité pour cause de maladie et je recevais l'ordre de rejoindre Lyon et d'attendre une convocation pour aller en Allemagne. »

Te voilà donc devenu intérimaire itinérant du Reich, traversant l'Europe meurtrie dans l'autre sens, le temps que l'occupant te trouve une nouvelle affectation. Déserteur de l'armée française et rebelle à l'autorité allemande, tu te promènes tranquillement dans la ville de tes parents, tu vas voir ta grand-mère dans la Loire, tu traînes aux terrasses des cafés de

Saint-Étienne, jusqu'à ce que l'occupant t'ordonne de travailler dans l'une de ses usines, à Emden, un port du nord de l'Allemagne. Alors tu y vas en train, en février 1943, comme un touriste qui visite la guerre. De soldat perdu, tu es redevenu jeune ouvrier, fabriquant des pièces détachées pour les sous-marins ennemis. Tu me l'avais raconté. Et là, une fois encore, comme tu l'avais fait avec de Lattre, Hitler et tous les autres, tu te fais porter pâle. À part le ganglion qui t'a empêché de devenir un héros national, je n'ai jamais su quelle maladie te poursuivait ainsi depuis l'enfance. J'ai une photo de toi à l'hôpital Bellevue de Saint-Étienne un an plus tôt. Tu as un pansement sur le cou. Rien de bien méchant. Tu tiens un ami par l'épaule, un autre s'aide d'une canne.

Mais cette fois, c'est devant ta chaîne de U-Boot que tu flanches. « Indésirable », disent de toi tes employeurs allemands. Ils te trouvent fainéant et bon à rien. Tu jures aux enquêteurs français que tu mettais de la mauvaise volonté à faire ton travail. Tu n'as pas prononcé le mot « sabotage » mais je sens qu'il t'a brûlé les lèvres. Alors voilà. Après avoir refusé de prêter allégeance au chancelier du Reich, tu racontes avoir détérioré son matériel et détraqué le rythme de sa production. Punition ? Aucune. Mieux que ça, tu es récompensé.

« J'ai été envoyé en France avec une permission de huit jours et un papier pour me présenter à l'organisation TODT, 33 avenue des Champs-Élysées. »

Je t'imagine en train de parler, parler, et les policiers qui continuent à écrire. De ma chambre d'hôtel, quarante-trois ans plus tard, j'ai ressenti le malaise qui avait dû poisser ta salle d'interrogatoire. TODT ? Le groupe de génie civil et militaire du Troisième Reich rattaché au ministère de l'Armement et des Munitions ? Les bâtisseurs du mur de l'Atlantique ? J'imagine le commissaire levant les yeux de sa feuille et t'observant brièvement. TODT ? Qu'est-ce que vient faire ce gamin au milieu des employés, des cadres, des architectes et des conseillers techniques de l'Allemagne nazie ?

Après avoir lu ton dossier pénal, j'avais acheté un carnet noir, tout exprès. J'ai écrit : « Trop de remue-ménage. Trop de dates. Trop de noms. Trop de maladies. Trop de rebondissements invraisemblables. » Alain, l'historien, m'a expliqué qu'après la dissolution de la Légion tricolore ses combattants avaient eu la possibilité de ne pas aller combattre en Russie avec la LVF ou la Waffen-SS. En échange, ils s'étaient engagés à travailler en Allemagne.

Voilà, papa. Toi, tu as refusé de te battre en Russie. Tu n'as pas désavoué Hitler. Tu es volontairement parti travailler chez l'ennemi. Mais comme ouvrier, tu n'as pas fait l'affaire non plus. Mauvais élément, même chose depuis toujours. Comme à l'école, comme à l'imprimerie, comme à l'atelier d'habillement, comme dans ton usine de pédales à vélos. Tu n'as pas fait l'affaire. Ce que tout le monde a toujours dit de toi.

Les Allemands t'ont renvoyé à Lyon en te demandant d'attendre les ordres. Une fois encore, tu as été libre de tes choix. Mais au lieu de disparaître dans le chaos de la guerre, de te faufiler vers un maquis, une planque, n'importe quel endroit de dignité, tu as obéi au Reich. La police allemande t'a ordonné de te présenter à l'organisation TODT, 33 avenue des Champs-Élysées. Et tu l'as fait. Tu as accepté de chausser les bottes de l'ennemi et de porter ses armes. Désormais, tu allais devenir un vrai soldat allemand. Tu ne pourrais plus te retrancher derrière le patriotisme. Il te faudrait avouer car la police française sait tout de toi, ou presque. Cette fois, comment justifier ta guerre sans rire ou sans pleurer ?

*

J'ai refermé ton dossier.

J'ai souri en pensant à Henri Vulliet, ton juge. J'ai imaginé le magistrat se prenant la tête à deux mains, lisant et relisant tes dépositions comme autant de curiosités. Le 21 juin 1945, tu lui as écrit de la cellule 60, section D de la prison de Loos, lui reprochant de ne pas encore t'avoir entendu. Le magistrat avait souligné quelques passages. Tu lui demandais : « J'aimerais pouvoir, le plus tôt possible, servir la France que j'aime tant. » Et puis cette phrase immense : « Excusez Monsieur le juge mon pauvre style, mais je suis un soldat et non un romancier. »

13

Procès de Klaus Barbie

Jeudi 21 mai 1987

Devant la cour d'assises de Lyon, l'avocat de Klaus Barbie ne s'était jamais permis de contester un témoin direct de la rue Sainte-Catherine. Pour la deuxième audience consacrée à la rafle, quelques rescapés sont venus une nouvelle fois raconter cette journée ou la pleurer au micro. Alors Jacques Vergès a écouté sans un mot l'émouvant Victor Sulkalper, tombé lui aussi dans le piège. Il a observé les larmes de Gilberte Jacob, venue dire sa souffrance. Puis il est retourné à ses dossiers, tête baissée et stylo à la main.

Contredire ces témoins lui aurait été fatal et il le savait. D'autant qu'aucun d'eux n'avait témoigné de la présence de Klaus Barbie ce jour-là, au deuxième étage de la rue Sainte-Catherine. Tous s'en seraient souvenus. Les experts allemands ont répété à la barre que le télégramme rendant compte de la rafle avait été signé par l'*Obersturmführer SS* Barbie et que rien concernant les affaires juives ne pouvait lui échapper. Peu importe. Pour Vergès l'avocat, son absence sur le terrain constituait un élément de doute.

Et comme lui, la salle tout entière a frémi lorsque Michel Thomas a été appelé par l'huissier. Il était le seul témoin à déclarer avoir vu Klaus Barbie rue Sainte-Catherine.

Lorsque Gilberte Jacob s'était mise à pleurer, mon père avait quitté sa place. Comme à son habitude, il faisait quelques pas devant le Palais avant de passer aux « choses sérieuses ».

— Quelles choses sérieuses ?

— Les témoignages, pas les pleurnicheries.

Et après une interruption, il a regagné son siège.

Cet après-midi, inutile folie, j'avais emporté la lettre de mon père à son juge, rangée avec mes notes, mon carnet et l'acte d'accusation de l'affaire Klaus Barbie. Lorsqu'il est revenu dans la salle, je me suis retourné. Il avait remarqué ma chaise, en bout de rang. Tandis que la Cour attendait le témoin capital, mon père m'a souri et a levé la main. J'ai répondu d'un geste. Sur mes genoux, trois feuilles de cahier d'écolier écrites à l'encre. « Matricule 9431, écroué le 20/12/44 Section II, cellule 60. » J'ai regardé son visage d'adulte, puis son écriture de jeune homme. « Je suis un soldat et non un romancier. » Il m'épiait. Il a haussé les sourcils, levé la tête comme on pose une question. Mon père et son histoire, rassemblés dans une même salle, en secret. Sa vie de mensonges et sa guerre pour de vrai. Son regard, sa lettre, je passais de l'un à l'autre jusqu'au vertige. Je venais de faire entrer le procès de mon père dans la salle d'audience qui jugeait Klaus

Barbie. La petite histoire et la grande rassemblées. Dans le box vide de l'accusé, il y avait de la place pour les aventures de ce jeune Français. Pour ce père en fond de salle, entré là par la ruse. Qui avait été jugé sans admettre son crime. Alors que des milliers d'autres avaient comparu les yeux baissés devant les juges d'une France libre, mon père leur avait tenu tête en racontant des histoires pour enfants. Je me suis dit que, déjà, il s'entraînait pour m'endormir un jour. Moi, sa famille, ses amis, tous ceux qu'il croiserait après la guerre. Nous étourdir comme un joueur de flûte.

Il n'avait pas payé et je lui en voulais. Payer, ce n'était pas connaître la prison, mais devoir se regarder en face. Et me dire la vérité. Il a comparu devant des juges, pas devant son fils. Face à eux, il a hurlé à l'injustice. Face à moi, il a maquillé la réalité. Comme s'il n'avait rien compris, rien regretté jamais.

J'avais emporté cette lettre pour provoquer une collision entre le passé et le présent. Confronter deux hommes qui nient. L'un qui se dit Altmann, l'autre qui s'est prétendu patriote. Pour narguer deux orgueils. Mais ce jour n'était pas encore venu.

Lorsque Michel Thomas s'est avancé à la barre, le regard de Jacques Vergès a changé. Il disait la colère et le mépris. L'homme qui témoignait était pourtant un héros. Juif, apatride, né en Pologne, il n'était pas là pour parler de martyre. C'était l'ancien de l'Armée secrète qui témoignait. Il avait combattu dans les maquis de l'Isère, puis dans les services spéciaux de la 1re Armée française, il avait libéré Lyon avec les troupes américaines, endossé leur uniforme, s'était attaché à leurs pas, il avait délivré Dachau, gagné la guerre sous le casque yankee puis fait partie de l'armée d'occupation en Allemagne. La rafle de la rue Sainte-Catherine ? Pour lui, une simple anecdote dans son parcours de combattant. Quelques minutes de sa vie.

— J'avais demandé à l'UGIF de fournir des combattants pour la Résistance, mais les responsables de l'Union étaient formellement opposés à ce que leurs membres commettent des actions illégales.

Le président laissait parler. Vergès prenait note.

Le jour de la rafle, il décide donc d'aller rue Sainte-Catherine et de recruter des volontaires lui-même. En bon clandestin, il anticipe les coups, emporte un carton de dessins rempli d'aquarelles et décide de se faire passer pour un artiste. Lorsqu'il ouvre la porte du local, il a « un sale pressentiment ». Il est happé par un homme à « bottes noires » et jeté dans la pièce du fond avec des dizaines d'autres malheureux.

Vergès continuait d'écrire, léger sourire sur les lèvres.

La veille, l'avocat avait demandé à un survivant de la rafle s'il se souvenait d'un artiste venu rue Sainte-Catherine avec un carton à dessin. Comme les autres témoins, le malheureux avait tout gardé en mémoire. Les noms des personnes présentes ce 9 février 1943 au siège de l'Union générale des Israélites de France. Les visages des amis, des voisins. Une mère et sa fille, une grand-mère en larmes, le vieil homme à barbe blanche qui priait dans un coin, la jeune Léa Katz, qui avait réussi à s'enfuir. Il se souvenait du visage des policiers allemands embusqués dans le quartier et les escaliers. De leurs voix, de leurs ordres, de leurs vêtements, de leur brutalité. Mais un artiste avec son carton à dessin ? Non. Et il a haussé les épaules.

— J'ai fait semblant de ne pas parler allemand. Derrière moi, j'ai entendu le déclic d'un pistolet qu'on arme.

Il entend deux gestapistes parler entre eux dans son dos.

— L'un a dit tranquillement à l'autre : « Il vaut mieux en finir avec ce type. Je fais quoi ? Une balle dans la nuque ? La tête ou l'oreille gauche ? »

Thomas sait que les policiers le testent. Il s'oblige à ne pas bouger.

— Ce sont mes papiers que vous voulez ?

Il leur tend la carte d'identité confectionnée par la Résistance dans une mairie du Vercors.

L'homme qui est face à lui dans la pièce, c'est Klaus Barbie. Il le redit à la Cour. Comment s'en souvient-il ? Ses oreilles « asymétriques », son sourire « sarcastique et cynique », son regard, « des yeux de rat, très mobiles ».

— C'est un visage qui reste gravé dans ma mémoire pour toujours.

Il se tourne vers le box, théâtral.

— Au fait, il n'est pas ici ? Je veux le voir !

Mon père s'agaçait. Moi aussi. Quelque chose de désagréable s'était abattu sur les débats. Michel Thomas ne parlait pas, il déclamait. Il évoquait « l'ange de la mort ». Son emphase, ses mots, ses effets, rien ne ressemblait aux chairs torturées qui l'avaient précédé à la barre. Un témoin d'opérette virevoltant de la manche.

— Alors Barbie m'a demandé ce que je faisais ici.

Et il a raconté. Artiste, il avait attiré l'œil d'un acheteur et c'est ici même qu'il avait rendez-vous avec son client, pour lui montrer ses œuvres. Le SS le croit. Il le libère. Et aujourd'hui encore, le témoin tient à rendre hommage aux « juifs captifs » de la rafle.

— Ils m'avaient reconnu mais ils n'ont rien manifesté pour ne pas me compromettre.

Ensuite, le témoin aurait monté un système de surveillance avec ses camaradcs patriotes, pour prévenir les juifs qui arrivaient.

C'est alors que Vergès s'est levé. Gestes, regards, questions. Pour la première fois, il avait décidé d'afficher son mépris.

— Qui connaissiez-vous à l'UGIF ?

— Des gens, répond le témoin.

L'avocat penche la tête.

— Par qui avez-vous appris qu'il y avait une distribution d'aide aux réfugiés, ce jour-là ?

— Je ne sais pas, je ne me souviens pas.

Vergès a joué la surprise.

— Vous ne vous souvenez pas ?

— Par des membres de l'UGIF. Je n'étais pas de ce monde, j'étais un résistant.

— Quel est le chef de l'UGIF qui a refusé de donner des jeunes pour votre réseau ?

Le témoin s'énervait. C'était l'effet recherché.

— Ce sont des noms sans aucune importance.

— Parmi ces gens dont vous disiez qu'ils vous avaient reconnu, citez-m'en un seul !

— Je n'ai pas les noms en mémoire.

Je me suis retourné. Mon père riait.

Vergès a grondé.

— Le nom d'une seule personne qui a fait partie de votre système de surveillance ?

Pas de réponse. Et puis la digue a cédé. Le témoin a avoué que même s'il savait, jamais il ne répondrait à l'avocat de Klaus Barbie. L'homme tremblait, il enrageait. Brusquement, il a appelé Jacques Vergès « Monsieur Mansour ». Le nom de guerre de l'avocat au sein du FLN pendant la guerre d'Algérie. Émoi dans la salle. La colère a rendu au témoin son accent polonais. Le défenseur de Klaus Barbie n'a plus caché sa rage. Il s'est mis à mordre au sang.

— Votre accent n'a pas étonné Barbie ?

— Je ne comprends pas.

L'avocat s'est alors penché par-dessus son box, détachant chaque mot.

— Zur le lécher accent que fou abez !

— Raciste ! a hurlé une femme dans la salle.

Mansour venait de répliquer.

C'était fini. Le témoin a brandi des photocopies pour prouver qu'il avait bien été dans l'armée américaine. Mais le président l'a remercié. Vergès, lui, souriait. Si la vérité sanglotée lui était fatale, vanité et grandiloquence lui permettaient de relever le front.

*

Nous avions décidé de remonter le quai. Quelques pas après le tumulte. Puis tu m'as invité auprès de toi, sur tes marches de pierre. Je ne savais pas qu'il y en avait d'autres, englouties par l'eau jusqu'au fond de cailloux. C'était la première fois que tu partageais ton abri. Je m'étais assis au bord du quai, jambes pendantes. D'abord tu as gardé le silence, observant les remous du fleuve labouré par une péniche. Et puis tu as souri de cette audience. À part le rappel militant du passé algérien de Mansour – tes convictions étaient restées aux côtés de l'Algérie française – Vergès t'avait impressionné.

— C'est vraiment l'avocat qu'il faut avoir dans sa poche !

Tu as ri.

— L'accent que fou abez ! C'était gonflé quand même.

*

En arrivant à la bibliothèque Saint-Jean, tu t'es dirigé vers le funiculaire.

— Je prends la ficelle, j'en ai marre de marcher.

Tu allais m'embrasser, ce geste distant en regardant ailleurs, lorsque j'ai sorti le carnet de mon cartable.

— Attends une seconde.

J'ai fait mine de chercher, tourné quelques pages.

— Ah oui. Tu sais qu'on a parlé de la Légion tricolore, cet après-midi ?

Une ombre dans tes yeux. Tu étais aux aguets. Juste le temps de reprendre ta respiration.

— La ?

J'ai relu le mot imaginaire dans mon carnet.

— La Légion tricolore.

Nous nous étions arrêtés près d'un banc. Tu t'es assis lourdement, sans me quitter des yeux.

— Pourquoi ils ont parlé de ça ?

Geste d'évidence.

— C'est Mme Jacob, tout à l'heure, au milieu de son témoignage.

— Ah oui, celle qui chialait tout le temps ? J'étais sorti.

J'ai refermé mon carnet.

Il m'a regardé plus tranquillement. Sa méfiance le quittait.

— Qu'est-ce qu'elle a dit sur la Légion tricolore ?

— Elle l'a juste citée.

— Dans quel cadre ?

— Elle a dit que c'était une milice politique, comme tous les groupes allemands qui étaient à Lyon.

Mon père a ri. Vraiment. Il se détendait.

— Vergès n'a pas répondu que tricolore, c'est pas allemand ?

— Non. Il n'a rien dit.

Mon père s'est levé.

— Tu m'accompagnes à la ficelle ?

J'avais peur de l'avoir perdu. Mais non. Il retournait les phrases dans sa tête.

— Il y avait aussi des ordures dans la Tricolore, tu sais ?

Je l'ai interrogé du regard.

— Quand la Légion a été dissoute, des lâches ont demandé à travailler en Allemagne, ou à retourner chez papa-maman plutôt que d'aller en Russie. Allez hop ! Au bercail. Le vent tourne, on ne veut pas se faire tuer sous l'uniforme allemand.

Il s'est arrêté.

— Les miliciens c'étaient des petites gouapes, je te l'ai dit. Mais les gars de la Tricolore qui nous ont trahis, c'étaient des pédés et des lâches.

Il a cherché un ticket de funiculaire dans son portefeuille.

J'ai hésité.

— Mais toi aussi, tu es parti en Allemagne, dans l'usine de sous-marins.

Ses lèvres. Son mépris.

— En attendant la formation de la division Charlemagne, bonhomme !

Il est passé à autre chose. Une tactique que je lui connaissais depuis l'enfance.

— Je ne t'ai jamais parlé de Pierre Clémentin ?

J'avais vu ce nom dans son dossier.

Il a levé le pouce.

— Un garçon qui avait de la gueule. Et qui m'a accompagné sur le front de l'Est.

— Il est mort ?

Mon père s'est avancé vers les portes du funiculaire. Il s'est retourné vers moi.

— À Berlin, dans mes bras.

Il a secoué la tête.

— Toute ma vie je le reverrai prononcer mon prénom en pleurant.

Ses yeux dans les miens.

— On n'était que des gamins, tu sais ?

Oui, je savais.

Puis il a levé une main et il est retourné dans son brouillard.

Sur l'annexe à son procès-verbal d'audition, du 19 décembre 1944, mon père a décrit Clémentin : « Taille 1,78 m, cheveux châtain foncé, corpulence faible. » Mais il avait aussi indiqué que son ami avait 31 ans. Ce n'était pas un gamin. À la bibliothèque Saint-Jean, dans un livre confidentiel sur la Légion des Volontaires français contre le bolchevisme, de ces ouvrages bâclés de l'immédiat après-guerre, où chaque phrase claquait comme un drapeau, avec la vengeance pour seule éditrice, Pierre Clémentin avait une note en bas de page. Combattant de la LVF entre 1942 et 1943, il n'était pas mort dans les bras de mon père à Berlin en 1945, en murmurant son prénom, mais condamné à la peine capitale par contumace à la Libération. Et il y a quelques jours, Alain avait même retrouvé sa trace dans un essai d'extrême droite. À la fin de la guerre, Clémentin s'est évaporé entre l'Allemagne et l'Italie, puis il est revenu en France bien des années plus tard, amnistié comme les autres. Et il s'est éteint à Paris en 1978, dans les bras de personne.

14

Après des années passées au service des autres, ma mère prenait sa retraite. Elle avait préparé une fête d'adieu entre collègues, un goûter dans une crêperie près de son bureau. À la fin de la guerre, dans une France en gravats, elle était entrée au ministère de la Reconstruction. La fonction publique. C'était son but depuis le lycée.

— Le salaire plus la tranquillité, disait-elle à ses amies.

Et elle ne supportait pas ceux qui n'y comprenaient rien.

— Mais qu'est-ce qu'ils ont tous à se moquer des fonctionnaires ?

Puis la France a changé, mais son travail est resté le même. Crayon bleu, crayon rouge, tampon humide, accepter ou refuser un permis de construire, selon l'annotation inscrite par un chef de service en tête du document. Comme dans la vie, elle n'avait pas eu le courage d'inverser le cours des choses. De changer un non pour un oui. De faire un pas de côté. Elle classait les demandes dans des chemises et les tamponnait avec l'encre qu'on exigeait d'elle.

Le pays reconstruit, elle est passée au ministère de la Construction, puis a travaillé au ministère de l'Équipement. Les noms ronflaient de plus en plus mais son bureau n'avait pas changé. Sa machine à écrire à ruban était devenue une électrique à boule, c'était tout. Pendant plus de quarante ans, maman a ainsi classé les autorisations de construire un toit pour les autres. Elle qui, sa vie entière, n'avait connu que des loyers en fin de mois. Honnête, ma mère. Sténodactylographe de son premier à son dernier jour de travail, sans jamais protester, ni réclamer, ni prendre une autre décision que celle qui lui était imposée. Elle avait été employée des Travaux publics, de son plus jeune âge à ce jour de mai 1987, où elle remerciait ses voisins de bureau, après avoir seulement gravi les échelons d'ancienneté.

Ma visite était une surprise. Son fils auprès d'elle pour boire une bolée de cidre doux ? Le plus beau cadeau que je pouvais lui faire. Lorsque je suis arrivé, la fête était presque terminée. Derrière la vitre de la crêperie, il y avait Mme Blanchot, qui prendrait sa retraite l'année suivante, une jeune fille en stage et M. Terray, l'un des gardiens du parking.

Lorsqu'elle m'a aperçu, ma mère s'est levée.

— Mon fils ! Ah ça, pour une surprise !

Je ne l'avais pas vue sourire depuis longtemps. La joie n'était pas une obligation familiale.

— Assieds-toi, mon fils ! Une crêpe ?

Pourquoi pas. Je me suis faufilé sur la banquette et M. Terray s'est levé.

— Je vais vous laisser en famille !

Maman a protesté, à peine. Sa vie entière, elle n'avait jamais osé contrarier les gens. Alors la jeune fille et Mme Blanchot se sont levées à leur tour. La stagiaire a tendu la main et remercié poliment. Les deux autres ont juré à maman que tous se reverraient. Ma mère a écrasé une larme, avec le mouchoir qu'elle cachait dans sa manche. Sa collègue avait les yeux tristes, aussi. Un hochement de tête pour me saluer, et puis tous sont partis. Retournés dans la rue puis au ministère, pour l'heure qui leur restait à tamponner. Ma mère les a regardés, puis moi, puis le paquet-cadeau ouvert sur la table. Je me suis rapproché.

— Alors dis-moi, il y avait qui à ta petite fête ?

Elle a souri.

— Eh bien tu les as vus ! Catherine, Hervé et cette jeune fille très sympathique.

Elle s'est penchée, une main cachant ses lèvres.

— Mais j'ai complètement oublié son nom.

J'ai regardé la table désertée. Il n'y avait que trois bolées. La jeune fille n'avait pas bu.

— Et avant que j'arrive, il y avait qui ?

Ma mère a eu un geste étonné.

— Avant ? Mais non, personne.

Quarante ans de travail commun, deux collègues aux adieux.

— Même pas un chef ?

Elle a ri.

— Un chef ? Dis donc, mon fils, je ne suis pas le ministre !

J'avais commandé une crêpe au sucre. Mais le froment beurré ne passait pas.

— Tu sais, ils avaient l'air tous bien contents. Ils ont pris du cidre, une galette, ça leur a fait très plaisir.

— Et toi ?

Elle s'est redressée.

— C'est bien qu'ils aient pu se libérer, tu sais. D'autres amies devaient venir, mais je pense qu'elles n'ont pas pu.

— Ce ne sont pas des amies, maman.

Elle m'a regardé.

— Qu'est-ce que tu racontes, mon fils ?

Je me suis tu, du sucré plein la bouche. À une autre époque, j'aurais grimpé en courant dans les étages du ministère et j'aurais tout cassé. Sa table, sa chaise, la machine à écrire sur laquelle elle s'était usé les yeux et les doigts. J'aurais renversé son armoire aux permis de construire. Jeté de l'encre sur les murs, le sol, le plafond. J'aurais brisé les vitres. J'aurais tamponné le premier qui serait venu protester avec des « refusé » plein la gueule. J'aurais vengé maman. Mais elle était tout heureuse que deux sur cent lui aient fait l'honneur de quelques minutes. Traînant avec eux une gamine, casée dans le bureau du tri par un parent, qui était venue manger à l'œil.

— Elle a remplacé M. Moncey, mon sous-chef qui n'a pas pu se dégager, c'est gentil hein ?

Maman regardait le ciel par la vitrine. Elle avait son sourire content. Elle venait de se faire écraser par l'indifférence, la méchanceté, la saloperie de toute une administration, et elle cherchait l'éclat d'un rayon de soleil. Elle a tressailli.

— Et je ne t'ai pas montré !

Avec précaution, elle a déballé du paquet-cadeau un saladier en verre laiteux, frappé d'une pomme, d'une poire et d'une grappe de raisin couchée sur une branche de feuilles.

— C'est hideux.

Je ne l'ai pas dit.

— Je n'avais plus de saladier depuis longtemps. Ça me fait très plaisir.

— Tu l'as acheté où ?

Son rire, encore. Une joie presque enfantine.

— Qu'est-ce que tu es ballot !

Elle a ouvert l'enveloppe qui l'accompagnait. Toute fière, maman.

— C'est mon cadeau de départ en retraite.

J'ai déplié la feuille blanche. Une dizaine de noms, rien de plus. Une poignée d'hypocrites qui avaient jeté quelques pièces à ma mère comme on en balance à un mendiant des rues.

— Il est beau, hein ?

Lorsqu'elle s'est demandé si elle le rangerait dans un placard ou le mettrait en présentation dans la vitrine du buffet, j'ai eu envie de pleurer.

— Tu en penses quoi ?

Je ne savais pas. En tout cas, je lui ai dit que j'étais bien content pour elle. Vraiment. Heureux qu'elle ait pu organiser ce joli départ et recevoir ce somptueux cadeau. Cela faisait quarante ans que cette femme vivait avec mon père. Il en avait fait une petite chose terne et inquiète. Difficile de vivre dans l'ombre d'un héros de légende. Difficile de mener une existence qui ne soit pas grise. Difficile de marcher à son pas sous les vivats de l'Histoire.

J'ai payé son addition. À peine une tournée de potes au comptoir.

— Tu es fou, mon fils !

Mais elle s'est laissé faire. Et puis j'ai marché un peu avec elle, juste le temps d'oublier mon envie de tuer.

— Comment va papa en ce moment ?

Elle a haussé les épaules.

— Papa ? Ça va, écoute. Ça va…

— Le procès ne le remue pas trop ?

Elle a regardé les feux tricolores.

— C'est vert.

— Il t'en parle ?

— Tu connais ton père, il sait tout ça.

— Mais ça doit le remuer un peu quand même, non ?

Elle s'est arrêtée au milieu du trottoir, son cabas dans la saignée du coude.

— En tout cas, il m'a reparlé de sa blessure de guerre pour la première fois, hier.

J'ai pris son sac, lesté du saladier.

— Quelle blessure ?

— Tu sais bien, il a été longtemps à l'hôpital pendant la guerre.

Je savais, oui. Depuis peu.

— Et pourquoi il t'en a reparlé ?

— Parce qu'il a du mal à respirer en ce moment, et il pense que ce sont des séquelles.

Son bus arrivait. Nous allions nous séparer.

— Des séquelles de quoi, maman ?

Elle m'a regardé comme on observe un enfant un peu sot.

— Mais tu sais bien, les gaz allemands !

Le bus arrivait. Maman m'a raconté qu'en 1940 mon père avait été gazé sous l'uniforme français, en défendant sa tranchée. Et il avait aujourd'hui encore bien du mal à respirer.

— Sa tranchée ?

— Ben oui. Ils étaient enterrés dans des tranchées, les Français.

Et puis elle est montée dans le bus, s'est assise à sa place habituelle, son cabas sur les genoux. Sans un regard, sans un signe, comme l'avaient fait ses collègues tout à l'heure en partant.

Les tranchées. La vaillance du poilu bleu horizon. Le gazé aux bandes molletières.

Celle-ci, mon père n'avait tout de même pas osé la servir aux enquêteurs de l'épuration !

15

Comme les policiers, les gendarmes, comme ton juge, j'ai du mal à te suivre. Je vois leurs interrogations portées au crayon dans les marges de ton dossier. Tu as traversé la guerre sous des drapeaux différents, sans blessure ni dégâts. Chaque soir, tu t'es endormi un pistolet sur la tempe. Chaque matin, tu t'es réveillé dans la peau du survivant. C'est insensé. Certains naissent juste pour qu'on les enterre, d'autres, comme toi, se croient immortels.

En mars 1943, après avoir mal travaillé en Allemagne, te voilà donc entrant au 33 de l'avenue des Champs-Élysées, « muni d'un papier », pour que l'organisation TODT te trouve une nouvelle affectation comme travailleur volontaire. Mais tu étais qui, toi ? Ni architecte, ni ingénieur, compétent en rien, alors l'administration allemande t'adresse au siège français du National Sozialistisches Kraftfahr Korps, une organisation paramilitaire chargée de fournir des unités de transport au parti nazi. Le NSKK a besoin de main-d'œuvre étrangère sans qualification. Et c'est à

Grammont, en Belgique, que tu es envoyé, avec sept jeunes Français appâtés par le salaire mensuel de 3 040 francs. Au commissaire Harbonnier tu déclares simplement : « Je revêtais mon nouvel uniforme et j'étais affecté à la 5e compagnie NSKK. Mon travail consistait à faire des corvées et à travailler à la réfection des routes. » Désormais, tu portes le casque d'acier à aigle d'argent et croix gammée. Dès le début de la guerre, tu as appris la langue de l'occupant. Plus rien de tricolore, ni dans ton accoutrement ni dans ton attitude. Tu t'es enfoncé dans le ventre de l'ennemi.

Les policiers français ont noté ta déposition. Et posé peu de questions.

Le commissaire : « En admettant que vous disiez la vérité, il vous était facile, une fois en France, de gagner le maquis, comme vous en aviez tant de fois manifesté l'intention. »

Toi : « Je reconnais qu'à ce moment, j'étais entièrement libre mais si je n'ai rien fait pour me soustraire aux ordres des Allemands, c'est parce que je n'y avais pas pensé. »

Le commissaire : « Vous avez préféré signer un contrat avec le NSKK, pourquoi ? »

Toi : « J'y suis entré avec l'intention de saboter tout ce que je pourrais. »

Saboter ? Mais il te fallait trouver plus spectaculaire encore. J'ai fermé les yeux. Je t'ai imaginé tassé sur une chaise, cherchant les mots qui marqueraient les policiers. Leurs sourcils froncés, ton visage de gosse. Y avait-il une fenêtre, pour laisser s'échapper ton regard ? Dans ma chambre d'enfant, c'est par ce rectangle de ciel que tu cueillais tes histoires héroïques. Tu me racontais ta guerre sans me regarder, ou alors à la toute fin, pour savourer l'émotion sur mon visage. Un soir d'orage, les éclairs au-dessus de Lyon te soufflaient le fracas des grenades. Par temps de pluie, tu me parlais du poids de ton uniforme détrempé. Lorsque le ciel s'offrait aux étoiles, tu me chuchotais le bivouac de nuit, juste avant l'assaut. Je me suis demandé si là-bas aussi, dans ce commissariat lillois, tu avais pu appeler un nuage à ton secours.

« Sur ses entrefaites, deux parachutistes américains étaient faits prisonniers dans la région et incarcérés dans un baraquement de mon cantonnement. La nuit du 3 au 4 juin 1943, j'étais de garde avec le nommé Pereira Roger. Vers minuit, en accord avec Pereira, je libérais les parachutistes, et leur départ n'était découvert que vers 5 h 30 par l'officier de ronde. »

L'inspecteur Bauw a certainement relevé la tête. Il t'a observé. Il a interrogé du regard le commissaire Harbonnier. Le jeune traître affirmait maintenant avoir sauvé des alliés.

Je me suis levé pour boire une bière, accoudé à la fenêtre ouverte. Le ciel était lourd d'avant pluie. Les policiers ont dû te faire répéter. Pardon ? Toi, accusé de trahison, et le nommé Roger Pereira, deux Français en uniforme nazi du NSKK, auriez libéré deux Américains tombés sur le sol flamand, en vous emparant « de la clef du baraquement, qui était accrochée à l'extérieur ».

— Mais tout cela c'est passionnant, dis-moi, a dû sourire le commissaire.

Et donc ? Quelles ont été les conséquences de cette évasion ? Une enquête de la police allemande ? Un interrogatoire sévère pour démasquer le transfuge qui avait permis l'évasion de ces deux ennemis ? Rien de tout cela.

« Les coupables n'ayant pu être découverts, tout le poste était relevé et emprisonné trois jours. » Trois jours ? Un véritable cadeau. Mais il y a mieux encore :

« À la même époque, j'obtenais une permission de sept jours pour aller voir mon père malade. » Et te revoilà donc libre, jeune Français en uniforme allemand, lavé de tout soupçon.

*

Les policiers ont consigné ce nouveau rebondissement, sans autre question. Comme pour les égarer, tu as continué de mêler adroitement le faux et le vraisemblable. À cet instant précis, dans ce bureau-là et face à ces hommes, tu jouais ta vie et tu le savais. Entre la désertion de l'armée française et ton incorporation dans la Légion tricolore, la justice avait deux raisons de te coller au mur. Mais avant d'en finir avec toi, les vainqueurs voulaient percer à jour tes vraies motivations. En avais-tu seulement ? Plus je lisais tes dépositions plus j'en étais convaincu : tu t'étais enivré d'aventures. Sans penser ni à bien ni à mal, sans te savoir traître ou te revendiquer patriote. Tu as enfilé des uniformes comme des costumes de théâtre, t'inventant chaque fois un nouveau personnage, écrivant chaque matin un autre scénario.

La seule chose dont tu as été conscient, c'est que tout le monde te recherchait. Tu étais encore un enfant, papa. Malin comme un gosse de village qui échappe au gendarme après un mauvais tour, mais un enfant. Ces quatre années ont été pour toi une cour de récréation. Un jeu de préau. Tu ne désertais pas, tu faisais la guerre buissonnière. Tu faussais compagnie à l'armée française, à la Légion tricolore, au NSKK comme un écolier sèche un cours. Tu as dû dérouter les enquêteurs. Ni la morgue du collabo, ni l'arrogance du vaincu. Tu n'étais pas de ces traîtres qui ont refusé le bandeau face au peloton. Ni de ces désorientés pleurant leur innocence. Pas même une petite crapule qui aurait profité de l'ennemi pour s'enivrer de pouvoir ou s'enrichir. C'est un funambule que les policiers ont essayé de faire chuter. Un bateleur, un prestidigitateur, un camelot. Chaque interrogatoire a ressemblé à une partie de bonneteau. Elle est où la carte, hein ? Ici ? Là. Et la bille, sous quel godet ? Ton histoire était délirante, mais plausible dans son entier. C'est en t'écoutant la rejouer séquence par séquence, que plus rien de son scénario ne me paraissait crédible.

Mais comme l'heure n'était plus aux exécutions sommaires, les policiers n'ont pas négligé le dossier d'instruction numéro 202. Ton juge a multiplié les commissions rogatoires. Des dizaines de détectives, de gendarmes, d'auxiliaires de justice ont laissé des traces de leurs investigations. Tous ont fait leur travail. Ils ont cherché la vérité dans ton chaos.

Le 27 juin 1945, par exemple, le juge Vulliet envoyait un message TRÈS URGENT au commissariat du quartier de Belleville, à Paris. Tu avais indiqué au magistrat que les parents de Pereira, l'homme de la NSKK avec qui tu avais fait évader les deux parachutistes américains, y tenaient une teinturerie. Quatre mois plus tard, la 5e section de la police judiciaire de Belleville répondait au magistrat lillois : « Les recherches faites dans le quartier Belleville en vue de découvrir le nommé Pereira Roger n'ont donné aucun résultat. »

Même s'ils n'étaient dupes de rien, les flics ont rapporté fidèlement tes mots. Le commissaire t'a écouté de longues heures, l'inspecteur a reformulé tes affirmations en jargon policier – « je rebroussais chemin, puis pris le train ».

Tu n'étais pas un traître ordinaire. Ta déposition leur offrait une épopée.

Permissionnaire, en uniforme du NSKK, tu as traversé la Belgique occupée, puis la France, jusqu'à Lyon. Revenu quelques jours dans la Loire, tu as aussi visité tes parents.

— Je l'ai même vu habillé en Allemand, m'avait dit mon grand-père.

Et là, entre Lyon et Saint-Étienne, tu as rencontré Paulette. Une jeune ouvrière, mère d'un enfant de 4 ans. Et tu es tombé amoureux. Tu lui as proposé de vous enfuir en Suisse. Pourquoi la Suisse ? « Mon intention était de me présenter à un consulat allié et de me faire diriger vers l'Angleterre », as-tu répondu au juge.

L'affaire est délicate. Paulette est mariée, son homme travaille en Allemagne au titre du STO. Et cela fait plusieurs jours que tu es signalé comme déserteur en Belgique, absent de ta compagnie NSKK. « Ne tenant pas du tout à rejoindre ma formation », comme tu l'as expliqué au commissaire, tu as préparé votre départ vers la Suisse. Dans ta déposition, tu ne parles pas de l'enfant de Paulette, seulement d'elle et de toi. Vous aviez pris place dans le train Lyon-Chambéry lorsqu'une patrouille allemande, montée à Ambérieu, a investi les voitures. Alors tu t'es réfugié dans les toilettes, et tu as essayé d'effacer, à l'eau, la date d'expiration de ta permission allemande. De retour dans ton compartiment, et malgré ton uniforme, tu as été contrôlé. « La supercherie était découverte. »

Alors tu es arrêté, encore. Ramené à Lyon, enfermé trois semaines au fort Montluc, puis reconduit en Belgique par deux Feldgendarmes, après une halte d'un mois à l'hôpital de Louvain. Paulette t'avait offert une blennorragie.

À ta sortie, tu es incarcéré dans les locaux disciplinaires de la caserne de Vilvoorde avant de profiter d'une corvée extérieure pour t'échapper. Une véritable anguille. « J'avais appris que je pouvais obtenir une fausse carte d'identité française dans un café près de la gare du Nord, à Bruxelles. » Tu l'as fait établir au nom de Jean Astier, né à Toulon. Puis tu as traversé la ville à pied, habillé de vêtements civils « que j'avais obtenus d'un homme que je ne connaissais pas », ton uniforme de la NSKK caché dans un sac. Ensuite ? Tu dis avoir pris le tramway pour Charleroi. Et c'est le pouce levé, en auto-stop, en pleine guerre, que tu es rentré en France le 23 septembre 1943, avec 250 francs en poche. Pour retrouver Paulette.

Le 1er octobre, te voilà de retour à Saint-Étienne. Tu as donné rendez-vous à ton amie dans un café de la ville, mais Paulette ne viendra pas. Au téléphone, sa mère t'a expliqué que la jeune femme restait à la maison pour garder son enfant. Votre histoire s'est arrêtée là.

Alors, tu t'es installé au comptoir, en l'espérant toujours. Et tu as bu. « Entre-temps, j'étais entré en conversation avec un consommateur », penché sur son clavier, le policier a certainement reformulé tes phrases. Bonne tête, regard franc, léger accent britannique, ce consommateur t'a inspiré confiance, et tu lui as tout raconté. Ton régiment vaincu, la Légion tricolore, le NSKK, les Américains libérés, ta désertion, tout. Comme ça, au bar d'un café stéphanois. « Alors il m'a dit qu'il était de l'Intelligence Service et il m'a proposé de me faire entrer dans la Résistance. »

Une fois encore, j'imagine tes policiers. Leurs coups d'œil par-dessus la machine à écrire, la pause cigarette, le verre d'eau. « Entrer dans la Résistance », comme ça. Un petit soldat perdu qui, après trois verres de trop, se confie à un agent britannique échoué au zinc d'un bistrot de Saint-Étienne. Et l'autre qui t'incorpore sur-le-champ. Qui te donne rendez-vous le lendemain, 2 octobre 1943 à 14 heures, au Café de Nice, place de l'Hôtel-de-Ville, pour être mis en contact avec un maquis.

Le lendemain, l'agent anglais était là, assis au fond de la salle. Il t'attendait dans le café désert, comme il l'avait promis. Alors tu l'as rejoint. Mais à peine le temps de lui serrer la main que l'établissement est cerné. Feldgendarmes, policiers français, Gestapo. Toi et lui vous levez brusquement. Aucune issue. C'était un piège.

Le 12 juillet 1945, Théodore Brun, patron du Café de Nice, témoigne de ton arrestation devant le commissaire de police du 7e arrondissement de Saint-Étienne :

« Je me trouvais à la caisse, lisant mon journal, lorsque mon attention fut attirée par deux jeunes gens qui avaient les mains en l'air et qui étaient fouillés par des sous-officiers allemands et un homme en civil. C'est la seule fois que les troupes allemandes et la Gestapo sont intervenues dans mon établissement. »

Paulette aussi a témoigné pour toi. À la lecture de tes interrogatoires, je m'étais demandé si cette jeune femme avait bien existé. Ou si elle n'avait été qu'un autre de tes fantômes. Mais sa déposition figurait au dossier. Alors oui, Paulette l'a confirmé à un commissaire de police de Terrenoire, une ancienne commune de la Loire, rattachée à Saint-Étienne en 1970, elle était avec toi lorsque tu avais été arrêté dans le train. Oui aussi, vous aviez rendez-vous le 2 octobre 1943 dans ce café, mais elle n'était pas venue. Oui enfin, la police allemande l'avait bien interrogée pour savoir ce qu'elle savait sur ce « déserteur du NSKK ».

De toi, papa, Paulette a dit : « Nos relations ont duré une quinzaine de jours, il est devenu mon ami. » La jeune femme a été obligée de réécrire votre histoire. Son mari travaillait en Allemagne. Rapatrié pour maladie quelques semaines avant la Libération, il lui a fait un deuxième enfant avant de rejoindre la 1re Armée française et se lancer à la poursuite des Allemands en déroute. Difficile pour elle d'avouer, le 4 juillet 1945 à des policiers patriotes, qu'elle avait couché avec un collabo en l'absence de son mari. Elle, devenue après-guerre usineuse de la Manufacture d'armes de Saint-Étienne, aurait trompé son homme avec un presque-Allemand ? Impensable. Alors la voilà qui le jure : « Durant nos fréquentations, je vous affirme que je n'ai jamais eu de rapports intimes avec cet individu. » Pas de collaboration horizontale. Et le commissaire de police de l'épuration qui confirmera en mention : « D'après les renseignements recueillis, ils n'ont pas eu de relations coupables. »

Tu avais dû protéger Paulette. Pour elle, l'honneur était sauf.

Et pour moi, parce que confirmé par deux témoins, cet épisode est incontestable.

Arrêté comme déserteur de la NSKK, tu as été emmené à la Kommandantur de Saint-Étienne. Ton ami anglais ? Un mouchard. Il est entré en riant dans la pièce où la Gestapo t'interrogeait : « Hein Jean, je t'ai eu ! »

Cette fois, les Allemands ne vont plus te lâcher. Tu es incarcéré au fort Montluc à Lyon. Une lettre, datée du 6 novembre 1943, écrite par l'un de tes copains de détention et adressée à ton père, est jointe au dossier. Elle est pleine de fautes d'orthographe. Sur l'enveloppe, le tampon de la Feldpost frappé de l'aigle et de la croix gammée.

Le bonjour de votre Jean

J'écri de la part de Jean qui est avec moi. Il vous aurais déjà écri mais par cause de manque de papier à lettre. Il voudrais bien que vous le visitiez le samedi ou dimanche, ici à la prison Montluc. Il voudrait bien vous voir. Enfin tachez de venir. Mes meilleurs saluations de son copain. Jean va bien.

J'ai relu une dizaine de fois le message, les mots malhabiles. Cela n'avait aucun sens. Ce « copain » sans nom n'aurait-il pas pu te prêter son papier et son crayon ? N'aurais-tu pas pu, toi-même, écrire une lettre à tes parents ? Ton père aussi a été interrogé, le

24 mai 1945, par le commissaire Pugnières, de Lyon. Il a avoué t'avoir écrit lorsque tu étais en Belgique, avec le grade de *Sturmmann* inscrit devant ton nom. Simple soldat dans la 5e compagnie de la NSKK. C'est lui qui a fourni aux enquêteurs la lettre du « copain ». « J'ai essayé d'aller voir mon fils à Montluc, mais en vain. Ils n'ont même pas voulu me dire s'il y était réellement. » S'il y était réellement ? Ton père s'est demandé si cette incarcération n'était pas une autre de tes intrigues.

Le 7 décembre 1943, la Feldgendarmerie t'a extrait de Montluc pour t'incarcérer à la prison Saint-Gilles, de Bruxelles. Et le 1er mars 1944, « quoi que je n'eus [*sic*] rien avoué », témoignes-tu, un conseil de guerre allemand t'a condamné à mort pour complicité dans l'évasion des deux parachutistes. Et tes relations supposées avec la Résistance française.

Alors voilà. C'est fini. Tu vas être exécuté.

La page 5 de ton procès-verbal du 18 novembre 1944 commence par ces mots : « Le 15 avril 1944, j'étais amené au champ de tir national à Bruxelles, pour être fusillé. »

« … pour être fusillé. »

J'ai refermé ton dossier sur ces mots.

Cet après-midi, vendredi 23 mai 1987, la cour d'assises de Lyon avait rendez-vous avec Lise Lesèvre, une résistante torturée par Klaus Barbie. L'un de ses fils avait été exécuté et son mari déporté pour l'obliger à avouer. Mais elle n'a pas parlé. Pour la plupart des crimes qui lui étaient reprochés, ce n'est pas du sang que le chef de la Gestapo de Lyon avait eu sur les mains, mais de l'encre. Il avait rédigé des télégrammes assassins, dressé des listes funèbres, ordonné des rafles, tamponné des avis de déportation, signé des arrêts de mort. Mais c'est bien le sang de Lise Lesèvre qui avait maculé son uniforme. Et je ne voulais pas que ta voix recouvre la vérité de cette femme. Le procès de Lyon m'imposait de t'abandonner face au peloton d'exécution. De détourner le regard.

Alors j'ai refermé ton dossier. Pour ne pas être éreinté par le bruit de tes mots. Honorer Lise Lesèvre m'obligeait à faire une pause avec ta propre histoire. Silence dans ma tête pour recueillir son témoignage. Silence dans mon cœur pour l'accueillir.

16

Procès de Klaus Barbie

Vendredi 22 mai 1987

Lorsque Lise Lesèvre s'est avancée à la barre des témoins, un moineau l'accompagnait. Elle, très droite, appuyée sur sa canne. Lui, entré par effraction, qui avait profité d'une fenêtre ouverte. L'oiseau voletait sous la coupole. Le claquement du bâton de marche, le froissement des ailes, le silence du public.

D'un geste de la main, la résistante de 86 ans a refusé la chaise qu'un huissier lui apportait. Elle a élégamment remercié le président Cerdini pour cette attention, posé sa canne contre le mur et s'est agrippée à la barre. Puis elle a serré ses pieds et relevé la tête, s'excusant par avance de ce qu'elle avait à dire. Lise Lesèvre allait nous raconter la torture.

Ce 13 mars 1943, la femme de 43 ans sait d'instinct que les choses tournent mal. Son contact est en retard et trois hommes de la Gestapo contrôlent le quai de gare. Elle essaye d'avaler quelques documents destinés à l'Armée secrète. Tente aussi d'en cacher une partie dans ses gants, mais elle était observée. La police l'arrête. Et un pli clandestin destiné à « Didier » est saisi par les Allemands. Didier ? Un tout jeune homme. Un agent de liaison sans importance. Un gamin lyonnais qui glisse les messages secrets dans la poignée de son vélo, entre le guidon et la manette de frein. Mais il existe un autre Didier, chef de l'Armée secrète pour la région sud et activement recherché par la Gestapo.

La combattante est emmenée à l'École de santé militaire, siège de la police allemande, et jetée dans une cave pour la nuit.

La vieille dame s'est tournée vers le box sans accusé, comme si elle cherchait son visage.

— Lorsque Barbie est entré dans la pièce, il était fou de rage. Il m'a emmenée dans une salle où j'ai tout de suite remarqué les choses étranges posées sur la table.

Elle ne quittait pas le président Cerdini des yeux.

— D'abord, il m'a mis des menottes à griffes. Des griffes qui sont à l'intérieur. À chaque silence de ma part, il serrait les menottes un peu plus. J'ai cru que mes ongles se détachaient sous la douleur.

Lise Lesèvre témoignait gorge serrée, lèvres tremblantes. Ni plainte, ni larme. Seulement, parfois, quelques mots sanglotés.

Nuit et jour, les questions sont les mêmes : « Qui est Didier, où est Didier ? » Lise Lesèvre refuse de répondre. Mais Barbie et ses hommes ont le temps.

— Alors ils m'ont pendue par les poignets et ils m'ont frappée. Combien de temps, je ne saurais le dire. Je me réveillais toujours couchée sur le ventre, à terre. Et puis ils me pendaient à nouveau, jusqu'à ce que je perde connaissance.

Pendant son calvaire, Lise Lesèvre a retenu l'image de Klaus Barbie. Ses yeux, ses gestes.

— Il portait toujours une cravache ou un nerf de bœuf. Il frappait systématiquement ceux qui étaient à sa portée. Lorsqu'il n'y avait personne, il tapait sur ses bottes. C'est comme ça qu'on le reconnaissait avant l'interrogatoire. Ce bruit terrible du fouet frappé en cadence sur des bottes. Quand il entrait dans la pièce, il n'avait rien d'humain. Vraiment, une sorte de chose sauvage.

La résistante n'a toujours pas parlé, alors Klaus Barbie se penche au-dessus d'elle :

— Nous allons faire venir ton fils et ton mari.

La victime s'est redressée, a regardé la Cour. Sa voix fluette.

— Toute seule, je pouvais tenir. Mais avec eux, je savais que ça allait être plus difficile.

Un matin, la police allemande fait entrer son fils de 16 ans et son mari dans la pièce où elle est interrogée. Barbie laisse la famille se frôler, s'étreindre. Gestes pressés, tendresse de cet instant éternel. Le cercle d'amour se souhaite bon courage. Le mari de Lise Lesèvre lui demande d'être brave.

Va-t-elle parler maintenant ? Non. Toujours pas.

— Ils les ont embarqués, et moi, ils sont venus me réveiller vers minuit. Barbie m'a emmenée dans une salle de bains, avec une baignoire au milieu. Il a enlevé sa montre, il l'a accrochée. Cela a été une terrible épreuve.

La femme refuse de se déshabiller. Les policiers lui arrachent ses vêtements de force et la plongent tout entière dans la baignoire.

— Barbie surveillait les robinets. Une brute me pinçait le nez et une autre me versait de l'eau dans la bouche à l'aide d'une vieille boîte de biscuits rouillée.

Comme elle refuse toujours de parler, ils lui entravent les pieds avec une chaîne et lui ligotent les mains dans le dos.

— Après chaque question, ils tiraient la chaîne et me replongeaient dans l'eau. J'étouffais. Les copains m'avaient dit que pour me noyer, il suffisait de boire tout de suite. Mais je n'ai pas su faire.

Pendant son témoignage, Lise Lesèvre s'était un peu affaissée. Elle a agrippé la barre, s'est redressée. Elle a passé une main élégante dans ses cheveux blancs.

— Chaque fois que j'avais perdu connaissance et qu'ils me ressortaient de l'eau, j'avais peur d'avoir dit quelque chose. D'avoir parlé.

Elle a repris son souffle. Levé le front.

— Mais je n'ai rien dit, monsieur le Président.

André Cerdini a eu un geste embarrassé des deux mains. Comme s'il s'excusait de devoir l'interroger. Lise Lesèvre n'avait pas parlé. Et aujourd'hui encore, elle a du mal à dévoiler ses immenses secrets.

Un soir, un « personnage très important » du Reich vient la visiter dans sa cellule. « C'est vous Didier. Vous êtes le chef de l'Armée secrète ! » lui lance-t-il. Devant la cour d'assises de Lyon, elle avoue n'avoir jamais connu son nom. Mais il y avait sa photo encadrée, posant avec Hitler sur un mur du bureau de Klaus Barbie.

— Vous êtes forte, mais pas assez pour nous, lui murmure le nazi.

Alors les tortures ont repris. La nuit, elle est mise aux fers, mains liées à ses chevilles enchaînées. S'accrochant à ce qui lui reste d'humanité.

— Au milieu de la nuit, un officier allemand venait me voir. Pas un SS, un soldat. Il m'enlevait la chaîne et me disait qu'il reviendrait tôt le matin pour me la remettre. Voyez-vous, monsieur le Président, certains prenaient pitié des prisonniers.

Chaque jour, lorsqu'on la conduit à la salle de torture, Lise Lesèvre croise d'autres ensanglantés, couchés dans les couloirs.

— Barbie prenait un plaisir bouleversant. Au retour des interrogatoires, personne ne pouvait tenir sur une chaise. On nous faisait allonger par terre. Il retournait les visages avec la pointe de sa botte.

Une fois encore, la patriote est emmenée. Table d'étirement, chevilles attachées d'un côté, poignets de l'autre et coups de nerf de bœuf en pluie pour contracter les chairs.

Revenus ivres d'une opération meurtrière dans le Jura, Barbie et quelques Français de la Gestapo, « de pauvres imbéciles qui suivaient », dit-elle, s'acharnent encore sur elle. Elle est attachée nue à une chaise et fouettée avec une boule hérissée de pointes.

— Ils m'ont massacré le dos. Barbie buvait un mélange de bière et de rhum. Il semblait ne plus savoir ce qu'il faisait. Il était devenu fou.

Dans la cour d'assises de Lyon, l'air était irrespirable. Les petits malins, les journalistes qui commentaient les audiences à tout propos, s'étaient tus. Le public figé. Des victimes, penchées sur leur canne, engoncées dans une minerve, prisonnières d'un fauteuil roulant, n'avaient que le sol de l'immense salle pour horizon. De nombreuses têtes étaient baissées, de nombreux regards absents. Maître Vergès avait disparu derrière son pupitre.

Cette seule voix était devenue notre souffrance commune.

J'ai cherché le moineau des yeux. Il était terré dans le relief d'une colonne. Il tremblait, la tête dans les épaules. Dans la salle, le silence s'était fait solennel. Une cathédrale engloutie.

Lise Lesèvre perd connaissance. Et se réveille dans un fauteuil.

— C'était un salon élégant, avec une rose dans un vase. J'ai cru que j'avais perdu la raison.

Klaus Barbie est agenouillé auprès d'elle. Il ne hurle plus, il lui parle.

— Je vous admire beaucoup, car vous êtes une femme très courageuse, mais j'ai très bien connu ça. Tout le monde parle. Vous parlerez. Pourquoi pas maintenant ?

Lise Lesèvre refuse. Et Barbie explose. Après l'avoir torturée pendant dix-neuf jours, il hurle à ses hommes :

— Liquidez-moi ça ! Je ne veux plus la voir.

Après un simulacre de procès, la femme est condamnée à mort.

Quelques jours plus tard, la résistante est parquée dans un convoi d'hommes déportés, en compagnie des dix-sept dernières femmes à avoir été interrogées à Lyon. Son dossier est resté à la Gestapo. Personne ne lui parle plus de mourir. Dans le train, elle retrouve son fils. Ils s'embrassent. Plus tard, elle apprendra que le jeune homme a été fusillé.

— Ses amis m'ont dit qu'il avait eu une tenue héroïque, mon petit Jean-Pierre.

Et son mari est mort du typhus à Dachau.

Lise Lesèvre est déportée à Ravensbrück puis affectée à une usine d'armement. Et là, la femme tondue qui, chaque jour, notait l'histoire de sa vie sur des papiers épars, la captive en galoches, reprend le combat. Avec ses camarades, elle sabote des culots d'obus antiaériens qu'elle doit sertir, elle ralentit la production, inverse les montages.

Je me suis retourné. Je n'ai pas pu m'en empêcher. Dans le fond de la salle, tu écoutais. Toi, le gâcheur de pièces de sous-marins, le bâcleur, le tire-au-flanc, le bon à rien chassé de l'usine ennemie parce que tu ne faisais pas l'affaire, tu écoutais le récit d'une vraie saboteuse. Sa vérité.

— Mes obus n'ont pas dû tuer grand monde, monsieur le Président.

Lorsque la séance fut levée, j'ai fermé les yeux. Je voulais garder cette petite voix au fond de mon cœur. Et puis j'ai regardé Lise rejoindre Georges dans la salle, son grand fils venu la soutenir. Pendant l'Occupation, Georges s'appelait Sévrane. Un nom de guerre. En 1941, en hypokhâgne, le jeune homme avait fondé le Comité de Résistance universitaire Lyon-Grenoble, avec pour tâche d'aider les réfractaires du STO et de les diriger vers les maquis. Capitaine des FFI, il avait ensuite rejoint les combattants du Jura et participé à la libération de la Franche-Comté, avant de rejoindre l'armée de De Lattre de Tassigny.

Lise Lesèvre a pris le bras de son fils, cheveux gris, élégant. Une fois encore, il venait d'assister au martyre de sa mère, à l'agonie de son père, à la mort de son frère. Mais il n'a rien montré. Ni pendant la déposition, ni après. Droite, très digne, la famille de combattants a regagné la sortie du Palais aux vingt-quatre colonnes.

Ils sont passés devant toi.

Je les ai regardés. Je t'ai observé. À quelques mètres les uns des autres, deux histoires, deux guerres.

La fierté des Lesèvre et ma honte à moi. La foule s'est ouverte pour les laisser passer. Tu t'es levé à ton tour, visage clos.

Je n'ai pas eu envie de te rejoindre. Pas envie de te parler. Ce soir, peu importaient les raisons de tes engagements, la couleur de tes uniformes, peu importait le vrai du faux, ce que tu avais commis ou ce que tu n'avais pas fait. Cette armée d'occupation avait été la tienne. Tu avais eu ces hommes pour camarades et leurs crimes en héritage. Toi, Barbie, tous les autres, traîtres français ou fils du Reich millénaire, aviez été camarades de crime contre l'Humanité.

Tu m'as frôlé des yeux, comme on se dérobe. Mes sourcils froncés, peut-être. Mon regard sans tendresse. Mes poings serrés. Je ne sais pas ce qui t'a figé. Tu m'as fait un geste de la main. Un adieu las. Et puis tu m'as tourné le dos. Tu t'es enfui.

Ce soir, il n'y aurait pas de mots entre toi et moi. L'héroïsme de cette mère t'avait commandé le silence. Et la bravoure de ce fils me donnerait le courage de t'affronter.

17

Tu n'as pas été fusillé par les Allemands, le 15 avril 1944 au Tir national de Bruxelles. J'en suis la preuve. Au policier qui t'interrogeait, tu n'as offert que cette formule vague : « Après ce simulacre d'exécution, j'étais réintégré à la prison Saint-Gilles, dans la cellule des condamnés à mort. »

Simulacre d'exécution. Les nazis étaient très joueurs.

Au début du mois de mai, tu racontes aux enquêteurs avoir été envoyé comme otage au camp de Berverloo, où étaient formées les Jeunesses hitlériennes de la 12e division Panzer-SS. Et là, tu affirmes t'être évadé.

Le 7 mai, un sous-officier – tout seul – te conduit en voiture devant une audience du conseil de guerre, au centre de Bruxelles. En descendant du véhicule, tu tends à ton escorte une enveloppe qu'il avait oubliée sur la banquette arrière mais il ne prête pas attention à ton geste. Dans l'enveloppe, tes papiers d'identité. Devant la porte à tambour qui mène au bâtiment militaire, tu t'engouffres le premier et, jeu de tourniquet, te retrouves sur le trottoir alors que le sous-officier pénètre dans le hall. « Je profitais de cette circonstance pour prendre la fuite », c'est ce que tu as expliqué au commissaire. Alors que tu te sauves, l'enveloppe à la main, le sous-officier dégaine, tire deux fois au pistolet dans ta direction sans t'atteindre. « Je prenais aussitôt une ruelle et, à la gare du Midi, j'allais à la cantine allemande et je m'emparais d'un ceinturon, d'une baïonnette, d'un bonnet de police et d'un fusil qu'un soldat avait accrochés au mur. »

Cette fois, le commissaire Harbonnier, chef de service de la surveillance du Territoire de Lille, ne t'a pas suivi. Il t'écoutait, il tapait sur sa machine, il se taisait. Mais dans ses conclusions, il t'a collé au poteau : « Cet individu est un menteur, doué d'une imagination étonnante. La version qu'il donne de sa mise en présence d'un peloton d'exécution et de son évasion du Conseil de guerre allemand est du domaine de l'invention. »

Alors que tu avais essayé de convaincre la police de ton pays, c'est cette appréciation sans appel qui est arrivée sur le bureau du juge d'instruction. Mais pire encore. Avant de tamponner son procès-verbal du sceau SECRET et de la croix de Lorraine, le policier de la Sûreté nationale a donné des consignes strictes à ceux qui ont été appelés à te juger :

« Bien que la preuve n'ait pu en être faite, cet individu doit être considéré comme un agent à la solde des Allemands, mais dont l'envergure n'a pu être établie. Quoi qu'il en soit, il doit être considéré comme très dangereux pour la Sûreté intérieure de l'État et traité comme tel. »

« Bien que la preuve n'ait pu en être faite. » Un instant, j'ai pensé que cette phrase expliquait à elle seule la raison de ma présence au milieu des vivants. Et pourquoi la justice t'avait été clémente, alors que le peloton t'était destiné. Tu avais été un agent à la solde des Allemands, « très dangereux » pour notre pays, mais tu avais réussi à faire naître le doute. Et si ce gamin disait vrai ? S'il avait fait tout ça dans le but d'infiltrer l'ennemi ? Pour le compte de qui ? Allez savoir. Chien fou ou véritable espion tenu au secret jusqu'à la fin de ses jours ? Il a dit infiltrer la Légion tricolore sous les ordres de De Lattre de Tassigny ? Il prend le risque de lui faire porter une lettre ? Bien sûr, la réponse du général est claire et il dit « ignorer évidemment tout de ce dossier ». Mais son aide de camp ajoute à la missive : « Le général serait cependant heureux de savoir la suite que son examen a permis de lui donner. »

Pourquoi un héros de guerre, vainqueur du débarquement de Provence, de la campagne Rhin et Danube, qui a débordé la Ligne Siegfried et atteint Sigmaringen avant d'enlever Ulm et de représenter la France à la signature de la capitulation allemande à Berlin, s'intéresse-t-il à un soldat perdu de 22 ans, traître à sa patrie et « très dangereux pour la Sûreté intérieure de l'État » ? Et pourquoi serait-il « heureux » d'être informé des suites que l'examen de son dossier a permis de donner à cette affaire ? Un général attentif à un moins que rien, qui a servi quelques mois dans son unité avant que la guerre ne les sépare ?

Évidemment, tu t'es servi de cette interrogation. Et de bien d'autres encore. De certains témoignages amicaux te disant « patriote ». De Paulette, ton amie secrète, déclarant à un enquêteur que lors de vos conversations, tu te prétendais « antiallemand ». De ton père, entendu par les policiers de Lyon, qui leur a juré : « Je n'ai jamais considéré mon fils comme un collaborateur, au contraire. Lorsqu'il contracta un engagement dans la Légion tricolore, c'était, selon lui, pour continuer la Résistance dans les rangs allemands et il espérait ainsi rendre de plus grands services. »

Je revois mon grand-père, sa pelle à charbon à la main, se tournant vers moi, visage gris, avec sa femme dans l'angle de la petite pièce.

— C'est un enfant de salaud, et il faut qu'il le sache !

Je l'imagine, radical-socialiste, animateur d'une amicale laïque, fervent républicain, obligé de frapper à la Kommandantur pour avoir des nouvelles de son traître de fils. D'essayer de lui envoyer un colis au fond d'une prison allemande. Puis d'une prison française. Forcé de comparaître comme père de félon devant la police de l'épuration. Lui, le poilu de la Grande Guerre, admirateur d'Édouard Herriot, toujours habillé en costume trois pièces, pli au pantalon, chapeau mou, guêtres couleur tabac, fine moustache lissée, gitane coincée en bord de lèvres. Lui, chef de bureau d'une grande compagnie d'assurance, sans couleur, sans saveur, sans histoires, devenu le temps d'une guerre un parent de collabo. Lui que les gens de sa rue regardaient par en dessous. Lui, que tu es venu visiter un jour en uniforme allemand. « Il paradait », a assuré un témoin à la police d'après-guerre. Lui, dont un inspecteur dira tout de même : « Il jouit de l'estime générale de son quartier, où on ne lui a jamais connu des idées collaborationnistes, mais plutôt l'opposé. »

Toutes ces années après, je comprends mieux la colère de mon grand-père. Parce que tu avais choisi *le mauvais côté*, il avait été humilié durant toute la guerre. Et plus tard encore. Avec la police française qui avait fouillé dans ses affaires, dans ses sentiments, dans ses convictions. Il avait été obligé de faire ses preuves, comme s'il avait dû racheter ta conduite. Alors oui, mon grand-père s'est tu longtemps. Lorsque je lui racontais tes histoires héroïques, la plage de Zuydcoote, la bombe dans le cinéma allemand de Lyon, il se taisait. Marraine me resservait un peu de purée en le grondant des yeux, et lui, levait les épaules sans répondre. Et ce jour-là, ce jeudi de 1962, j'avais peut-être eu le mot de trop. Je ne me souviens plus. Et l'homme tranquille avait explosé, sa pelle en fer tendue vers moi comme une menace. En une phrase, mon grand-père avouait enfin tout le mal que tu lui avais fait. Et ce qu'il avait été obligé de subir pour te défendre. Après avoir menti aux Allemands, menti aux Français, s'être menti à lui-même, il me passait le relais. Parce que la guerre était finie, parce que tout cela était loin, parce qu'il était temps pour lui de me tendre la pelle noire de charbon.

Le père du salaud venait de dire à son petit-fils que désormais la charge lui revenait.

*

Je te lis. Te voilà donc évadé, une fois encore. Tu prends le tramway puis le train pour Charleroi, tu passes la frontière à Jeumont en auto-stop et tu marches jusqu'à une ferme, dans les environs d'Eccles où tu réclames « une tasse de lait » à une jeune fille. Elle s'appelait Nelly. Le commissaire tape son nom dans son procès-verbal. Et là, tu expliques à la gamine que tu es déserteur de l'armée allemande et que tu veux rejoindre la Résistance française. Tu racontes ça à la jeune Nelly, au milieu des labours du Nord. Et la jeune fille va chercher un homme, qui te demande de le suivre pour t'en présenter trois autres, qui t'attendaient au milieu d'un champ. Ils te conduisent dans une cabane. Là, un garde champêtre te surveille. Tu es interrogé, ils t'écoutent, ils te croient.

« À partir de ce moment-là, je faisais partie du groupe de Résistance FTPF de Solre-le-Château », dans le bocage de l'Avesnois, au pied des contreforts des Ardennes. Et tu lances ça comme ça, le 18 novembre 1944, au commissaire Harbonnier et à l'inspecteur Bauw.

Il y a de cela quelques heures, ils ont fait entrer un traître dans leur bureau. Un jeune gars de 22 ans, déserteur de l'armée française, poursuivi pour collaboration avec l'ennemi. Un dossier tout simple. Un de plus, sur la pile au coin du bureau. L'histoire d'un jeune vaincu, ébloui par les bottes lustrées des vainqueurs. Les policiers ont dû te faire asseoir en disant :

— Allez, au suivant.

Sauf que voilà. C'est un transformiste qu'ils viennent d'interpeller. Un contorsionniste de concours. Ils t'écoutent et n'en reviennent pas. Toi, gamin sans culture ni éducation, manœuvre d'usine renvoyé pour paresse, qui sait tout juste lire et écrire, tu les emmènes sur tous les fronts. Assis l'un face à toi, l'autre sur le côté, ils assistent au plus grand spectacle de leur vie. Une parade flamboyante dont tu es le héros et eux, les spectateurs. Te voilà soldat français à Saint-Étienne, portant l'insigne du 5e régiment d'infanterie sur ta patte de col. Puis déserteur, coiffant dès le lendemain le béret de la Légion tricolore pétainiste. Avant de déserter, encore, et te retrouver chaussant les bottes allemandes et la vareuse brune du NSKK, brassard à croix gammée passé au bras gauche. « Individu menteur doué d'une imagination étonnante », note le commissaire qui t'interroge. Certes. Mais tu étais vraiment recherché pour désertion par la France après avoir quitté le 5e RI. Tu as été vraiment emprisonné par Vichy après t'être enfui de la Légion tricolore. Et les Allemands t'ont réellement enfermé au fort Montluc pour t'être débarrassé de ton calot nazi. En quatre ans, tu as déjà porté trois uniformes. Et voilà que, le plus tranquillement du monde, toi l'anticommuniste qui aurait rêvé de lutter jusqu'à ses dernières forces contre les Soviets pour protéger le bunker d'Hitler, tu leur dis avoir intégré une unité combattante des

Francs-Tireurs et Partisans Français dans le nord du pays ?

Tu m'avais raconté, les yeux mouillés, t'être courageusement battu jusqu'à Berlin dans les rangs de la division SS Charlemagne alors que tu luttais bravement contre l'ennemi aux côtés des communistes français ?

J'ai suffoqué. Et ce n'était pas la surprise. J'ai ri nerveusement.

« À partir de ce moment-là, je faisais partie du groupe de Résistance FTPF de Solre-le-Château. » J'ai relu cette phrase cent fois, à voix basse puis à voix haute, pendant de longues minutes. J'ai marché dans ma chambre d'hôtel, la déclamant sur tous les tons, du rire aux larmes, comme Fernandel dans *Le Schpountz* et son condamné à mort qui aura la tête tranchée. Je me suis demandé comment le commissaire Victor Harbonnier avait réagi à cette révélation.

Tu étais face au policier. As-tu d'abord pris une grande inspiration ? « À partir de ce moment-là… » As-tu chuchoté ces mots pour jouer de l'effet de surprise sur les enquêteurs et qu'ils te fassent répéter ? Avais-tu des notes devant toi ? Des petites fiches ?

Alors, où est-ce que j'en suis, moi ? Comment te suivre ? Soldat, légionnaire, nazi… Ah, voilà. Et résistant ! Ça manquait.

Les policiers ont-ils suspendu l'interrogatoire, le temps de retrouver leurs esprits ? Ou bien ont-ils enregistré ce coup de théâtre comme une péripétie supplémentaire ?

Tu as continué ta déposition. Et l'enquêteur n'a pas cessé de taper sur sa machine.

« Au moment du repli des Allemands, je participais avec mon groupe à plusieurs coups de main contre eux, notamment le 6 septembre 1944, à la ferme Colson, au lieu-dit Les Champs-Élysées, à Eccles. »

J'ai ouvert la fenêtre. Respiration profonde, eau sur le visage, il fallait que je retrouve mon calme. Je suis retourné à la table. J'ai espéré connaître la vérité mais, malgré toutes ces années perdues, tu me promenais comme les autres. J'étais en colère. Passer des mots de Lise Lesèvre aux tiens m'était insupportable. J'avais honte de toi et honte pour toi. Je me suis assis et j'ai reclassé dans l'ordre chronologique l'audition de mon grand-père, celle de ton amie Paulette, les déclarations de tes amis d'enfance, des voisins méfiants, la lettre du général de Lattre, les avis de recherche te concernant, les commissions rogatoires, tes mandats de dépôt, les billets de la délégation à l'épuration, tes lettres manuscrites, les adresses à ton juge.

Et puis, quand même, avant de refermer la chemise bleue, j'ai regardé ce qu'il y avait à venir. Les dépositions d'un certain Sylvain Leclerc, de Paul Ruguin, des époux Colson et aussi deux photos de toi, déguisé en partisan.

Une fois encore, j'ai manqué d'air. Mais je ne riais plus. C'était fou.

Oui, tu avais aussi combattu dans les rangs des FTP.

18

Procès de Klaus Barbie

Mardi 26 mai 1987

Cette nuit, j'ai peu dormi. Je me suis couché à l'aube, sans lire les témoignages des résistants. Il me faudrait une journée, seul et au calme, pour te suivre dans le maquis. Comme je me l'étais promis, j'avançais doucement, de procès-verbal en déclaration sur l'honneur. Il me fallait goûter, comprendre et digérer chaque mot. Je découvrais les guerres de mon père. Fausses, vraies, je n'en savais plus rien, mais je ne voulais pas connaître la fin de son histoire comme on termine un livre. Ce dossier allait me révéler la vraie naissance de mon père, ce gamin condamné à la Libération, frappé d'indignité nationale et qui sort de prison alors que flottent encore les drapeaux de la liberté retrouvée. Ce fils d'employé lyonnais, sans plus d'avenir, sans diplôme, sans métier, sans belle guerre à raconter au comptoir, qui va être obligé de tout reconstruire en mensonges. De se tailler un habit civil à la mesure des uniformes qu'il avait endossés et trahis. Un jeune de 23 ans, marchant seul, sans famille pour le soutenir et dans un pays qui lui tourne le dos. C'est ce chemin-là que j'avais voulu connaître.

Au réveil, pourtant, à l'heure de retourner au palais de justice, j'ai songé à renoncer. Marcher dans tes pas, chercher la vérité, accepter ta présence encombrante à la cour d'assises de Lyon m'épuisait. Ma quête était en train de sombrer. J'étais perdu. Vraiment, comme un enfant lâchant la main de sa mère au fond des bois. À Lille, lorsque Alain avait posé ton dossier de police sur la table, j'étais prêt à tout lire et à tout comprendre. J'étais heureux de savoir, et terrifié par ce que j'allais apprendre. Peur d'avoir un dénonciateur pour père, un voyou grattant des lettres anonymes ou téléphonant à la Gestapo. Lorsque je t'ai lu désertant l'armée française défaite pour t'enrôler dans la légion de Pétain, j'ai espéré que ton histoire s'arrêterait là. Un jeune décervelé rejoignant la loi du plus fort en se rêvant sauveur du pays. Cette guerre-là m'allait bien. Elle me permettait de comprendre tout le reste. Toi qui, ta vie entière, t'étais reproché de ne pas aller plus loin dans ton combat, d'abandonner tes camarades aux portes de la LVF, de suivre leurs batailles plus tard, dans les livres d'histoire, et de raconter à ton bonhomme de fils que tu y étais. Orgueil, vanité, arrogance, mensonge, folie, tout cela se tenait. Mais plus j'avançais dans ton histoire, la vraie, faite de témoignages, de déclarations, de lettres, de tampons et de signatures, plus tout cela volait en éclats. Tout ce que tu avais prétendu était faux et tout ce que tu avais raconté était vrai. Un vertige de faits qui me revenaient dans le désordre. Je me suis calmé. J'ai ouvert une bière. Et décidé de continuer. Tant pis pour moi, pour toi, pour nous. Tes mensonges m'avaient fait tellement de mal que la vérité ne pouvait être pire. Il ne me restait que quelques dizaines de pages à lire avant d'aborder ton procès. Et à peine plus d'un mois pour que Klaus Barbie soit condamné. Pour moi, vos sorts étaient liés.

Alors j'ai décidé de t'appeler au téléphone. Si je ne l'avais pas fait, j'en ai eu la certitude, tu ne serais jamais revenu au palais de justice. Et j'avais besoin de ta présence pour en finir avec ce cauchemar.

C'est ma mère qui a répondu. Le témoignage de Lise Lesèvre t'avait cloué au lit pendant trois jours, avec de la fièvre.

— Ton procès le rend malade, m'a-t-elle dit au téléphone.

Mon procès. J'ai souri au mot.

Au début de l'après-midi, nous avions appris que Klaus Barbie allait être ramené de force à l'audience, pour être confronté à quatre témoins. Et je savais que tu aurais voulu être là. Je ne m'étais pas trompé. Tu es arrivé à 18 h 30. Barbie est entré quinze minutes plus tard. Toi sur ta chaise, lui dans son box. Tu étais pâle. Barbie souriait. Ce n'était plus cette étrange mimique du premier jour, entre rictus et mépris. C'était un vrai sourire, étonnant. Celui d'un homme compassé qui hoche la tête en entrant dans un salon, et présente ses respects à l'assistance. Une fois encore, le nazi n'a pas regardé la foule. Il est resté tête droite, semblant flotter dans le même costume noir et la même chemise bleue que le 11 mai dernier.

Lorsque l'huissier a fait entrer Lucien Margaine, Barbie n'a pas levé les yeux.

— Le visage de l'accusé évoque-t-il quelque chose pour vous ? a interrogé le président Cerdini.

— Je le reconnais formellement. On ne peut pas se tromper.

— Même quarante ans après ?

— Comme il regarde. Ce sourire spécial. Ce n'est pas une tête courante.

Les mots lui manquaient. Il a désigné Barbie.

— Les Allemands, c'étaient de grandes personnes blondes, ce n'était pas ça.

Klaus Barbie a alors croisé le regard de sa victime, pour la première fois. Il témoignait avoir été torturé par l'*Obersturmführer*, plongé dans une baignoire, frappé à coups de nerf de bœuf et d'antivol de vélo.

— Il était rouge, l'antivol, monsieur le Président.

Cerdini s'est tourné vers Barbie.

— On vous accuse de tortures, de sévices, qu'avez-vous à répondre à cela ?

Barbie a écouté l'interprète, puis il a déplié une feuille de papier et commencé à lire un texte en allemand.

— Je me trouve ici de manière illégale, suite à un enlèvement et contraint par la force. Étant juridiquement absent, je ne répondrai pas.

— Vous n'avez pas le droit de lire une déclaration. Je vous demande de répondre à ma question.

Silence. L'accusé a replié son papier.

— Vous refusez de répondre au président de la cour d'assises ?

— Oui, je ne répondrai à rien.

Le magistrat s'est tourné vers la victime.

— L'accusé vous a-t-il bien dit : « Tu seras nuit et brouillard, tu n'en reviendras pas » ?

— Oui, il m'a dit ça avec le même air qu'il a maintenant.

Dans le box, Barbie souriait toujours. Un sourire poli, un peu triste. Le sourire de celui qui n'ose pas interrompre une conversation qui ne le concerne pas.

— Qu'avez-vous à dire ?

Barbie s'est penché vers le micro, prêtant sa voix à la traductrice.

— Rien, monsieur le Président.

Dans la salle, le silence était total. Mon père avait fermé les yeux. Je n'ai pas su s'il savourait ou s'il s'était endormi.

— Il réagit comme un SS, c'est bien !

La voix de Lucien Margaine, forte, qui a saturé les haut-parleurs.

Crépitements soudains. Applaudissements dans le public, chez les témoins, certains invités, quelques martyrs qui n'auront pas loisir de lui dire autrement leur colère.

Le président a grondé.

— Ce n'est pas un théâtre ! C'est une cour d'assises et je vous demande le silence !

*

Lorsque Mario Blardone est entré à son tour, la salle était apaisée.

— Regardez de mon côté et parlez dans le micro, lui a demandé le président.

— Il faut bien que je le regarde aussi, a répondu le témoin.

Il a raconté avoir subi la cravache des mains mêmes de Barbie et le supplice du serre-tête. Il a juré, comme une autre victime avant lui, avoir vu le chef SS lancer des chiens en rut sur des jeunes filles dénudées. Il a parlé, parlé, parlé d'une voix forte.

— Ces yeux glacials, cette bouche. Il comprend ce que je dis !

— Monsieur Blardone, a coupé le président.

— Ne vous en faites pas, il comprend le français. Il m'a interrogé en français. Tenez, regardez, il a fermé les yeux !

— Monsieur Blardone !

Mais le témoin n'écoutait plus. Un peu plus, il aurait franchi la distance qui le séparait du box, mais il restait accroché à la barre comme un naufragé.

— L'accusé a-t-il quelque chose à dire ?

— Non, monsieur le Président.

Blardone a explosé.

— Comment ? Aucune question ? Moi je vais vous dire quelque chose : c'est un SS dépouillé de son armure, de sa mitraillette, de son fouet. Il représente la lâcheté.

Le magistrat, voix sourde.

— C'est bien lui qui était dans la cour du fort Montluc le 19 juin 1944, lors de l'appel qui a précédé les déportations ?

— Oui, a répondu le témoin.

— Rien à dire, a lâché Barbie.

Alors un avocat de la partie civile s'est levé, hors de lui. Et il a mis en cause le silence de Jacques Vergès. Une fois de plus, la salle a applaudi. Une fois encore, le président a appelé au calme. Alors l'avocat de Klaus Barbie s'est dressé.

— Je n'ai de leçon à recevoir de personne. Je ne vous autorise pas à interpréter mon attitude. Mon silence, je l'interpréterai moi-même !

Et Raymonde Guyon s'est avancée péniblement à la barre.

— C'est bien l'homme qui a menacé de fusiller mon mari et mes parents.

Et puis elle a tourné le dos à la Cour. Sans un mot, elle est repartie.

Stupeur dans la salle.

— Revenez, madame, lui a doucement demandé le président.

La femme était accablée. Elle s'est immobilisée au milieu du prétoire.

— Revenez, s'il vous plaît.

Alors elle a haussé les épaules et elle est revenue face à la Cour.

Elle n'attendait rien de cette confrontation. Et elle avait raison.

Le magistrat s'est tourné vers l'accusé.

— Quelque chose à dire ?

— *Nichts, Herr President.*

Alors la petite dame a quitté pour de bon la grande salle en claudiquant. Klaus Barbie venait de la torturer pour la seconde fois.

Lorsque l'accusé a quitté la salle d'audience, certains journalistes ont affirmé stupidement qu'ils avaient enfin quelque chose d'intéressant à écrire. Ces onze minutes en présence du nazi leur avaient donné quelques dialogues. Ils comparaient leurs notes avec fébrilité. Demain, beaucoup ne reviendraient pas au palais de justice. Ils reprendraient un train le soir même, en espérant que l'accusé serait une nouvelle fois appelé à comparaître. L'immensité des témoignages les intéressait moins que le sourire du bourreau.

— On sait que la Gestapo torturait, ce n'est pas un scoop, avait lâché un reporter dandy en refermant son carnet, après la déposition historique de Lise Lesèvre.

Mais ces fausses confrontations avaient été un naufrage. Il ne fallait plus que Barbie reparaisse. Sa présence transformait ce procès en cirque. Au lieu de témoigner, de raconter, de se souvenir, les victimes pleuraient des mots sans suite. Le regard du nazi abîmait ce que nous avions à entendre. Pour que les martyrs osent parler, il fallait le silence d'un box désert. Jusqu'à ce jour, nombre d'entre eux n'avaient jamais partagé leur calvaire, leur douleur ou leur héroïsme. Des parents, des enfants, des amis entendaient leur histoire ici pour la première fois. Depuis la guerre, ils s'étaient tus. Et toutes ces années plus tard, ni la souffrance ni l'effroi ne pouvaient être partagés devant l'homme qui en souriait. Barbie ne répondrait pas de ses crimes. Il l'avait dit au premier jour de son procès et en resterait là. Alors pourquoi encombrer les débats de son mépris ? La venue de l'homme n'apporterait pas d'élément nouveau aux faits qui lui étaient reprochés. Elle n'aiderait pas à la manifestation de la vérité. Au contraire, elle dépossédait les victimes de leurs dernières forces. Elle leur volait leurs gestes et leurs phrases. Elle transformait leurs témoignages en lamentations inaudibles. La présence de Klaus Barbie portait atteinte à la dignité de son procès.

Mon père n'était pas d'accord avec cela. Il vibrait à la présence de Barbie. Ce n'était ni de la compassion ni de l'admiration. Simplement, il semblait relire une page de sa propre histoire et cela le troublait.

— Tu te rends compte que Barbie et moi, on aurait pu se croiser à Lyon ?

Je me rendais compte, oui. Cette phrase était vide de sens. Sans remords ni fierté aucune. Mon père, jeune traître français habillé en Allemand, aurait pu effectivement croiser cet officier SS entre deux coups de cravache. Et toutes ces années après, il en goûtait le vertige.

— Quand tu étais dans la Waffen-SS ou dans la Résistance ?

Il descendait les marches du Palais. Il n'a pas réagi tout de suite. Depuis l'enfance, il m'avait raconté tellement d'histoires qu'il ne devait probablement plus savoir ce qu'il m'avait dit. Sur le trottoir, il m'a regardé, puis il a hésité.

— Dans quelle Résistance ?

Il a ri.

— Tu mélanges tout dans ta petite tête, hein, bonhomme ?

C'est ça, oui. Je mélangeais tout.

19

Maintenant, je vais laisser parler les autres. Ni toi qui mens souvent, ni moi qui cherche à savoir, mais ceux qui t'ont croisé et qui l'ont raconté à la police. Cette femme et ces hommes qui n'avaient aucun intérêt ni à te protéger ni à te détruire.

Le lieutenant Paul Ruguin était un prisonnier de guerre, libéré de captivité à 33 ans, en décembre 1943. Au lieu de rentrer dans sa famille et remercier Marx ou le ciel d'être encore en vie, il s'engage dans les FTP de Solre-le-Château, sa région natale, puis rejoint un maquis en juin 1944, pour échapper à la traque allemande. Désormais, il se fait appeler « Spada ». Un jour de juillet, vers 18 heures, alors qu'il patrouille dans les bois, il entre dans une cabane abritant des câbles à haute tension. Et là, il découvre un jeune soldat allemand épuisé, qui avait accroché son fusil à un mur. Le partisan le met en joue, mais l'autre ne fait aucun mouvement hostile. Il lève les mains. Il est français. Il explique qu'il a déserté l'armée allemande, le NSKK, les transports nazis, et qu'il cherche à rejoindre les patriotes.

Ruguin arrête le soldat ennemi, confisque sa baïonnette, son fusil, et le présente aux autres combattants. Les gars trouvent qu'il « parle sérieusement ». Sans plus de questions, ils lui procurent des vêtements civils et décident de l'incorporer. Mais se méfient quand même, « dans les premiers temps ». Et le surveillent de près. Puis, « ne relevant rien de suspect », lui donnent un pseudonyme en forme de bras d'honneur à l'ennemi : « NSKK ». Avant de l'intégrer à quatre opérations armées contre l'occupant.

Le 6 septembre 1944, avec 20 hommes du maquis, te voilà engagé dans une embuscade pour barrer la retraite à une soixantaine de parachutistes allemands. Ils étaient trop lourdement armés pour votre petite troupe. Cinq résistants tombent, un « Boche » est tué. Tu es arrêté dans la cour d'une ferme de la région, celle de la famille Colson. Les paras allemands t'emmènent à l'intérieur pour t'interroger. Et là, tu expliques à un officier que tu appartiens au NSKK, que tu venais d'être pris en otage par la Résistance. Que les communistes et les FFI t'avaient obligé à marcher avec eux pour te livrer aux Américains.

Pendant que tu es interrogé, deux jeunes de ta troupe sont capturés dans la forêt. Parmi eux, Sylvain Leclerc, qui racontera aux enquêteurs lillois que, avant d'être capturé, il avait juste eu le temps de se débarrasser de son arme et de ses cartouches. Lui et son camarade sont « collés contre un arbre pour être fusillés », expliquera-t-il encore. C'est alors que tu es arrivé dans la clairière avec les autres soldats, lavé de tout soupçon. C'est Leclerc qui a témoigné : « NSKK est intervenu en allemand et est parvenu à convaincre l'ennemi que j'étais âgé de 15 ans, que je me trouvais sur la route par hasard au moment de l'attaque et que si mes vêtements étaient salis, c'est parce que j'avais dû me cacher dans un fossé. » Tu as dit aux parachutistes ne pas connaître le second résistant non plus. Que c'étaient des étudiants du coin, sans histoires. « Les Allemands ont été convaincus et nous ont relâchés, explique encore Leclerc au commissaire lillois. C'est donc à NSKK que je dois la vie. S'il avait voulu vendre le maquis, il aurait facilement pu le faire. Et leur confirmer que j'en faisais partie. » Et il a tenu à ajouter : « À cette même occasion, il a également risqué sa vie en combattant l'ennemi. » De son côté, le lieutenant Ruguin a eu ces derniers mots, avant de signer sa déclaration : « J'ignore ce qu'a fait NSKK antérieurement à juillet 1944, mais tout ce que je puis dire, c'est que sa conduite pendant les événements de la libération du territoire a été exemplaire et égale à celle des patriotes français. »

J'ai lu ces pages face à la Saône, assis sur ta marche froide, respirant au rythme paisible du clapotis. Les pierres du quai étaient usées, abîmées par le temps et les dégâts des hommes. On pouvait y lire les chocs de charges anciennes heurtant le pavé, des éraflures de chaînes, la morsure des outils de travail. L'eau avait creusé les degrés, les avait fissurés peu à peu, et aujourd'hui, des herbes sauvages poussaient entre la rocaille. J'ai posé ma main sur le rocher taillé. J'ai compris mon père. Ce lieu était hors de notre temps. Et puis ma chambre d'hôtel m'étouffait, la cour d'assises, les autres journalistes. Je ne voulais ni murs, ni regards, ni questions. Seulement le fleuve tranquille, le murmure étouffé de la ville au loin, le ricanement d'une mouette. Il était tôt, je savais que tu n'y viendrais pas. Tu préférais ton refuge à la nuit tombée. Les lumières timides à la surface de l'eau. Le fond noir balayé par ton faisceau de lampe, comme les torches anglaises du lac Tressower.

« Le 6 septembre 1944, quatre jours après la libération du pays, une soixantaine de soldats allemands lourdement armés, profitant du couvert des bois, se sont approchés de notre ferme pour nous demander à manger, a témoigné Jeannette Colson, une paysanne de la région. Ces Allemands étaient en déroute. Il était environ 20 heures. C'est alors qu'une vingtaine de patriotes français, ayant eu connaissance de la présence des Allemands, attaquèrent ces derniers. Au premier coup de feu, mon mari et moi sommes descendus à la cave. » Et puis la femme est remontée. Elle a ouvert la porte du couloir qui donnait sur la route, pour permettre aux partisans d'attaquer la troupe ennemie réfugiée dans la cour. « Mais la bagarre a tourné à l'avantage des Allemands. » C'est à ce moment qu'elle t'a vu capturé. « Un civil a causé avec eux dans leur langage. On le connaissait. Il se faisait appeler NSKK. Puis il nous a dit en français :

pour votre sécurité, quittez la maison. » « Et il nous a demandé de nous réfugier dans les bois », a ajouté son mari.

Le vent avait cessé. Une fois de plus les nuages plombaient le ciel au-dessus de la colline. J'ai regardé le courant noir, les vagues argentées formées par le passage d'une péniche de sable. J'étais perdu. Pourquoi ne m'avais-tu jamais raconté ça ? À vingt contre soixante. Mon père ce héros. Qui sauve deux résistants, deux paysans, et qui fausse une nouvelle fois compagnie aux Allemands. Parce que voilà, tu le rapportes aux enquêteurs et les témoins le confirment : dans le désordre de la retraite, l'ennemi se soucie peu de toi. Un volontaire français du NSKK en déroute ? Qu'il se mette à l'abri comme les autres. Qu'il rejoigne les lignes allemandes enfoncées, qu'il se débrouille. Non seulement les parachutistes te relâchent, mais ils se remettent en marche avec toi. « Dans quelques jours je reviendrai », c'est ce que tu avais promis aux résistants épargnés. « Et effectivement, deux ou trois jours après, NSKK a rejoint notre groupe à Solre-le-Château, avec une mitraillette et un revolver qu'il avait pris aux Allemands avant de les quitter en Belgique », a témoigné Ruguin, le chef du réseau.

Une fois encore, tu avais déserté. Déguisé en parachutiste ennemi, tu étais redevenu Français libre sur le lieu de tes exploits. Mais pour faire quoi ? C'est Jeannette Colson qui a répondu. Trois jours après l'embuscade, elle te voit revenir à la ferme.

Tu es venu lui rendre une veste, échangée contre un blouson. C'est un prétexte. Surtout, tu as tenu à ce que ton nom et ton visage soient à jamais gravés dans la mémoire de ces agriculteurs. « NSKK m'a dit : c'est grâce à moi que vous êtes encore vivants. Les Allemands croyaient que vous étiez complices des patriotes et voulaient vous fusiller. » Je t'imagine, au milieu de leur cuisine, les poings sur les hanches. « Alors je leur ai dit que vous aviez un fils qui combattait en Russie, avec la LVF, aux côtés de l'armée allemande, afin de les calmer. » Pieux mensonge.

Nous étions le 9 septembre 1944.

Ce n'était pas ton blouson que tu étais venu chercher chez ces gens dévastés, mais un témoignage favorable. Une assurance-vie. Plus tard, ils attesteraient ton attitude. Et ils le firent, le 10 juillet 1945, dix mois après ta visite à la ferme, avec des mots malhabiles, recueillis précieusement par un policier républicain : « À mon avis, il se peut très bien que c'est grâce à l'intervention de NSKK que les Allemands ne nous ont fait aucun mal. »

Je t'ai vu en magicien, sortir cette carte de ta manche alors que la partie semblait perdue.

20

Procès de Klaus Barbie

Mardi 2 juin 1987

Pendant deux jours, tu n'es pas venu à l'audience. Comme ça, sans raison. Et ton absence m'a fait du bien. Les témoignages sur la rafle d'Izieu et le voyage sans retour des enfants n'auraient été pour toi que prétextes à hausser les épaules. Ne pas sentir ta présence ironique dans mon dos a été un soulagement. Comme Jacques Vergès, tu te serais moqué de Julien Favet, le « domestique agricole » de 25 ans à qui les enfants de la colonie juive apportaient le café le matin. Le seul homme qui avait témoigné de la présence de Klaus Barbie à la Maison d'Izieu. Qui l'avait désigné comme le chef de la rafle. Lui, l'enfant de la terre un peu simple, mal armé de pauvres mots, qui se promenait torse nu dans les bois, sa pioche sur l'épaule, et que personne, jamais, n'avait voulu entendre. Lui, devenu vieux garçon à l'œil blanc et mort, qui cachait son crâne trépané sous un large béret. Je savais que, comme l'avocat de la défense, tu l'aurais martyrisé jusqu'à ce qu'il pleure. Parce qu'il a fini sa déposition en larmes, le vieux paysan. Il n'avait pas appris en classe les mots pour dire. Alors non, je ne voulais pas que tu salisses ces instants tragiques.

Et puis, je préparais la cérémonie des aveux. Pour l'imaginer, je ne voulais ni tes mots ni ton regard. Parfois, en audience, lorsque les débats s'enlisaient, je vagabondais. Toi, moi et toute cette vérité entre nous. Comment te la dire ? Quand ? Ouvrir le dossier devant toi ou sortir chaque pièce une à une, avec des dates, des faits, des noms, au risque de t'entendre mentir encore ? Te prendre par surprise ou te préparer au pire ? Je ne savais plus. L'idée de te faire du mal me terrorisait. C'est pour cela que j'avais décidé de ne pas remarquer ta chaise vide. Mais j'ai voulu que tu sois présent à l'audience du mardi 2 juin, pour entendre Fortunée Chouraki, la tante de Germaine, l'ancienne prostituée d'Alger devenue journaliste. C'est Germaine qui m'avait convaincu de t'accepter au procès. Elle pensait que l'histoire du pull grenat pourrait te toucher, toi aussi. Quand même et malgré tout. Et je l'avais espéré aussi.

*

Cette fois, tu allais te tasser sur ton siège, j'en étais certain. Comme Vergès, la foule, la presse et le reste des vivants. Deux femmes allaient nous dire la douleur extrême. Mais comment faire ? Comment venir dans cette grande salle, monter les marches qui mènent à la barre des témoins, parler dans un micro face à un homme sévère à robe rouge et col d'hermine blanche, lorsque les mots sont si profondément enfouis ? Les griffons qui ornent les murs, les colonnes corinthiennes, les signes du Zodiaque inscrits dans les voûtes, les hommes de loi, les neuf jurés, les bancs d'avocats, le public, les journalistes, la bonne ordonnance d'une audience criminelle, le rappel au dossier, les articles du code de procédure pénale. Un ensemble glacial. Un bloc de pierre sans frissons où viennent s'échouer des vies brisées. Comme si ne comparaissaient que des silhouettes, des esquisses de femmes et d'hommes anéantis.

Ita Halaunbrenner ne marchait plus. À l'approche de ce procès, elle a perdu mobilité et lucidité. Ce sont deux policiers qui l'ont soutenue jusqu'à sa chaise pliante. À côté d'elle, un traducteur pour personnes âgées répétait doucement les questions.

— Quelle est votre profession, madame ?

— J'ai fait cinq gosses, a-t-elle répondu au président.

Et puis elle s'est mise à pleurer.

— La Cour comprend votre douleur, a murmuré le magistrat.

Une phrase mécanique, une politesse froide.

— Mon malheur s'appelle Klaus Barbie. Il a pris mon mari, mon fils. Et lui vit encore.

Son visage était baigné de larmes. Elle s'est adressée au box vide.

— Un homme comme ça, qui vit encore.

Elle tremblait, pleurait. Assise à côté d'elle, sa petite-fille lui massait l'épaule.

— Qu'est-ce que je souffre ! Je souffre !

Voix brisée. Bel accent de l'Est. Elle a serré les poings. Cri strident d'animal. Une gosse blessée. Elle a trépigné, brisé quelques mots et s'est tue, le dos retombé. Silence absolu dans la salle. Une cloche aigrelette dans le lointain, par une lucarne ouverte. La respiration épuisée de la femme, lèvres plaquées contre le micro.

En 1972, elle avait traqué Barbie à La Paz, s'était enchaînée à un banc avec Beate Klarsfeld pour dénoncer la présence de l'ancien SS en Bolivie. « Cette vieille qui vient se montrer sur ses béquilles devant les caméras au lieu de rester chez elle », s'était moqué l'Allemand devenu homme de main au service de la dictature.

Cela faisait quarante-trois ans qu'elle attendait cet instant, pourtant elle n'arrivait pas à parler.

— Vous vouliez la justice ? a soufflé un avocat de la partie civile.

— La justice ? lui a murmuré l'huissier à l'oreille.

La vieille dame s'est tournée vers sa petite-fille.

— Tu voulais la justice ?

Alors Ita Halaunbrenner s'est ébrouée. Et elle a brandi ses poings vers le ciel en hurlant.

— Justice ! Justice !

C'est fini. La femme de 83 ans a redescendu les marches. Jacob, son mari, un soyeux de Villeurbanne, a été fusillé par la Gestapo de Lyon. Son fils Léon, 14 ans, n'est pas revenu d'Auschwitz. Ses filles, Mina 9 ans et Claudine 5 ans, ont été jetées dans le camion d'Izieu.

Alors que l'huissier appelait Fortunée Chouraki, je me suis retourné vers mon père. Son visage était pâle. Comme les autres, il avait le regard d'un souffrant. Vergès avait disparu derrière son box, faisant mine de relire ses notes. Qui, pour se lever contre cette femme ? Bientôt, l'avocat de la défense aurait pour adversaires des grands témoins d'intérêt général, des associations de Résistance, des personnalités politiques, des scientifiques, des professeurs, des spécialistes, des associations, certains tellement éloignés des cinq chefs d'accusation qu'il a prévu de s'en donner à cœur joie. Face à l'enflure d'un sous-préfet aux champs, un avocat de la défense pilonnera toujours. Mais en présence des plaintes d'Ita qui se retire ou des larmes de Fortunée qui s'avance, que peut opposer un homme ?

Germaine m'avait prévenu, Fortunée était très fatiguée. Et une fois de plus, c'est une toute petite femme qui s'est écroulée sur la chaise qu'on venait de lui tendre.

Lorsqu'elle est déportée à Auschwitz, le 6 mai 1943, Fortunée est pleine d'espoir. Avant d'être arrêtée, elle a mis ses enfants à l'abri, confiés à une colonie de vacances discrète de l'Ain, à Izieu. Jacques a 13 ans, c'est le plus grand. Il lui a promis de bien s'occuper de Richard et Jean-Claude, ses frères de 8 et 6 ans. Fortunée ne connaît pas Izieu, mais on lui a dit que c'était en altitude. Pour que Jacques n'ait pas froid, elle a commencé à lui tricoter un pull. Mais pendant la guerre, comme la viande ou le pain, la laine manque.

Elle a terminé le dos, le devant et une manche de couleur grenat. Manque l'autre manche. Alors la mère a ramassé partout des chutes précieuses de laine, et a terminé le pull avec une manche multicolore.

Devant la Cour, le témoin a parlé de sa déportation, mais les mots lui manquaient aussi.

— J'ai fait une hémorragie, j'ai failli mourir, monsieur le Président.

Arrivée au camp, la femme de 39 ans est conduite au bloc 10. Le « Revier », où quelques médecins psychopathes diront s'adonner à la recherche. Les bourreaux l'attachent sur une table d'expérience, dans une salle de fer et de carrelage, et lui volent son sang.

— Des tubes et des tubes, j'étais très faible, monsieur le Président.

Dès qu'elle va mieux, ils lui injectent « un liquide très douloureux dans les bras et les jambes ». Elle ne le dira pas aux magistrats, mais elle a subi l'ablation des deux ovaires. On lui a inoculé le typhus et d'autres virus qui lui ont saccagé les reins et l'ont laissée invalide à 75 %. Mais comme elle sait Jacques et ses petits en sécurité, elle s'accroche.

Et puis un jour, dans une file d'enfants déportés, elle croit voir son grand fils. Une image fugitive, mais le pull grenat est resté dans sa mémoire.

— Il avait un sac à dos, a-t-elle murmuré à la cour d'assises.

Plus tard, elle croise un autre enfant, qui porte son pull. Le fils d'une doctoresse du camp.

— À chaque fois que j'ai croisé cet enfant, j'ai touché le pull-over. Un jour, la mère m'a demandé ce que je voulais à son fils. Il porte le pull-over du mien, je lui ai répondu.

L'autre n'a pas réagi, entraînant avec elle son enfant et le pull.

Alors Fortunée a couru dans sa baraque pour pleurer.

Pourtant le lendemain, elle y croyait encore, cherchait son enfant entre les barbelés du camp. Et aussi tous les jours d'après. Elle s'était attachée à un espoir de mère, une idée toute simple : en colonie, les gamins s'échangent souvent leurs affaires.

Alors pourquoi pas le pull grenat à manche bariolée ?

Mais Fortunée a perdu ses trois fils. Il ne lui reste qu'Yvette, sa fille de 2 ans, trop jeune pour vivre au home d'enfants, et qu'une habitante d'Izieu, lingère à la colonie, avait cachée.

Alors, comme Ita avant elle, Fortunée a pleuré.

— J'ai souffert, j'ai tellement souffert.

Sa voix n'était plus qu'une plainte, prisonnière de notre gêne à tous.

— La Cour comprend votre douleur, a encore murmuré le président.

Mais non, elle n'avait pas compris, la Cour. Personne n'avait compris, parce qu'elle ne l'avait pas avoué. Bien des années après la guerre, Fortunée était toujours persuadée que ses enfants vivaient. Ils avaient été libérés par les troupes soviétiques et emmenés en URSS, elle en était certaine. Un jour, d'ailleurs, elle a reconnu son grand Jacques à la télévision. Elle a vu ses photos dans les journaux aussi. Et elle a commencé à découper des articles. Il se faisait appeler Ivan Rebroff. C'était un chanteur connu. Elle avait même acheté son disque *Un violon sur le toit*. Dans l'espoir qu'il revienne à la maison, Fortunée dictait à sa nièce de longues lettres douloureuses. « Je suis votre mère », écrivait-elle à cet artiste allemand, né à Berlin sous le nom de Hans Rolf Rippert. Qui ne lui a jamais répondu.

Et cet après-midi encore, elle ne le dira pas à la cour d'assises, Fortunée ne veut pas croire que leurs trois souffles se soient vraiment éteints. Alors la voilà, retournée dans la salle, voûtée dans son ensemble bleu à pois blancs, tout simple. Qui a laissé ses larmes briller sur ses joues, le front haut, son sac à main serré sur ses genoux.

J'ai baissé la tête. Je pleurais. Caché derrière une main, comme si je recoiffais une mèche. Et toi, tu as pleuré aussi. Je l'ai remarqué de loin. Ton visage était passé de l'ardoise à la brique et tes yeux ne mentaient pas.

J'avais décidé de te laisser vivre cette audience en paix. Toi et moi, comme si nous avions été ensemble à Izieu pour en recueillir les plaintes. Je ne voulais pas gâcher cet instant. L'orage que j'avais rapporté de Lille allait nous frapper tous les deux. Aucun de nous n'en sortirait indemne, je le savais. Et je tenais à protéger encore ces quelques instants. Que tu écoutes jusqu'au bout le mal que toi et les tiens aviez fait. Mais ce soir, tu étais mon père qui avait pleuré. Alors je suis allé à ta rencontre, partager avec toi un chagrin et une conviction.

— C'était elles, ces mères, le véritable réquisitoire de ce procès.

Tu m'as regardé. Tu as hoché la tête, réfléchi, raclé ta gorge.

— L'histoire du pull, ça ferait un bon film, non ?

J'ai été sidéré.

— Ça a vraiment de la gueule, cette histoire de pull !

Puis tu t'es dirigé vers la sortie, sans m'attendre.

21

Des photos de toi avaient été glissées dans le dossier, entre deux commissions rogatoires. Deux documents sépia, presque entièrement dévorés par la lumière du temps. Sur la première, vous étiez trois. Des maquisards dans un verger, près d'une ferme. Le premier, à droite, avait les mains sur les hanches et riait en te regardant. Aucun nom inscrit derrière le document, mais c'est l'idée que je me faisais du lieutenant Ruguin. Élégant, chemise sable, foulard noué, pantalon d'équitation passé dans des bottes hautes, il porte au bras le brassard des FFI. À côté de lui, un autre combattant plus âgé que toi. Casque de tankiste, il te regarde en souriant. Et toi, tu fais le clown. Tu n'es pas habillé en soldat comme les autres, mais en jeune ouvrier. Pull ras du cou, tu portes un bleu de chauffe à gros boutons et un pantalon large. Tu as un béret sur la tête, plaqué sur le côté droit, à l'inverse de la coiffe milicienne. Ton brassard est tricolore.

J'ai regardé l'image à la loupe, puis au compte-fils. J'ai pu la dater. Elle avait été prise entre le

7 septembre 1944, jour où tu es réapparu dans le maquis, et le 10 octobre 1944, lorsque le lieutenant Ruguin t'avait donné une permission de dix jours, pour que tu puisses aller à Lyon. Je ne savais pas que les maquis avaient distribué des permissions à leurs hommes, comme une armée régulière, mais mon grand-père en avait témoigné.

Malgré vos différends, il t'avait reçu chez lui : « J'ai revu mon fils vers le 11 octobre, il venait de Solre-le-Château. Il était habillé en militaire FFI. » Et l'arme que tu brandissais sur la photo date ce document plus sûrement encore. C'était un pistolet-mitrailleur allemand MP40, ce « fusil » que tu avais dérobé à l'ennemi. Tu le laissais pendre à tes genoux, au bout de tes bras ballants. Tu venais de leur raconter une de tes histoires drôles. Et tu riais fort. Le rire d'un bleu qui raconte une bonne blague à ses copains de chambrée.

La deuxième photo est plus abîmée. Une main dans la poche, tu regardais le photographe en souriant, accoudé à un canon antiaérien allemand. Cette fois, c'est toi que j'ai observé. Tu portais des chaussures de ville à lacets. Tu avais 22 ans, un visage d'enfant. J'ai essayé de comprendre ce sourire et ce regard. Tu en étais où, le jour où ton copain a déclenché son appareil photo ? Il y avait qui, dans ta tête de gamin ? Il y a quelques semaines, tu portais la croix gammée et maintenant, les couleurs nationales. Au même bras gauche. Un brassard pour un autre, comme on change de chemise. Je n'ai rien lu sur ton visage. Ni la peur, ni l'ironie, ni la fierté, rien. Un jeune résistant français qui prend la pose, à côté d'une prise de guerre. Un souvenir pour après, comme on en voit tant dans les livres, les vitrines ménagères, les malles de grenier, les albums familiaux. Mais une preuve, aussi. Rien ne te distinguait de tes copains de fierté, mais tu savais ta vie toujours en danger. Pour eux, la guerre était presque terminée, pour toi, elle allait continuer. Elle allait saccager ta paix, ton avenir, ta vie, la mienne. Ce n'était ni un vainqueur, qui posait sous les arbres d'automne, ni un vaincu, mais un peu de tout cela à la fois. Un égaré. Quelqu'un qui avait couru dans tous les sens, à en perdre haleine, depuis le 9 février 1940, et qui souriait, le temps d'un mensonge de plus. Tu savais aussi, en revenant chercher un certificat de héros à la ferme Colson, qu'il te les faudrait ces traces de bonne conduite dans le maquis.

Ce sourire, plus timide, tes lèvres le dessinaient sur ta carte d'engagé volontaire. La photo était officielle. « Forces Françaises de l'Intérieur, Francs-Tireurs & Partisans français ». Tu appartenais au 11e bataillon de la 48e compagnie FTPF, 1re Région Nord, sous le matricule 28-438/15. Ton pseudonyme ? « NSKK ». Un pied de nez aux deux camps, inscrit en toutes lettres sur le laissez-passer prouvant ton engagement dans « la guerre de libération et d'indépendance de la France ».

Le patriote et le traître, sur un même document barré de tricolore. Quand Alain l'a examiné, il a été sidéré. Jamais il n'avait vu ça.

— Quand même, quel artiste !

Lorsque je butais sur une pièce, un nom, un grade, je lui téléphonais ou passais le voir. Lorsque je savais que l'audience pourrait l'intéresser, j'avais une invitation pour lui au Palais. Au début, j'avais douté de l'authenticité de cette carte de combattant. Il l'avait examinée, avait vérifié le tampon humide « Région A », la signature de l'« État-Major de la région Nord », l'avait retournée dans tous les sens.

— Une vraie de vraie.

Ta guerre avait fasciné mon ami historien. Un jour que nous dînions ensemble, il m'a demandé si je n'aurais pas préféré avoir un père « seulement » collabo. Quelque chose de simple, une saloperie sur quoi pleurer, cogner, qu'il me faudrait pouvoir admettre ou condamner, mais voilà que j'avais hérité du pire. Je me débattais dans l'épais brouillard qui entourait ton lac allemand. Tu restais une question et ta guerre était une folie. Elle ne me permettait ni de te comprendre ni de te pardonner.

Une fois encore, je t'en ai voulu. J'étais blessé. Ta vérité n'avait pas plus de sens que tes mensonges.

22

Procès de Klaus Barbie

Mercredi 3 juin 1987

Cet après-midi, ta chaise est restée vide. Ton absence à la cour d'assises devenait habitude. Au début du procès, je t'avais dressé un agenda des débats, et désormais tu picorais sans prévenir. Je savais que tu ne viendrais pas écouter l'immense témoignage d'Elie Wiesel, l'impossible regard du survivant. Que tu ne serais pas des nôtres pour entendre gémir le dernier convoi pour Auschwitz. Le train 14166, qui avait quitté la gare de Perrache, à Lyon, le 11 août 1944, vingt-trois jours avant la libération de la ville.

L'occupant devait désengorger ses cachots. résistants, juifs raflés, juifs combattants, communistes s'entassaient au fort Montluc, dans les prisons Saint-Paul et Saint-Joseph. Les Alliés avançaient, les partisans s'en prenaient quotidiennement aux convois militaires. Pour le Reich, le rail français serait bientôt impraticable. Ce train-là fut le dernier à avoir roulé vers la mort. Entre 618 et 650 malheureux. Aujourd'hui encore, le chiffre exact n'est pas connu. La moitié était des juifs. Dans la débâcle annoncée, les nazis tenaient leur comptabilité assassine avec moins de rigueur.

Tu m'as dit que « cette histoire de train » ne t'intéressait pas. De ce procès, tu espérais encore que Klaus Barbie donnerait le nom du Français qui avait dénoncé Jean Moulin. Tu rêvais encore d'un coup de théâtre, d'une révélation qui poignarderait dans le dos l'unité de la Résistance, ses mythes et ses légendes. Les trains, les camps ? Tout cela ne te concernait pas.

— Et puis c'est facile de dire qu'on savait, quarante ans plus tard.

Seul Klaus Barbie, chef de la section IV de la Gestapo de Lyon, t'intéressait. Le passage de cet homme dans ta ville, de février 1943 à septembre 1944. Lorsqu'il est arrivé à Lyon, tu étais en Belgique, attendant d'être fusillé, et lorsqu'il a quitté la ville, tu posais pour la photo d'un camarade, béret patriote sur la tête et brassard tricolore au bras.

— Tu te rends compte que Barbie et moi, on aurait pu se croiser à Lyon ? m'avais-tu dit.

C'était faux, cela aussi. Et tu le savais. Mais l'imaginer dans tes rues, sur tes places, fréquentant peut-être tes cafés, sa voiture longeant ton fleuve et ton refuge, tout cela te fascinait. C'était comme s'il avait occupé une ville que tu avais désertée. Qu'il avait été à la fois le chef d'orchestre et le témoin de tout ce que tu avais manqué de Lyon pendant ces mois-là. C'est cela qui te passionnait. Pas le reste. Ce que Barbie le bourreau avait pu faire aux Pays-Bas, sur le front russe, à Dijon puis dans l'Ain, le Jura, en Haute-Savoie ou dans les Vosges à la fin des combats ne te concernait pas. Et moins encore, ses activités d'après-guerre, mercenaire au service de la dictature bolivienne ou ses liens avec la CIA au temps de la guerre froide.

Pas plus que ce qui s'était passé dans le dernier convoi.

Et j'ai regretté que tu ne voies pas l'avocat général Truche se lever et demander doucement à Charlotte Wardi, une survivante :

— Peu de personnes acceptent de dire ce qui s'est passé dans ce train, acceptent d'en parler. Vous sentez-vous autorisée à le faire ?

Le témoin a semblé ne pas comprendre la question.

— On avait très chaud. Nous avions faim, a-t-elle simplement répondu.

Comme les autres, la femme n'a pas accepté de raconter les nuits passées debout, les souffrances, les saloperies faites dans le noir par des malheureux à d'autres malheureux. Lors des audiences, on a entendu la résistante Simone Lagrange avouer qu'un mort, cela faisait une place supplémentaire dans le wagon. On a écouté cet homme, jeune alors, expliquer qu'il avait été violemment neutralisé par ses compagnons de douleur pour qu'il ne s'évade pas. La Cour n'a plus posé de questions lorsque le témoin Mario Blardone a révélé l'existence d'un serment entre déportés, pour ne jamais révéler ce qui s'était produit dans ces convois.

Des femmes et des enfants piétinés, des batailles aux ongles pour un interstice d'air et de lumière, des morsures de douleur dans l'obscurité, des terreurs calmées à coups de poing, des soupirs de soulagement lorsque les râles d'un mourant cessaient enfin. Mais tout cela, comment le dire, un jour paisible de juin 1987 ? Comment raconter à des jurés, à un public silencieux, à des journalistes, au pays tout entier, que le désespoir et la peur folle n'ont pas toujours engendré cette solidarité admirable que certains viennent pleurer ici ?

Comme je t'avais espéré avec moi dans la Maison d'Izieu, j'aurais aimé que tu écoutes cela aussi. Et que tu entendes les revenants des camps. Auschwitz. Ce qu'était la faim.

— On n'a plus rien à apprendre là-dessus.

C'est ce que tu m'avais dit. Et tu te trompais encore.

Lorsque Isaac Lathermann est venu à la barre, il a pétrifié la salle en quelques mots.

— À hauteur d'homme, il n'y avait plus d'écorce aux arbres, tout avait été mangé. Plus d'herbe non plus. Mangée, elle aussi.

Ou Otto Abramovici, qui parlait, regard baissé.

— Un jour, un homme qui s'était fait une lame avec une boîte de conserve a découpé des morceaux de fesse d'un mort et les a mangés.

Il a relevé les yeux.

— J'ai vu manger de l'homme, monsieur le Président.

Tu n'as pas non plus assisté aux témoins d'intérêt général, des personnes sans rapport avec les faits ou avec celui qui les avait commis, mais cette fois, je ne t'en ai pas blâmé. Des histoires, nous avions versé dans l'Histoire. De la souffrance nous étions passés aux mots. La douleur de ces derniers jours avait fait place à l'ennui du cours magistral. Bâillements, rires étouffés, remue-ménage sur les chaises, montres consultées, yeux au plafond, nous étions au bord du naufrage. Heureusement, Geneviève de Gaulle-Anthonioz s'est avancée.

Jeune étudiante en histoire, résistante, arrêtée, battue, déportée à Ravensbrück, elle a évoqué l'acharnement des nazis à fabriquer des « sous-êtres ». Pas un mot brisé lors de son témoignage, pas une phrase en larmes, pas une plainte, pas un sanglot. Elle a partagé avec nous l'image des nourrissons noyés dans un seau à la naissance. La stérilisation forcée des gamines tsiganes de 8 ans. La nièce du Général nous a raconté à quoi s'amusaient les bandes d'enfants abandonnés qui survivaient derrière les barbelés.

— Ils jouaient au camp, monsieur le Président.

Sa voix douce.

— L'un tenait le rôle du SS, les autres des déportés.

J'aurais tellement aimé que tu apprennes cela.

Et que tu voies cette grande petite dame s'écrouler d'un malaise cardiaque sur les marches du palais de justice en sortant de l'audience, terrassée par ce qu'elle venait de faire revivre, et mourir à nouveau pour nous tous.

23

À l'heure où tu as quitté la ferme des Colson, certificat de patriote en poche, tu t'es retrouvé seul. Dans ton dossier, il y avait les derniers interrogatoires de tes camarades résistants. Oui, tu avais continué d'« épurer la région des Allemands » à leurs côtés, jusqu'au 10 octobre 1944. Ce jour-là, Paul Ruguin, ton lieutenant FTP, t'avait donné dix jours de permission, mais tu en avais profité pour disparaître, une fois encore. Et puis c'était tout. C'était fini. Plus aucune trace de toi. Et toi seul nous as raconté ce que tu avais fait, entre ta désertion du maquis et ton arrestation par les Américains, le 16 novembre 1944 dans la région d'Aix-la-Chapelle, en Allemagne. Tu n'as plus donné de noms, peu de détails, marcher dans tes pas était devenu impossible. Aucune commission rogatoire n'a plus été délivrée pour retrouver tes traces. Dans le bureau de la Surveillance du territoire de Lille, le commissaire Harbonnier et l'inspecteur Bauw n'ont pu que noter ta déposition. Te croire ou douter encore.

Après avoir visité tes parents à Lyon, tu es arrivé à Paris en train. Tu as logé dans un hôtel, rue de Dunkerque, sous ta véritable identité. Là, tu as fait la connaissance d'un « jeune homme belge », originaire de Louvain, qui allait s'engager dans un bataillon de Rangers américains, débarqué à Omaha Beach le 6 juin pour prendre d'assaut la pointe du Hoc.

Pourquoi les Rangers ? « Sachant que les formations FTPF devaient être désarmées, j'ai préféré m'engager dans leurs bataillons. »

Le 28 octobre, tu te présentes donc avec ce garçon au Fort de l'Est, près de Paris. « En raison de ma situation militaire, j'étais immédiatement désigné pour la section de commandement, avec le grade de 1re classe. » De là, tu as rejoint une caserne FFI de la porte de Clignancourt pour une visite médicale. Tu es déclaré apte par un médecin militaire, lieutenant de l'armée américaine, mais un colonel français a douté de tes états de service dans la Résistance et a estimé que les pièces présentées étaient insuffisantes.

J'ai marqué une pause. Militaires français et américains dans une même caserne FFI parisienne en train de faire passer des tests à de futurs engagés ? Jamais je n'avais entendu parler de cela. Mais le commissaire ne t'a posé aucune question. Il t'a laissé parler, se contentant, plus tard, de tracer un point d'exclamation dans la marge pour souligner ta phrase :

« Cependant, le lieutenant a pris sur lui la responsabilité de m'habiller en uniforme de l'armée américaine, me demandant de retourner à Saint-Étienne et Lyon pour me procurer les documents prouvant mes états de service militaires antérieurs à la Libération. » Mieux, il te délivre une carte de Rangers, à ton nom et avec ta photo.

Mais que voulais-tu prouver ? Depuis le 18 août 1942, la police française te recherchait pour désertion. Puis ton nom a traîné sur les bureaux des juges pour collaboration avec l'ennemi. Alors quoi ? Que pensais-tu trouver en retournant sur les lieux de tes crimes ?

Tu as affirmé aux enquêteurs t'être fait arrêter en uniforme américain par les FFI à Saint-Étienne, le 1er novembre 1944. Et leur avoir échappé dans la nuit du 8 au 9, t'évadant d'un bâtiment de la rue Victor-Deschamps. Chaque fois, c'est avec une précision méticuleuse que tu donnes les noms des lieux, des hôtels où tu as dormi, des dates et aussi des heures. Autant d'éléments réels qui nourrissent tes récits les plus invraisemblables.

Ensuite tu as regagné Lyon, « tantôt à pied tantôt en auto-stop », le temps de réclamer 2 000 francs à ton père, qui confirmera. Puis tu es retourné à Paris et tu as pris « le train de 9 h 20 » pour Lille. Dans quel but ? Rejoindre les Rangers, toujours. C'est ce que tu as raconté aux enquêteurs. Mais le 12 novembre, lorsque tu es arrivé à la caserne FFI du Quesnoy, près de Valenciennes, un camarade de maquis t'a informé que tu étais recherché comme déserteur par l'armée américaine. La guerre faisait encore rage partout, la tienne était presque terminée. Cinq fois déserteur, de cinq armées différentes, te voilà reparti sur les routes comme un animal traqué. Valenciennes, passage de la frontière belge à Quiévrechain, le train jusqu'à Mons, puis un tramway pour Bruxelles. Tu as passé la nuit « chez Madame Garnier, au 34 rue Belle-Vue ». Cette fois, le juge n'a envoyé ni commission rogatoire à Bruxelles ni demande de renseignements concernant cette inconnue. Ton histoire touchait à sa fin. La justice était pressée d'en finir. Puis tu as pris un autre tramway, jusqu'à Liège. Tu as dormi dans un abri antiaérien. Et puis, traversant de nuit et à pied les bourgs de Verviers et Eupen, tu es entré en Allemagne et tu as rejoint Aix-la-Chapelle, tombée un mois plus tôt aux mains des Américains.

Et là, tu as demandé à des civils allemands où étaient les premières lignes du front.

« Je voulais à toutes fins éviter de tomber sur un poste de contrôle américain, qui se trouvait un peu plus loin, sur la route », c'est ce que tu as déclaré au commissaire Harbonnier, deux jours après ton arrestation. Lorsqu'il t'a demandé pourquoi, puisque tu avais en tête de rejoindre les Rangers, tu t'es repris. « Un troufion américain m'aurait fait remplir tout un tas de paperasses et m'aurait collé dans un bureau. Alors que je voulais atteindre les premières lignes pour me battre. »

À cinquante kilomètres plus à l'est, dans la forêt de Hürtgen, un combat décisif était engagé entre les troupes américaines et allemandes. Les GI avaient enfoncé la ligne Siegfried, mais se heurtaient à une résistance imprévue. Pour les stratèges américains, le moral ennemi avait été atteint par le choc du débarquement et cette bataille serait une formalité. Mais les bois de Hürtgen sont denses. Malgré l'artillerie et l'aviation alliées, les Rangers, les hommes de la 1re Armée et leurs camarades avançaient sans soutien et avec difficulté. Face à eux, des divisions Panzer et cette « colline 400 » imprenable, promontoire stratégique de l'ennemi.

Tu venais d'entrer en enfer. Dans la forêt, les jeunes hommes sont fauchés par la mitraille, écrasés par les obus et les bombes par milliers. Je ne sais pas comment tu étais habillé. Tu ne l'as pas mentionné aux enquêteurs. « Vêtu d'un uniforme américain », croit savoir l'un d'eux. Mais cela semble impossible. Tu n'aurais pas pu faire tout ce périple, depuis la visite médicale chez les Rangers, en tramway, le pouce levé, avec un uniforme allié sans que quelqu'un t'interroge. En tout cas, te voilà plongé dans l'une des pires batailles du front occidental. Secrètement, les nazis préparent une grande contre-offensive dans les Ardennes, pour l'hiver. Et ils ont ordre de ne pas reculer.

Je te laisse parler : « Je m'engageais dans les sous-bois, pour essayer de gagner les avant-postes américains. » Il faisait froid. Pluie, brouillard, tu n'avais qu'une musette sur le dos. « Voyant que je ne réussissais pas à passer, je revenais sur la route avec l'intention de me présenter à la police militaire américaine. » Ce jour-là, dans cette forêt allemande et en pleine bataille, tu lèves les mains. « Interpellé par un militaire américain, je me rendais auprès de lui et me présentais comme Français, ajoutant que j'étais venu pour me battre avec eux contre les Allemands. » Et ton interrogatoire se termine par cette phrase magnifique de simplicité : « Ma présence lui ayant paru suspecte, j'étais arrêté. »

Voilà, mon père, ta guerre est terminée. Les Américains te remettent aux Français et tu reprends la direction de Lille dans un camion de la police, les mains attachées à tes chevilles.

*

Après avoir tourné la dernière page de ton interrogatoire, je suis allé marcher dans Lyon. J'avais besoin du murmure d'une ville en paix. J'ai croisé une mère et sa fille. Elles m'ont regardé étrangement. Je parlais tout seul dans la rue. Mais toi, qu'as-tu ressenti lorsque tu as levé les mains ? De la crainte ? De la haine ? Du soulagement ? Toi, le bandit, tu venais de te faire enfin arrêter par le gendarme. Tu n'aurais désormais plus à courir, à feinter, à mentir, à te cacher de cave en grenier et à sauter de toit en toit. Qu'est-ce qu'on ressent lorsque la comédie est finie ? L'espoir revient ou la vie se retire ? Cela fait quoi, de ne plus jongler avec les faux noms, les fausses adresses, les faux habits de soldat ? Ça fait quoi de repasser la frontière dans l'autre sens, avec tout un pays prêt à te sauter à la gorge ?

Quelle chance tu as eue papa, une fois encore. La forêt où tu as été capturé a été le tombeau de 24 000 jeunes de ton âge. Et toi ? Pas une égratignure. Faim, soif, apeuré, certainement, mais vivant et prêt à affronter tes juges. Lorsque tu es entré dans le bureau des policiers, pour la première fois, avais-tu déjà en tête la formidable phrase : « Si un Français a souffert des Boches, eh bien ! Je crois bien que c'est moi » ? Ou celle que tu avais écrite au magistrat du fond de ta prison : « J'estime avoir beaucoup fait pour mon pays sous l'uniforme allemand. » Est-ce que tout cela était rédigé ? Prêt dans ta tête depuis le premier jour ?

Quelle morsure au ventre, lorsque le Ranger qui t'a interpellé a étalé les documents que tu cachais ? Quelle griffure au cœur, devant ta vie entière abattue comme une main de poker ?

Dans tes poches, tu avais une carte d'identité française établie le 26 août 1944 à Solre-le-Château par un employé de mairie patriote, au nom de Jean Dedieu. Un laissez-passer américain des Rangers à ton nom, tamponné « Rangers Security. Bat 10/22 » et délivré le 28 octobre 1944. Un autre sauf-conduit, des FFI/FTPF, barré de tricolore dans l'angle gauche, avec, calligraphié, le pseudonyme NSKK. Mais mieux encore. Et j'en ai ri nerveusement. « En décembre 1938, à 16 ans, je me suis fait inscrire à la cellule communiste de Villeurbanne », avais-tu juré aux enquêteurs pour leur prouver que tu détestais les nazis. Et voilà que, six ans plus tard, un jeune soldat américain découvrait dans ta besace un document rare, frappé de l'étoile et du drapeau rouge : une carte de membre actif des

Jeunesses communistes de France, N° 006473, portant le cachet de la Fédération, zone sud, et la mention : « Être jeune, c'est espérer, lutter et vaincre. »

Je suis allé jusqu'au parc de la Tête d'or. Jusqu'au lac, pour regarder les cygnes, les barques et les pédalos. J'avais le cœur léger.

Tu te rends compte, papa ? Sur une même page de procès-verbal, j'apprenais que toi, légionnaire tricolore et soldat du NSKK, tu avais voulu combattre tes anciens compagnons d'armes sous l'uniforme américain ? Toi encore, qui t'étais rêvé chevalier de la LVF, coiffé du heaume, brandissant le glaive et le bouclier de preux contre la Résistance, tu avais porté le béret et le brassard des patriotes. Toi, qui te prétendais soldat noir de la Waffen-SS, prêt à mourir pour nous libérer du joug soviétique, tu portais cachée, bien au chaud sur ton cœur, la carte rouge de tes camarades bolcheviques.

À moins, comme l'ont pensé les policiers de l'épuration, que tout cela n'ait été qu'un leurre. Et ces preuves de fidélité nationale, fabriquées par l'ennemi. Le commissaire, l'inspecteur, les gendarmes ont été persuadés que tes allers et retours en France, en Belgique, en Allemagne, tes voyages en train, en tram, en car, à pied, tes désertions en nombre faisaient partie d'un plan allemand. Comment imaginer un jeune homme de 21 ans, sans expérience, sans éducation ni complicité, traversant ainsi la guerre sans dommages ?

Et d'abord, avec quel argent ?

Lorsque tu as déserté de la Légion tricolore, les Allemands t'ont piégé. Voilà ce qu'ont pensé ces gendarmes. Le peloton ou la collaboration, pour eux, tu n'avais pas eu d'autre choix. Lorsqu'on relit tes aventures à tête reposée, c'est vertigineux. Tu es embauché à la chaîne dans une usine de sous-marins allemands. Tu ne fais pas l'affaire ? Hitler te donne une permission. Tu es intégré au NSKK par l'organisation TODT. Tu libères deux parachutistes américains ? Hitler t'offre une autre permission. Tu désertes ? Hitler t'arrête, te juge, te condamne à mort pour rire et te laisse t'enfuir dans une porte à tambour à la Charlie Chaplin.

Pour les juges, tu as fini par rejoindre la Résistance pour l'infiltrer. Sauver deux gamins et deux fermiers t'avait offert une sérieuse couverture. Selon eux, ta mission n'était pas de faire capturer un lycéen et son lance-pierres ou une paysanne avec sa fourche, mais d'infiltrer le maquis. Et d'en désigner les chefs.

Tu t'es bien battu, ont rapporté tes camarades. Mais quelle preuve ont-ils produite ? As-tu seulement tiré une fois sur un soldat vert-de-gris ? Ou n'as-tu pas seulement, comme à ton habitude, fait du bruit, gesticulé et pris des poses ? Après l'embuscade à vingt contre soixante, tu es reparti avec les Allemands qui t'ont cru – ou reconnu – comme l'un des leurs. Et deux jours après, exactement, tu reviens au maquis avec un pistolet-mitrailleur et un revolver subtilisés à l'ennemi ? Tu as hypnotisé un bataillon entier. Magistral.

« Il a sûrement appartenu à la Gestapo », c'est l'accusation sans appel lancée par un enquêteur. Mais ce « sûrement », fragile, a été la limite de leurs investigations. J'ai relu ce terrible aveu, signé par le commissaire Harbonnier à l'adresse de ton juge d'instruction : « Bien que la preuve n'ait pu en être faite, cet individu doit être considéré comme un agent à la solde des Allemands, mais dont l'envergure n'a pu être établie. » Pas de preuve, voilà l'ennemi. Mais l'intime conviction de ce policier, des témoins, des militaires qui t'ont interrogé, c'est que tu aurais toujours été à la solde de l'occupant. Du premier jour de la guerre à ton arrestation dans la forêt. Parce que, évidemment, les policiers français n'ont pas cru un mot de ton errance entre les lignes de front pour rejoindre la bannière étoilée. Pour eux, l'affaire était limpide. Le Reich au bord de l'agonie, c'était au milieu de ses soldats défaits que tu voulais disparaître. Toute la France te recherchait. Tu t'étais vu fusillé ou pendu à un poteau. Alors qu'en Allemagne tu n'aurais été qu'un vaincu parmi d'autres. Un misérable perdu dans la foule grise et brune, le temps que les années grignotent les rancœurs. « Il est certain que l'individu ne cherchait pas à rejoindre les lignes américaines lorsqu'il a été arrêté, mais bien les avant-postes allemands », avait écrit ton commissaire en guise de post-scriptum. Afin qu'à l'heure de te juger le magistrat et les jurés n'aient aucune pitié pour toi.

24

Procès de Klaus Barbie

Mercredi 17 juin 1987

Tu n'étais pas venu à Izieu, mais tu m'avais promis d'entendre Serge Klarsfeld raconter les enfants. Être présent lorsque l'avocat les ressusciterait. Et tu as tenu parole.

Ce jour-là, tu es arrivé tôt aux grilles du Palais. Accoudé aux barrières, silencieux. Sans canne-épée, sans cartable, sans écritoire « Présidence de la République », sans rien de tes mensonges. Tu avais mis une cravate sombre et tu portais tes lunettes de salon, celles qui te servaient à regarder la télévision. Jamais tu ne les mettais.

— Elles me vieillissent, disais-tu.

Lorsque tu ne te déguisais pas en héros de guerre, tu jouais au jeune homme. Mais ce jour-là, tu voulais voir, vraiment. Pas seulement les contours du drame, les halos, la lumière des visages et l'ombre des voix. Tu tenais à être là. Pour entendre les enfants d'Izieu dont je t'avais tant parlé, peut-être. Mais surtout pour voir plaider Serge Klarsfeld.

— Parce que sa vie a de la gueule.

Tu ne t'intéressais pas au sens des choses, mais tu étais attentif à ce qu'elles aient de la gueule. L'engagement d'un garçon dans la division Charlemagne avait de la gueule. Comme avait de la gueule le long combat d'un fils de déporté juif de France. Et c'est cela que tu avais voulu prendre dans la gueule, à ton tour. Tu frémissais à l'idée de frôler l'Histoire et les hommes qui l'avaient façonnée. Tu avais rêvé d'un combat de ténors, Klarsfeld contre Vergès.

*

Au soir, nous avons quitté la cour d'assises ensemble, toi et moi, sans un mot. À la fin de l'audience, tu m'avais attendu, tassé sur ta chaise, et je t'avais rejoint. Tu étais sonné. Il y avait bien longtemps que la voix d'un homme n'avait pas recouvert la tienne. Une voix aux mots d'enfants. Sur les marches du Palais, ni toi ni moi ne nous sommes posé la question de l'après. Où aller après cette plaidoirie ? Vers Saint-Jean ? Du côté de Saint-Paul ? À droite, à gauche ? Où diriger ses pas n'avait plus aucun sens. J'étais égaré et tu l'étais aussi. Je crois. Tu as parlé d'une bière.

— Je boirais bien une bière.

Prononcer un mot de vivant.

Alors nous sommes partis à droite. Toi silencieux, moi bouleversé.

*

Serge Klarsfeld n'avait pas plaidé. Il n'avait pas jeté ses manches vers les moulures du plafond, n'avait usé d'aucun effet de voix. Il avait parlé avec tristesse. Ce n'était plus un avocat. Lui, le gamin qui avait échappé à une rafle, masqué par le mince rempart d'une armoire à double fond. Lui l'historien, le militant, le chasseur de nazis hanté par les enfants juifs d'Izieu, n'avait fait que prononcer leurs noms. 44 noms sanctifiés, l'un après l'autre, récités dans un silence de mort. De mort, vraiment. Le calme noir du tombeau. Et aussi, plus douloureux encore, il avait lu quelques-unes des lettres qu'ils avaient écrites à leurs parents, avant le 6 juillet 1944.

Levé, droit face au box vide de l'assassin, il avait fait entrer ces enfants dans la grande salle. En file, les uns avec les autres, les petits donnant la main aux plus grands. Il les avait fait comparaître devant nous, devant toi, dans leurs shorts d'été, les chaussettes tombées sur leurs chaussures trop grandes, leurs jeux de clowns capturés par les rares photos. Il avait assemblé la procession déchirante aux marches du Palais, l'avait invitée aux portes de la cour d'assises, l'avait conduite au milieu de nous, lui avait demandé de prendre place sur les bancs des victimes. Serge Klarsfeld a obligé chacun à baisser les yeux. Il a tassé Jacques Vergès derrière son pupitre. Il a transformé ton visage orgueilleux en figure inquiète et pitoyable.

« Sami Adelsheimer n'avait que 5 ans. Sa mère, Laura, avait été déportée le 20 novembre 1943, neuf convois avant le sien. Sami n'est pas revenu. »

— Tu as vu que les mains de Klarsfeld tremblaient lorsqu'il lisait ?

Mon père a hoché la tête. Oui, il avait remarqué.

« Max Leiner avait 7 ans. Max n'est pas revenu. Egon Gamiel avait 8 ans. Egon n'est pas revenu. Renate et Liane Krochmal avaient 8 et 6 ans. Elles ne sont pas revenues. Marcel Bulka, 13 ans, s'occupait de Coco, son frère de 4 ans. Marcel et Albert ne sont pas revenus. Lucienne Fiedler avait 5 ans. Lucienne n'est pas revenue. »

Dans la salle d'audience, il y avait des collégiens, des enfants, presque. Au début de l'après-midi, ils frétillaient sur leurs sièges, excités par le décorum. Et puis, à force de noms, ils ont fait silence. Bouches ouvertes, regards voilés. Sur leurs visages, autre chose que la colère. La surprise, brute, pure. La désolation.

« "Quand il y a beaucoup de neige, on va faire de la luge sur les pentes", écrivait Fritz Loebmann. Fritz, 10 ans, n'est pas revenu. "Pour Noël, on a mangé des pains d'épice, du chocolat, de la pâte de coing. On a bu un Ovomaltine. J'ai reçu une boîte de peinture. La maison est très belle. On va chercher des mûres noires, blanches et rouges. Je t'envoie un milliard de baisers." Georgi Halpern, 9 ans, n'est pas revenu. "Ici il y a de belles montagnes et du haut, on voit le Rhône. Je suis très contente d'être là." Nina Aronowicz, 12 ans, n'est pas revenue. "Je vais bien apprendre pour te faire plaisir. Comme ça, pour qu'après la guerre, tu nous voies tous les deux intelligents et que tu ne nous voies pas comme deux ânes." Joseph Goldberg, 12 ans, et Chaïm, son frère de 13 ans, ne sont pas revenus. »

Mon père regardait le plafond. Il se défendait de l'émotion. Lui qui espérait un combat de titans entre deux grands avocats n'attendait plus rien de Vergès. L'avocat de la défense était tendu. Le dos contre le mur, il épiait le public, tentait de déchiffrer les visages. Chaque larme roulant sur une joue était une défaite. Pour lui, l'heure n'était plus au sourire. Il semblait aussi ne plus respirer. Il encaissait les coups. Comme moi, comme nous tous, il frémissait de cette voix sans timbre, cette litanie sans fièvre, ce kaddish murmuré.

« Dieu que vous êtes bon. Que vous êtes gentil. C'est vous qui commandez, Dieu. Je penserai toujours à vous, même aux derniers moments de ma vie. Faites revenir mes parents, mes pauvres parents. Protégez-les. J'ai tellement confiance en vous que je vous dis merci d'avance. Liliane Gerestein, 10 ans, n'est pas revenue. Sarah Szulklaper, 11 ans, n'est pas revenue. Maurice Spiegel, 10 ans, n'est pas revenu. »

Et Alice, et Claudine, et Paula, et Martha, et Senta, et Hans, et Majer et Otto, et Théo, et Sigmund, et Arnold, et Mina, et Hermann, et Elie, et Jacob, et Esther, et Barouk, et Jean-Paul, et Isidore, et Claude, et Gilles, et Henri, et Charles, et Max-Marcel, et Émile, l'enfant fragile à qui il fallait raconter une histoire toutes les nuits. Et Jean-Claude, et Richard, et Jacques, leur frère au pull grenat. Tous et toutes étaient là, sans leurs peurs, sans leurs cris, sans leurs larmes. Comme retournés à leurs pupitres, dans la

Maison d'Izieu, levant le doigt à l'appel de leur nom, avant que l'institutrice à sifflet ne commence la classe.

J'avais la tête dans les mains. Les yeux fermés. Il me fallait l'obscurité, pour accueillir leurs noms. J'ai revu l'ardoise oubliée, et le mot « pomme » tracé à la craie. J'ai vu les doigts poudrés de blanc. J'ai entendu le crissement du calcaire sur la pierre tendre. Je ne voulais plus de cette lumière de juin qui baignait le prétoire. Plus des juges, des jurés, des avocats, des journalistes massés tout autour. Je ne voulais plus non plus du public et de son chagrin. Je pénétrais dans une caverne creusée à même la roche glacée. La voix grave égrenait les noms. Des milliers de bougies tremblantes se reflétaient à l'infini. Je désirais que chaque enfant nous soit confié. Que chacun de nous devienne leur tombeau.

*

— Tu vois, Klarsfeld seul face à Vergès ? Ça, ça aurait eu de la gueule !

J'ai hoché la tête. Je me sentais fiévreux. Nous marchions sur les quais.

— Il y a trop d'avocats face à Barbie. On dirait une meute.

— Mais ce sont les parties civiles, papa.

Il a eu un geste de la main.

— Tu parles, ils veulent être sur la photo, oui !

Il m'a regardé.

— On dirait le festival de Cannes, non ?

Je n'avais pas de réponse.

— Dès qu'il y a un micro ou une caméra, ils accourent !

Je l'ai regardé.

— Et les enfants ?

Petite moue.

— Quoi, les enfants ?

Il continuait de marcher.

— C'était bouleversant, non ?

Sans me regarder.

— Pour ceux qui n'en avaient jamais entendu parler, certainement.

J'ai ralenti le pas.

— Mais pour toi, papa. Les enfants, pour toi ?

Il a passé la main sur son visage.

— C'est épouvantable, évidemment.

Il m'a entraîné dans une rue pavée du vieux Lyon.

— Mais Barbie a dit qu'il n'y était pour rien.

Je l'ai observé. Il croyait à la fable.

— Et le télégramme de déportation signé de sa main ?

Mon père a ricané.

— Je peux t'en faire tant que tu veux, des télégrammes.

Je me suis tu.

Il s'est arrêté devant un café.

— Ce n'est pas Himmler qui est dans le box, c'est Barbie.

Il m'a souri.

— Une bière ?

— C'est son complice, tu le sais bien !

Ce même sourire.

— On discute de tout ça devant un bock ?

Non. Pas ce soir. Mais il fallait que je lui parle. C'était important pour nous deux, je le lui ai dit. Mais pas dans un bistrot, pas devant une bière, pas maintenant. Le mieux serait à l'appartement, un matin que maman n'y serait pas.

Il m'a observé. Ni étonné, ni inquiet, ni pressé de rien.

Geste de dépit.

— Bon, eh bien ! Je vais la boire seul, cette bière.

Il a tiré la porte du bar, m'a regardé encore.

— À part ça, tu m'inquiètes. C'est grave ?

J'ai hoché la tête sans le regarder.

— Je crois, oui.

Il a hésité.

— Tu as découvert le nom du résistant qui a dénoncé Jean Moulin, c'est ça ?

Son rire.

— Je suis sûr que même si tu le savais, ton journal n'oserait pas le publier.

Il gardait la main sur la poignée de cuivre.

— Il ne faut pas écorner la belle histoire française, hein ?

Odeur de café, musique, brouhaha d'un mercredi en paix.

Son sourire agaçant.

— Eh oui. C'est pas toujours facile d'être de gauche, bonhomme.

*

Cette bière, je l'ai bue seul, dans un café, quatre rues plus loin. Et quelques autres encore, pour saluer tout ce qui nous attendait. C'était plus tôt dans l'après-midi, en écoutant les noms des enfants d'Izieu, que j'avais décidé d'affronter tes mensonges. Dans quelques jours, l'accusation réclamerait la perpétuité pour Barbie. Vergès répondrait au réquisitoire et nous nous quitterions. Toi, le cœur léger. Moi, sonné par ta guerre.

Lorsque j'étais enfant, ton père m'avait offert ton « mauvais côté », un petit caillou noir que j'avais caché au fond de ma poche. Mais aujourd'hui, adulte, c'est un sac de pierres que je transportais. Je charriais ta vie de gravats et je voulais de l'aide. Tu ne pouvais pas me laisser seul avec ton histoire. Elle était trop lourde à porter pour un fils.

Non mais, te rendais-tu compte ? Elle avait eu de la gueule, ta guerre ! J'étais sidéré. Et il me restait encore vingt pages de ton dossier à découvrir. Déserteur, collabo, déserteur, résistant, déserteur, bien décidé chaque fois à sauver chèrement ta peau. Et chaque fois, tu avais trompé la mort. Comme tu avais égaré tour à tour l'ennemi puis les patriotes.

Tu t'en étais formidablement bien tiré. Tu avais même récolté honneurs et déshonneur sur un même champ de bataille. Et puis tu sais, ta guerre n'avait pas été que sale. Elle aurait valu que tu la revendiques. Que tu en admettes une partie. Que tu me fasses confiance. J'étais prêt à tout entendre, papa. Peut-être même à tout accepter parce que c'était la vérité. Mais tu vois, même sur ton faux lit de mort, tu m'avais décrit la chute de Berlin. À ton incroyable vie, tu avais préféré l'amplification du mensonge.

Un jour, grand-père m'a dit que j'étais un enfant de salaud.

Oui, je suis un enfant de salaud. Mais pas à cause de tes guerres en désordre, papa, de tes bottes allemandes, de ton orgueil, de cette folie qui t'a accompagné partout. Ce n'est pas ça, un salaud. Ni à cause des rôles que tu as endossés : SS de pacotille, patriote d'occasion, résistant de composition, qui a sauvé des Français pour recueillir leurs applaudissements. La saloperie n'a aucun rapport avec la lâcheté ou la bravoure.

Non. Le salaud, c'est l'homme qui a jeté son fils dans la vie comme dans la boue. Sans traces, sans repères, sans lumière, sans la moindre vérité. Qui a traversé la guerre en refermant chaque porte derrière lui. Qui s'est fourvoyé dans tous les pièges en se croyant plus fort que tous : les nazis qui l'ont interrogé, les partisans qui l'ont soupçonné, les Américains, les policiers français, les juges professionnels, les jurés populaires. Qui les a étourdis de mots, de dates, de faits, en brouillant chaque piste. Qui a passé sa guerre, puis sa paix, puis sa vie entière à tricher et à éviter les questions des autres. Puis les miennes.

Le salaud, c'est le père qui m'a trahi.

Tu as essayé de m'éblouir alors que tu m'aveuglais. Tu voulais quoi ? Que je t'aime plus grand encore ?

Dans ma chambre d'enfant, au lieu de t'inventer ami de Jean Moulin, poseur de bombe contre un cinéma allemand, au lieu de te rêver Belmondo à Zuydcoote, j'aurais tellement voulu que tu me racontes le 5e régiment d'infanterie, tes désertions, le NSKK, la Résistance dans le Nord, les Rangers de Far West. Tu m'aurais avoué tout ça, le soir, en confident secret. Peut-être n'aurais-je rien compris, mais tu m'aurais parlé, enfin.

Enfin, tu te serais débarrassé de ces oripeaux militaires et tu aurais endossé un bel habit d'homme. Un costume de père.

Te rends-tu compte de la légèreté qui se serait emparée de nous ? De la lumière qui serait entrée dans notre maison ? De ton soulagement ? De ma délivrance ? Tu n'aurais eu plus rien à craindre, ni de moi, ni de personne. Et avec le temps, j'aurais compris la détresse d'un gamin égaré, qui rêvait d'uniformes de carnaval et de fusils trop lourds. Qui n'avait eu pour tablier d'école qu'une blouse grise d'ouvrier. Un petit Lyonnais, privé de tout, rêvant d'exploits glorieux sans y comprendre rien. Un enfant bas de front et de regard qui avait endossé toutes les panoplies chamarrées en jouant au soldat comme dans une cour de ferme.

J'aurais tout accepté, tu m'entends ? Et personne, jamais, n'aurait eu le droit de te juger une seconde fois. Je m'y serais opposé. Je t'aurais défendu. Parce que cette vie malade, ces histoires folles, ces guerres démentes avaient été celles de mon père. Et qu'il me l'aurait avoué. Et qu'il m'aurait dit vrai. Et que j'aurais été fier de sa confiance. Et que même s'il avait été puni par son pays, il n'aurait jamais été dégradé par son fils.

Et je ne serais pas un enfant de salaud.

25

Jeudi 18 juin 1987

Je t'avais appelé le matin. Maman passerait sa journée dans le Beaujolais, avec sa nièce Gabrielle, et tu ne viendrais pas à l'audience. Ces débats juridiques, sur le droit de juger Klaus Barbie, ne t'intéressaient pas. Le nazi avait-il été illégalement expulsé de Bolivie vers la France ? Peu t'importait. La cour d'assises de Lyon était-elle légitime pour juger celui qui se prétendait Klaus Altmann ?

— Discutailleries d'avocats !

Le jugement qui serait appliqué au SS pouvait-il être juste et honorable ? Déjà condamné à mort par contumace en 1952 et 1954, Barbie pouvait-il être rejugé pour les mêmes faits ? N'était-il en fait qu'une victime de la loi des vainqueurs ? Et d'abord, qu'est-ce qu'un crime contre l'Humanité ? Tout cela t'était indifférent et je ne te souhaitais pas comme boulet.

C'est moi qui ai proposé de me déplacer.

— Vers 10 heures ?

— Oui, tu peux venir. Je n'ai rien à faire ce matin.

Jamais tu n'avais rien à faire. Matin, midi, soir, c'était ton habitude.

Ta respiration forte dans le combiné, tes reniflements agaçants.

— Tu vas me donner le nom de celui qui a vendu Moulin ?

Ton rire, encore.

— Non. On va parler de toi.

Silence.

— Ma santé ne regarde que moi.

Et il a raccroché.

Sa santé. J'ai été saisi. Il m'avait caché quelque chose ou il préparait un système de défense ? Mon père était le maître des contre-feux. En prenant le funiculaire pour Saint-Just, j'étais perdu. Je ne savais plus quoi faire. Attaquer ou patienter encore ?

Il m'a reçu en pyjama. Ses vieilles mules de cuir aux pieds. Une fois de plus, j'ai été écœuré par l'odeur de caveau. Mes parents n'ouvraient pas les volets, les fenêtres, ils vivaient dans une presque obscurité. Dehors, il faisait trop chaud l'été, trop froid l'hiver, l'air du dehors, la rue, les lumières, les rumeurs de la ville les dérangeaient. Ouvrir leur porte, c'était pénétrer dans une caverne où se mêlaient le rance, l'aigre, la poussière, toutes les odeurs de vieux. Chez eux, les fleurs étaient artificielles, les napperons en plastique de fausses dentelles. Les tableaux cloués au mur ? Des boîtes de chocolats encadrées. Gauguin, Toulouse-Lautrec. Et aussi une *Joconde* qui dominait l'entrée.

— C'est une reproduction, ce n'est pas le vrai, avait dit ma mère sans sourire, à l'une de ses amies qui observait l'*Embarquement pour Cythère*, de Watteau, accroché dans leur salon.

À peine la porte ouverte, mon père est allé s'asseoir dans son fauteuil, jambes croisées, sur cette couverture râpée qui ne servait à rien, entouré par cinq coussins noircis de temps. Il ne m'a proposé ni un café ni un verre d'eau. Jamais mes parents n'avaient su recevoir. Il avait son visage des bons jours, avec un sourire qu'il voulait malin.

Je me suis installé sur un tabouret, face à lui, ma sacoche sur les genoux.

— Tu ne vas pas au procès aujourd'hui ?

— Il n'y a pas d'audience le matin, papa, tu le sais bien.

Il le savait. Il a regardé le coin de ciel, par la fenêtre. Est revenu à moi.

— Alors quoi ? Qu'est-ce que tu as de si grave à me dire ?

Il avait déplié ses jambes. Il était penché en avant, les mains sur les cuisses.

J'avais la bouche sèche. La tête qui battait. Le cœur en tempête et un ventre de plomb. Toutes les phrases préparées pour lui depuis des semaines tournoyaient dans la pièce en ricanant. Quel allait être le premier mot ?

— Papa, je sais tout !

— Tu sais tout quoi ?

Il aurait encore le temps de s'échapper.

— Tu as porté l'uniforme du NSKK ?
— L'uniforme allemand ? Mais je te l'ai déjà dit !
— Tu as été résistant dans le Nord ?
— Et alors ? C'est ça ton petit scoop ?
— Je sais que tu n'as jamais été à Berlin avec la division Charlemagne.

C'était trop violent. Trop direct. Il me chasserait avant même que je ne sorte les quelques documents que j'avais apportés.

Alors j'ai fait comme lui. Comme le bateleur, le prestidigitateur, le joueur de poker. J'ai ouvert ma sacoche de toile et sorti sa carte d'engagé volontaire barrée de tricolore. Cette preuve d'appartenance aux FTP, ce document célébrant les braves qui avaient participé à la guerre de libération et d'indépendance de la France, tamponné par l'État-Major général de la région Nord. En posant la photocopie sur la table basse, je ne l'ai pas quitté des yeux. Il a regardé la feuille. Ses lunettes pendaient au bout de leur cordon. Il a pris la photocopie entre les mains. Son visage s'est défait. Coins des yeux, de la bouche, rides du front, joues creuses, menton, tout s'est affaissé. C'était la première fois que je voyais mon père trembler. Ses mains, ses lèvres. Il est resté comme ça, une poule devant un trait de craie. Pas un mot, pas un regard pour moi. Seule la feuille, grelottante entre ses mains.

Il a ouvert la bouche pour réclamer de l'air. Sa peau était celle d'un gisant. Il a reposé la feuille sur l'accoudoir du fauteuil. Il a mis ses lunettes. Il a repris le document, l'a relu une fois, cent fois, sans un mot. Le 18 juin 1987, quarante-trois ans après que les troupes américaines ont saisi ce sauf-conduit dans son paquetage, voilà que son fils le lui tendait.

— Je sais tout, papa.

Jamais non plus la peur n'avait voilé ses yeux. Ils n'étaient pas grands ouverts comme un enfant surpris, mais presque clos. Un regard d'ailleurs, au moment du dernier souffle. Jamais je ne l'avais connu privé de mot, de réponse, de défense. Il s'est affaissé dans son fauteuil.

Une voix de gorge, éraillée, blanche.

— Sors d'ici.

Alors j'ai posé la photo du maquis sur la table. Celle où il blaguait avec ses camarades, un pistolet-mitrailleur allemand entre les mains.

Il l'a reconnue de loin. Il l'a prise brusquement. Il l'a déchirée une fois, deux fois. Il a froissé en boule sa carte de combattant. Il m'a jeté ses traces au visage. La colère avait chassé la peur. Il a essayé de se lever. Il est retombé dans son fauteuil. Ses poings étaient blancs.

— Sors d'ici, salopard !

Il n'a pas crié. C'était un murmure. Il a relevé ses cheveux avec ses doigts ouverts. Il savait que ces photos n'étaient pas arrivées seules jusqu'à moi. Que sa guerre entière venait d'exploser entre nous. Je me suis penché. À sa fureur, j'ai ajouté son bulletin de casier judiciaire et son billet de sortie de prison.

— Tu n'as jamais été SS, papa.

J'avais un fauve en face.

— Lorsque la Charlemagne a décroché de Berlin, tu étais en prison à Loos.

Il s'est agrippé aux bras du fauteuil. Il a balayé les preuves d'un revers de main. Il s'est levé avec peine. Trois pas en avant. Je m'attendais à cette rage. J'avais photocopié la totalité de son dossier. Je me suis levé à mon tour. J'ai serré la sacoche contre moi. Il ne la quittait pas des yeux. C'est à elle qu'il en voulait. Il voulait savoir ce que contenait ce sac infernal. Alors j'ai lancé les neuf feuillets de son premier interrogatoire à ses pieds. Sans même se baisser, il a vu le mot « Procès-verbal », les tampons, sa signature au crayon à papier à côté de celle de son juge. Il a reculé, bouche ouverte. Il est retombé lourdement dans son fauteuil. Il était hébété. Ses yeux ne quittaient plus les documents épars. Tout son corps tremblait. Pas seulement ses mains, sa voix, son regard clos, mais son être entier. Je venais d'ouvrir la fenêtre sur l'hiver 1944, un grand froid, son monde sans plus de lumière. Je venais de le traîner dehors, nu dans la neige, griffé par les bourrasques d'un vent glacé.

Je l'ai vu comme une bille argentée, frappée par les raquettes d'un billard électrique et se cognant partout. Un papillon désorienté, ivre d'effroi et de lumière, se précipitant contre une vitre grillagée. À mon tour j'ai eu peur, mais je n'y pouvais plus rien. Il était trop tard pour revenir toutes ces années après. J'avais réveillé un somnambule. Dit à un enfant prêt à s'envoler que les fées n'existaient pas. J'avais assassiné la licorne. Tué le Père Noël. Je me suis rendu compte que, depuis toujours, il avait survécu parce que personne ne s'était opposé à ses rêves. Que jamais il n'avait été mis en danger, par un homme, une femme, un n'importe qui brandissant sous ses yeux les preuves de ses impostures. Ces illusions le tenaient debout. Elles étaient son socle, son ossature, sa puissance. À force de temps passé, d'histoires fabriquées répétées en boucle, d'images brodées une à une jusqu'à ce qu'elles deviennent réalité, mon père ne se mentait peut-être même plus. Enfant, puis jeune homme, puis homme, puis père, il s'était forgé une cuirasse fantasque pour se protéger de tous. Une carapace de faux souvenirs vrais. Et qui, pour oser le défier ?

Mais voilà qu'ici, aujourd'hui et sous son toit, son propre fils cassait cette mémoire.

Pendant des années, j'avais accepté de te suivre, pour ne pas te contrarier, te blesser, t'obliger à te réfugier encore plus loin dans ce monde imaginaire. Tes mensonges étaient pour toi une question de survie. Mais pour moi, ils étaient ton couloir de la mort. C'est pour ça que j'ai voulu t'imposer la vérité. Et tant pis si te démasquer, c'était nous condamner tous les deux.

Mais face à toi enrageant dans ton fauteuil, soudain j'ai douté. Je m'étais cru lumineux mais c'était de l'orgueil. J'avais voulu te soustraire à la folie et j'étais en train de t'arracher à tes rêves. Je t'espérais purifié, nouveau-né à la peau et au regard d'enfant, mais j'écorchais seulement ton vieux cuir de père et tes yeux hurlaient d'effroi. J'avais tort. Je n'étais pas en train de te sauver, mais de te perdre à jamais. Je n'avais pas réussi à te ramener du royaume des fantômes au monde des vivants. J'étais en train de te torturer. Comme la police, j'étais en train de t'interroger.

Comme la justice, j'étais en train de te condamner. Comme cette garce de vie, j'allais t'exécuter.

J'étais figé au milieu du salon. Mon père comme mort, tassé dans son fauteuil. Il avait eu un hoquet, puis un soubresaut, un haut-le-corps violent, avant de s'effondrer. Il nous avait fait ça, lorsque j'étais enfant. Pour entendre ma mère hurler :

— Jean ! Jean ! Qu'est-ce qui t'arrive ?

Se précipiter sur lui, le secouer en pleurant et en lui demandant pardon.

Il jouait à mourir pour faire de nous des assassins. Si j'avais taché le tapis d'encre, si ma mère lui avait répondu sèchement. Devant nos révoltes minuscules, il mourait. C'était sa réponse à nos éclats de vie. Un matin, au lendemain d'une grosse colère, il était même resté allongé dans leur lit, lèvres ouvertes, rigide, retenant son souffle et n'ouvrant les yeux qu'au moment où maman terrorisée avait appelé le médecin.

— Tu vas tuer ta mère ! criait-il lorsque je rapportais une mauvaise note à la maison.

Mais c'est lui qui l'assassinait.

— C'est à cause de sa guerre, disait-elle encore.

Et elle me parlait de ces années qui l'avaient tant fait souffrir et dont elle ne savait rien. Cette sale guerre qui l'avait rendu à la paix en lambeaux. Qui en avait fait un homme délabré et un père indigne. Cette guerre qui avait changé le jeune homme en démon.

*

— Tu parles ! Il était comme ça bien avant, avait un jour grogné mon grand-père.

La fable de l'homme revenu malade et violent du front l'exaspérait. Un jeudi, qu'il m'avait emmené boire une limonade au Bar de la Ficelle, à Saint-Jean, il m'a raconté qu'à 14 ans mon père avait aussi été facteur. Bon à pas grand-chose, il avait été renvoyé d'une imprimerie lyonnaise avant d'être embauché dans la Loire, à la poste du village paternel pour les deux mois d'été. Il devait faire une tournée quotidienne de distribution du courrier à vélo, entre deux bourgs proches. Il avait été élevé sur ces terres. Il en connaissait chaque pâturage, chaque ferme, chaque chemin. Et les villageois par leurs noms. C'était un garçon turbulent, mais tous les jeunes du coin l'étaient. Il n'y avait pour eux ni salle de jeux, ni cinéma, ni place commune. Alors ils jouaient du côté du cimetière, derrière le presbytère, et sur la route, juste avant le bois. Ils s'entraînaient à s'ennuyer pour plus tard.

Mon grand-père lui avait trouvé cet emploi de facteur. Comment refuser un tel service à un natif de la commune, chef de bureau d'une grande compagnie d'assurance, responsable local des œuvres laïques et animateur du club de boules lyonnaises ? Ce n'était qu'un travail saisonnier, un remplacement, mais mon grand-père espérait que son fils s'y plairait. Travailler à la poste était une belle situation. Après les tournées à vélo, il pourrait devenir salarié permanent, guichetier, directeur d'établissement. Et puis, pourquoi pas, se faire remarquer par Georges Mandel, ministre des

PTT, se mettre à son service et faire tant de miracles au travail qu'il en toucherait un mot au président Lebrun.

Mon grand-père n'avait pas cette folie en tête, lorsque son fils est monté sur sa bicyclette Hirondelle la première fois, short gris, casquette à galon sur la tête et musette en bandoulière.

Mais mon père, oui.

L'un ne voyait dans la poste qu'un moyen de stabilité, un avenir certain pour gamin sans bagage. L'autre rêvait de conquérir la France en cheminant sur les routes du Forez.

Au bout d'une semaine, les premiers habitants se sont plaints.

Un télégramme qui n'était jamais arrivé. Une lettre importante. Le colis envoyé par une mère à sa fille. D'autres disaient qu'ils ne voyaient plus le facteur passer sur la route. Qu'il ne klaxonnait plus en arrivant dans les cours de fermes. Un matin de juillet, le laitier a aperçu mon père dormant dans un vallon, son vélo couché sur le bas-côté. Depuis neuf jours, plus aucun courrier n'avait été délivré dans les boîtes des deux bourgs.

Lorsque mon père a été interrogé par son chef de poste, il s'est mis à pleurer. Il a dit que le premier lundi il avait été attaqué par des hommes habillés en Indiens sur la route de la Grande Plaine. Et puis par des bandits, le lendemain et tous les jours d'après, qui l'obligeaient à leur remettre son butin. Le chef a appelé mon grand-père, puis les gendarmes. Cette confrontation avait été son premier interrogatoire.

Tous pensaient que le jeune facteur avait volé les lettres et les colis. Mais non, il les avait jetés. Le courrier de neuf jours a été retrouvé éparpillé dans les mares, les sous-bois, enterré sous des pierres.

Mon père n'avait gardé pour lui qu'une seule carte postale, envoyée des États-Unis à un jeune fabricant de jouets de la région. Un courrier rare, dans les villages. Aux gendarmes, il a avoué qu'il avait été attiré par le tampon, avec le mot « New York » en grand, frappé au milieu de la carte. Et aussi par les timbres. Un globe ailé « United postage » mauve, un Washington rouge et un Jefferson vert. Le globe était le plus cher : 5 *cents*. Les gendarmes ont retrouvé cette carte, cachée dans un tiroir de sa chambre. Lorsqu'ils lui ont demandé pourquoi il avait soigneusement effacé à l'eau le nom et l'adresse de la fabrique de jouets et rajouté son nom et son adresse à la place, mon père n'a pas répondu.

Au verso de la carte américaine, était imprimée une publicité en anglais pour la société American Character, qui fabriquait des poupées en celluloïd. Une flèche au crayon désignait l'image en noir et blanc qui occupait tout l'espace. « Sally Joy doll », un baigneur habillé de vêtements en tissu, avec les paupières mobiles, des cheveux bruns et un bob dentelé.

Mon grand-père n'avait rien dit aux gendarmes et au chef de la poste, mais il venait de comprendre que son fils n'avait jamais eu d'ami américain, comme il le lui avait juré un jour. Un copain de Montbrison, dont les parents étaient partis faire fortune en Amérique dans l'industrie du jouet. Qui lui avait envoyé cette carte, avec ces timbres, ce tampon, cette photo de baigneur. Et qu'il le rejoindrait lorsqu'il serait plus grand, parce que son copain avait deux lits dans sa chambre, un pour mon père et un pour lui. Et qu'il reviendrait un jour au village, bien plus tard, couvert d'or, avec un chapeau de cow-boy, au volant d'une Bentley vert d'eau. Oui, exactement la même que la voiture miniature qu'il avait reçue au Noël d'avant.

— Alors tu vois ? Ce n'est pas la guerre qui l'a fait débarouler.

Lorsqu'il était en colère, mon grand-père retrouvait le parler lyonnais.

— Mon fils est un ganais ! Un crétin !

J'avais peur que les gens du café nous entendent.

— Il est né menteur, c'est comme ça !

*

Mon père a bougé légèrement les doigts de la main gauche, puis le bras. Il respirait difficilement, sa gorge sifflait. J'étais resté au milieu de la pièce, le coin de la table basse enfoncé dans les tibias. Je n'avais pas fait un geste pour lui porter secours. Je ne croyais plus rien de lui. Ni ses mots, ni son regard, ni ses agonies.

— Fous le camp, je t'ai dit.

J'ai attendu qu'il s'asseye mieux. Qu'il me regarde en face. Ma voix, si faible.

— Tu ne crois pas que c'est le moment de se parler ?

Il avait retrouvé ses yeux, ses lèvres, son mépris.

— Tu es qui toi ? La Gestapo ?

J'ai baissé la tête.

— Je suis ton fils, j'ai 35 ans et je veux savoir.

Je regardais le tapis usé, le parquet sans lumière, les feuilles déchirées.

— Et tu veux savoir quoi, Gestapo ?

— Arrête, s'il te plaît.

— *Halts Maul, du kleiner Franzmann !*

— Je ne comprends pas l'allemand.

— Mais qu'est-ce que tu comprends, hein ? Rien ! Tu n'as jamais rien compris !

— C'est notre dernière chance, papa.

Il s'est levé brusquement.

— Ferme ta gueule, petit merdeux !

J'ai reculé. Ma tête était vide. Ses mots n'y entraient plus. Je ne les entendais pas, ses mots. Ils frappaient mon ventre.

— Si je pars maintenant, on ne se reverra plus jamais.

Il a mis les poings sur ses hanches.

— Et alors ? Je t'ai pas vu pendant toutes ces années ! Tu m'as manqué ? Jamais !

Il a piétiné son procès-verbal d'interrogatoire, le déchirant avec ses mules, puis le froissant avec ses pieds nus.

— On n'aura plus jamais cette occasion, papa.

Il a hurlé.

— Ne m'appelle plus jamais comme ça !

Il contournait la table basse. J'ai reculé d'instinct.

— Tu n'es pas mon fils !

Il a donné un coup de talon dans sa photo déchirée.

— Tu es un flic ! Vous êtes tous des salopards de flics !

— Je suis ton fils.

— Toi et tes copains justiciers, ça fait quarante ans que je vous ai au cul !

Une mousse blanche sortait d'un coin de ses lèvres. Je savais qu'il prenait des médicaments pour le cœur, la tête. Il cherchait autour de lui quelque chose à briser, à lancer, un objet pour faire mal. Il n'était pas agité. Juste un géant de colère et de haine. Il a grondé.

— Tu veux me tuer, c'est ça ?

J'ai secoué la tête.

— Tu veux tuer ta mère ?

— Tu sais bien que non.

Il s'est retourné, s'est saisi du journal télé posé sur la commode et me l'a lancé au visage, avant de retomber dans le fauteuil et de jeter les coussins partout dans la pièce.

— Je ne veux plus te voir.

Sa voix était retombée. Son regard aussi. Il a porté la main à sa poitrine.

— Je ne pensais pas que cela se passerait comme ça, papa.

Il a levé sur moi un regard d'une violence terrible.

— Tu viens chez moi avec des photos truquées, des faux papiers, des preuves fabriquées et tu crois que je vais t'embrasser ?

Il a ri. Un rire dément.

— Mais tu es complètement pervers, le journaliste !

J'ai refermé ma sacoche.

— Tu as bricolé ces conneries avec ton copain historien de mes deux, c'est ça ?

Il était livide.

— Et vous y gagnez quoi à ce petit jeu, hein ?

J'ai secoué la tête, encore. Ma voix était barbelée.

— Réponds, le journaliste ! Qu'est-ce que tu y gagnes à mentir comme ça ?

J'ai fait trois pas en arrière, vers le couloir.

— C'est ça, barre-toi, sale flic !

Je l'ai regardé. J'ai fermé les yeux. J'ai inspiré tout le courage du monde.

— Le policier qui t'a interrogé s'appelait Victor Harbonnier. Ton juge, c'était Henri Vulliet. Tu as eu une maîtresse, Paulette, qui était ouvrière en usine à Saint-Étienne.

Il était sidéré.

— Tu as déserté le 5e régiment d'infanterie, puis la Légion tricolore, puis le NSKK, les Allemands t'avaient condamné à mort, et tu t'es évadé.

Jamais je ne l'avais vu ainsi. Un poisson échoué sur la rive, qui lutte pour la vie.

— Tu avais pris une carte du parti communiste à Villeurbanne en décembre 1938. Après avoir été du côté des nazis, tu as rejoint la Résistance.

J'ai ouvert les yeux. Statue de sel en face.

— Ton chef de réseau FTP était le lieutenant Paul Ruguin. Tu as sauvé la vie à un jeune partisan qui s'appelait Sylvain Leclerc, en faisant croire aux Allemands qu'il était étudiant.

Je savais maintenant qu'il me laisserait parler jusqu'au bout. Il était dans un coin du ring, sonné, les bras autour des cordes en attendant la fin. Il ne bougeait plus. Ne disait rien. Clappait des lèvres sèches, les yeux devenus immenses.

— Tu as aussi sauvé la famille Colson, des paysans. La femme s'appelait Jeannette. Tu es retourné à leur ferme trois jours après pour récupérer un blouson.

Tu as fermé la bouche. Tes mâchoires tremblaient.

— La suite, tu la connais ? Les Rangers américains, l'arrestation, le procès.

Silence dans la pièce. J'ai repris mon souffle.

— Mais pourquoi nous, papa ? Pourquoi maman et moi ?

Il ne comprenait pas ma question.

— Pourquoi ne nous as-tu pas dit simplement la vérité ?

Silence, toujours.

Il a baissé les yeux. Voix fatiguée. Respirait à peine.

— Tu en as de l'imagination, le journaliste.

Il a regardé les photos, les feuillets d'interrogatoire, son casier judiciaire déchiré, son billet de sortie de prison. Sa bouche était tordue par un sourire mauvais.

— Tu as passé combien de temps à monter ce truc ?

Je le fixais.

— Ça n'a pas dû être facile, hein ?

Je ne répondais pas.

— Fabriquer les tampons, les papiers à en-tête, truquer des photos, c'est un sacré boulot, hein, mon salaud ?

Le sang me quittait. Brusquement, j'ai eu froid. L'impression d'être en bord de tombe et de maudire son cercueil.

— Et puis dis donc, j'en ai porté des uniformes, hein ?

Je n'écoutais plus. Je retenais mes larmes. J'avais échoué.

— Ça ferait un drôle de roman cette histoire, non ?

Je lui ai tourné le dos.

— Ça ne va pas être facile pour toi de te regarder en face.

Le couloir, la poussière sale, les traces de vieux sur les murs, l'odeur de mort.

— Ça te fait plaisir au moins ?

Je me suis retourné. Une larme coulait sur ma joue. Il l'a ignorée.

— Tu es fier de toi ?

Je suis allé à la porte. Il a haussé le ton.

— Ne remets plus jamais les pieds ici.

Sa voix derrière moi. Glacée. Coupante.

— Tu es complètement fou, le journaliste. Tu sais ça ?

J'ai ouvert la porte. Je me suis retourné. J'étais épuisé de chagrin. J'ai murmuré :

— C'est toi qui es fou, papa.

Alors je l'ai entendu se lever, bousculer la table basse, renverser le vase et le tournesol en papier poussiéreux. Bruit de verre brisé. Et puis son cri. L'ordre de sortir de chez lui, parce qu'il ne pouvait plus voir ma gueule :

— *Raus hier ! Ich will deine Fresse nicht mehr sehen !*

Mon père venait de me chasser de sa vie en allemand.

26

Procès de Klaus Barbie

Lundi 29 juin 1987

Je ne sais pas pourquoi je me suis retourné vers la chaise de mon père. Depuis onze jours et huit audiences, je n'avais plus aucune nouvelle de lui. Ma mère n'avait pas appelé non plus. Il avait dû ramasser les papiers déchirés, les débris de vase, et se taire.

Mais aujourd'hui il était de retour. Assis à sa place. Même de loin, j'ai remarqué sa Légion d'honneur en toc au revers. Il avait les mains posées sur l'aigle argent de sa canne. Il fixait le dos de l'avocat général. Depuis le début du procès, l'homme de loi avait épinglé ses médailles d'officier de Légion d'honneur et de l'Ordre national du mérite sur son revers d'hermine. Dans la salle, d'autres portaient la rosette ou le ruban. résistants, déportés revenus de la mort. Et une fois encore, mon père s'était déguisé en l'un d'eux. Mêlant son déshonneur à l'honneur des autres, appuyé sur une canne de bazar au milieu des béquilles des torturés et des chaises roulantes des rescapés.

*

Le trac existe. Même lorsqu'on revêt une robe rouge bordée d'hermine. Même lorsqu'on est procureur général de la cour d'appel de Lyon. Même lorsqu'on s'appelle Pierre Truche. À moins que ce ne fût la chaleur accablante qui s'était abattue sur le palais de justice. Un manque d'air qui gênait la respiration.

Lorsqu'il s'est levé pour requérir, le magistrat ne semblait pas à son aise. Mains crispées derrière le dos, claquement de bouche sèche devant les micros, sueur perlant au front. Pendant sept semaines, Truche avait été parfait. Un parcours sans faute, à part une fois. Ce jour-là, il avait été piégé sur un terrain dangereux et hors sujet par l'avocat de la défense : la guerre d'Algérie. Et il s'était risqué à une démonstration tragique, destinée à minimiser le nombre d'enfants algériens morts dans les camps de regroupement français, pendant la guerre d'indépendance.

Audience après audience, l'avocat général a traqué la dérive et le faux débat. « Mon seul adversaire », avait dit de lui Jacques Vergès. Contrairement à beaucoup d'acteurs de ce procès, Pierre Truche n'avait jamais prêté le flanc à la petite phrase, préférant les mots prononcés en audience aux incantations proférées dans la rue. Et comme à son habitude, c'est à la Cour et à elle seule, que le magistrat allait s'adresser. Beaucoup s'étaient enflammés pour le public, mais lui n'avait cessé de lui tourner le dos. Seul son dossier importait, sans effets, sans théâtre ni artifice.

— Le crime contre l'Humanité impose d'abord une plongée dans l'inhumanité, a commencé le magistrat.

Je suis revenu à lui. Depuis tous ces jours, mon père parasitait mes reportages. J'avais du mal à me concentrer. Lorsque j'écrivais les enfants d'Izieu, le soir dans ma chambre d'hôtel, son image en nazi dansait entre mes phrases. Son sourire abîmait les larmes des victimes. Quand il était dans la salle, je ne pouvais m'empêcher de me retourner, de guetter ses réactions, son attitude. J'avais trop espéré de ce procès. Prêté à mon père une intelligence qu'il n'avait pas. Ni empathie, ni pitié, ni humanité, il n'avait pas même profité de cette tempête pour prendre le temps de réfléchir à son passé. La cohorte des suppliciés défilait lentement devant lui et il lissait son revers de veste. Il arrangeait le pli de son pantalon. Il bâillait. Plusieurs fois, il avait bâillé. Sans mettre la main devant sa bouche, sans dissimuler ce geste. Il s'étirait, les yeux fermés, il offrait à tous l'image d'un homme qui s'ennuyait.

— Ces femmes et ces hommes ont osé venir dire en public des choses qu'ils n'avaient jamais racontées à leur propre entourage. De tout cela, je ne parlerai pas.

Je notais les phrases de l'accusation. Chacune était précieuse. J'ai frissonné. Une fois encore, j'ai eu la certitude de vivre un instant exceptionnel. Ces paroles allaient entrer dans nos livres d'Histoire.

— Ce n'est pas froideur de juriste. Ce qui a été dit, vous l'avez reçu comme moi. Simplement, je n'ai pas les mots pour le dire. Mon silence, à cet égard, sera la manifestation du respect et de la compassion. Ma tâche, humblement, sera de vous parler du dossier.

— Ça sert à quoi de juger un type plus de quarante ans après ? avait marmonné mon père.

— Parce que le temps n'a pas joué le rôle d'oubli, ni individuellement, ni collectivement, lui a répondu Pierre Truche.

Je me suis retourné. C'était devenu un tic. Comme un œil qui cligne nerveusement. Mon père nettoyait ses lunettes. Il a soufflé sur les verres. Puis renversé sa tête en arrière et les a levées à deux mains, pour repérer les traces de gras dans la lumière.

— Les mères pleurent toujours leurs enfants. Certains déportés sont venus nous dire qu'ils ne dormaient plus depuis quarante ans. La sanction doit être utile car il faut que l'on comprenne la notion de crime contre l'Humanité. Qu'elle entre dans notre civilisation.

Ne pas me retourner. Quitter mon père des yeux. Le perdre, une fois encore. Au début du procès, d'un geste excédé, une journaliste allemande assise derrière moi avait fini par s'agacer de mon manège. Elle avait cru que je me retournais pour elle. Alors je me suis rendu compte de mon agitation.

Pendant plus de quatre heures, Pierre Truche a parlé. À la fois précis et laborieux. Son réquisitoire avait été entièrement écrit et il l'a lu entièrement. Le magistrat avait travaillé un an sur l'affaire Klaus Barbie. Et ces instants étaient pour lui les plus difficiles. Il était désormais seul au monde à porter l'accusation. D'une voix monocorde, parfois hésitante, il a tout revisité. La doctrine nazie, la volonté hitlérienne d'exterminer les juifs de France, la place de Klaus Barbie dans cette machine de mort. Le magistrat n'était pas là pour prendre la lumière ou jouer du tambour. Il travaillait pour la Justice. Comme un charpentier penché sur son établi, il rabotait, taillait, élaguait, ponçait, agglomérait chaque élément du dossier à la manière d'un artisan assemblant un tenon et une mortaise.

— Si Truche est en forme, il va nous boucler ça en un après-midi, avait dit un journaliste.

Mais le magistrat avait décidé de prendre son temps. Dès les premières heures, nous savions que son réquisitoire continuerait le lendemain.

Mon père avait quitté la salle avant la fin de l'audience. Je l'ai cherché des yeux dans la foule, sur les marches, derrière les vingt-quatre colonnes. Le long de la Saône, de loin. Son refuge était désert, les escaliers sans lui. Je ne comprenais pas ce qu'il était venu faire au Palais. Pourquoi il s'était grimé en ancien combattant. À l'observer, c'était presque un jour ordinaire. Il ne m'avait ni regardé ni salué, mais son visage était en paix. Alors je me suis dit qu'il occupait les lieux. Il me signifiait son droit d'assister au procès. Sa présence, comme celle des victimes, des magistrats et des avocats, était légitime. Rien ni personne ne l'en empêcherait.

J'ai appelé ma mère d'une cabine.

— Papa n'est pas avec toi, mon fils ?

Non. Il a quitté le procès avant la fin.

— Tu vas bien, mon fils ?

— Et toi ?

— Très bien. Mais qu'est-ce qu'il fait chaud !

— Nous sommes presque en juillet, maman.
— Quand même. Ouh là là, quelle chaleur !
— Papa va comment ?
— Comme d'habitude, tu sais.
— Non, je ne sais pas.
— Toujours dans ces histoires de guerre.
— C'est-à-dire ?
— Ton procès le remue, je pense.
— À part ça ?
— Il va bien.
— Bien ?
— Mieux que d'autres fois, oui.
— Il ne t'a rien dit ?
Voix précipitée de ma mère. Voile d'inquiétude.
— Dit quoi, mon fils ?
— Je ne sais pas, sur moi, sur mes articles ?
— Oh non, non ! Il ne lit pas ton journal, tu sais. Il aime bien se faire ses idées par lui-même.
— Et sur le procès ?
— Il est très content des discussions qu'il a avec le procureur. Ils s'entendent très bien.
Son petit rire.
— Papa lui a même donné des idées pour son réquisitoire.
J'ai baissé la tête.
— Allô, mon fils ?
— Je suis là, maman. Et toi, ça va ?
— Oh moi, tu sais, ça va toujours.
Froissement contre le combiné. Claquement de porte. Sa voix précipitée. Elle a chuchoté :
— Le voilà qui rentre. Je te laisse, mon fils.

27

Procès de Klaus Barbie

Mardi 30 juin 1987

Coupable. Cinq fois coupable et sans qu'aucune circonstance atténuante puisse lui être accordée. Coupable de complicité dans la déportation de 21 juifs et 38 résistants. Coupable d'avoir organisé la rafle et l'envoi vers la mort de 86 juifs pris au piège des locaux lyonnais de l'Union générale des Israélites de France. Coupable d'avoir ordonné l'enlèvement de 44 enfants juifs et de 5 adultes du personnel d'encadrement de la colonie d'Izieu. Coupable d'avoir choisi puis entassé 650 malheureux dans le dernier convoi de déportés qui a quitté Lyon pour Auschwitz le 11 août 1944. Pour sa deuxième journée de réquisitions, Pierre Truche n'a pas admis que le moindre doute s'installe dans le prétoire.

Mon père était revenu. Canne-épée, rosette.

Dos tourné au public, le magistrat concluait. Tout avait été dit la veille. Méticuleusement, il avait construit un solide édifice qu'il nous faisait maintenant visiter au pas de charge. Une heure et demie à peine, pour faire une dernière fois le tour. Alors ? Quelle peine pour ce qui n'était, au regard du droit, qu'un procès d'assises, lorsqu'on a à juger un homme accusé de 842 séquestrations et 373 assassinats ?

Dans la salle, les journalistes tendus, sans un souffle, prêts à courir vers les cabines téléphoniques. Rarement le silence avait été aussi lourd. Pierre Truche s'est penché vers la Cour, les neuf jurés. Et il a prononcé une phrase. Une seule :

— Je vous demande de dire qu'à vie Barbie soit reclus.

*

J'ai rattrapé mon père sur le trottoir. Il s'est retourné, m'a vu. Sourire sur son visage.

— Ah, tu es là ?

Où voulait-il que je sois ?

Il a continué sa marche, appuyé sur son accessoire de vieil homme très digne. Nous avons longé des façades, traversé deux rues. Je l'ai observé discrètement. Il regardait le ciel.

— Il fait bon, hein ?

Je n'ai pas répondu.

— On va avoir un beau mois de juillet.

Je connaissais ce père. C'était l'homme épuisé d'orage. Il a souri, sans me regarder.

— Tu te souviens en janvier ? La neige, le froid ? On n'avait pas connu ça depuis 1945.

— Lorsque tu étais en prison ?

C'est sorti comme ça. Je l'ai regretté. Mon père n'a pas répondu.

— Mais il faut se méfier parce qu'il peut pleuvoir d'un coup, comme ça.

Nous avons traversé la rue de la Bombarde. Le bout métallique de sa canne martelait les pavés. Son pas était plus lent que d'habitude. Il a souri à un envol de pigeons.

Je me suis arrêté. Il a continué sa marche. Son dos puissant.

— Tu te moques de moi, papa ?

Il s'est retourné. Les yeux grands ouverts.

— Pardon ?

Je l'ai rejoint.

— Je te demande si tu te moques de moi.

Il a semblé chercher une réponse dans les vitrines alentour.

Il a haussé les épaules.

— Qu'est-ce que tu veux que je te dise ? C'était attendu, non ?

Je l'ai rattrapé.

— Qu'est-ce qui était attendu ? De quoi parles-tu ?

Il a repris sa marche lente.

— La prison à vie. Tout le monde le savait, non ?

Je l'ai dépassé de trois pas, face à lui pour lui barrer le passage.

— Je ne parle pas de Barbie, tu le sais bien.

Mon père a grimacé la surprise.

— Tu parles de quoi, alors ?

Il m'a contourné. Et il a fait trois pas, les yeux baissés.

Je l'ai rattrapé une nouvelle fois et me suis mis en travers de sa route.

— Regarde-moi.

Il a souri, levé le front, regard dur.

— Oui, commissaire.

J'ai levé une main.

— Arrête ça !

Il m'a évité encore. Je l'ai suivi.

— Tu ne peux pas t'enfuir comme ça ! Ce n'est pas possible !

— Je ne m'enfuis pas, je rentre chez moi.

— S'il te plaît !

Il a pris sa canne par le pommeau, comme s'il allait frapper.

— Pousse-toi !

Son visage avait changé. Il était redevenu le père mauvais. Il a levé son bâton d'acier.

— Bouge !

J'ai protégé mon visage avec mon bras. Un geste d'enfance.

— Mauviette !

— Je veux que tu me parles.

Il m'a examiné de la tête aux pieds, du mépris plein la bouche.

— Face aux Russes à Berlin, tu n'aurais pas tenu dix minutes !

J'ai inspiré.

— Tu n'étais pas à Berlin.

Il m'a regardé.

— Pauvre con.

Il a repris sa marche. Je le suivais, à le toucher.

— Tu veux que je te dise qui était à Berlin ?

— Laisse-moi.

Je suis revenu à sa hauteur.

— Pierre Clémentin, lui, était à Berlin.

Mon père a ri, sans un regard pour moi.

— Quel scoop, le journaliste ! C'est moi qui te l'ai dit.

Il marchait plus vite.

— Il est mort dans mes bras !

— Faux ! Il est mort dans son lit en 1978 !

Il m'a regardé, accélérant le pas.

— Des conneries !

— Thévenot, lui, est mort à Berlin.

Il s'est figé. Stupeur sur son visage.

— Oui, Marcel Thévenot.

Nous étions près d'une porte cochère. Mon père s'est adossé au bois.

— D'où sors-tu ce nom ?

— Tu te souviens de ton copain Thévenot ?

— Qui t'a dit ça ? D'où sais-tu ça ?

— Et Aimé Crepet, ton officier à la Légion tricolore ? Il est tombé dans le zoo de Berlin.

Je n'avais plus personne en face. Ni père, ni homme, ni rien. Une ombre massive, les bras ballants. Deux yeux cernés de noir. Une bouche en mal d'air.

— Et tu te souviens de Marius Bonsembien ?

Il a vacillé. S'est appuyé sur sa canne. Elle lui servait enfin.

— Jamais rentré de Russie, Marius !

Il suait. Son corps hurlait la peur.

— Comme ton camarade Léo Wolmarck, de Toulon. Jamais rentré non plus.

Ses paupières battaient, ses lèvres.

— Et tu sais, Pereira, celui que tu appelais Tango et qui t'avait fait croire qu'il allait s'engager dans la Waffen-SS ?

Mon père était en cire. Pas un mot. Plus un geste. Un masque mortuaire.

— Tu sais bien, Roger Pereira, qui était avec toi au NSKK !

Mon père se noyait.

— Mais si ! Tu avais même dit aux flics qu'il t'avait aidé à libérer deux parachutistes américains !

Son œil droit était fermé.

— Ses parents avaient une teinturerie à Belleville !

Il a laissé tomber sa canne. L'aigle a frappé le trottoir. Choc du métal.

— Eh bien en fait, il n'a jamais rejoint la division Charlemagne, Pereira. Après le NSKK, il est rentré chez ses parents à Paris. Et il s'est fait oublier.

J'ai sorti de ma serviette la lettre que mon père avait écrite à son juge de la prison de Loos, le 21 juin 1945.

— Tu te souviens de ça ?

Même effroi. Il avait reconnu son écriture de jeune homme. J'ai tenu la lettre à hauteur de mes yeux, sans quitter ce qui lui restait de regard.

« J'estime avoir fait beaucoup pour mon pays sous l'uniforme allemand. »

Mouvement de menton.

— Tu te souviens ?

J'ai tourné les pages.

— Et ça ?

« Je vous demande, Monsieur le juge, d'être entendu vite, afin de pouvoir m'expliquer et pouvoir le plus tôt servir la France que j'aime tant. »

J'avais les jambes en flanelle, les yeux brûlants, le cœur déchaîné. Mes mains tremblaient comme les siennes. Du plus profond de ma gorge, j'ai senti venir un immense chagrin.

— Et ça, papa, écoute !

« Monsieur le juge, je vous demande, au nom de mes services dans la Résistance, de prendre ma lettre en considération. »

Les larmes m'ont surpris. Ses mots dansaient. Il fallait que j'arrête.

« J'espère que vous pourrez voir si je suis un comédien ou un Français. »

— Pourquoi un comédien, papa ? Tu jouais ? Ce n'était pas vrai tout ça ?

Il a fermé les yeux.

— Salaud.

J'ai plié la lettre. Je l'ai rangée dans ma sacoche.

— Et ça, papa ?

Cette fois sans lire, une phrase retenue de l'avoir tant lue.

« Excusez Monsieur le juge mon pauvre style, mais je suis un soldat et non un romancier. »

Comme au ralenti, il s'est laissé glisser contre une porte cochère jusqu'à s'effondrer sur les marches. Sans un mot, je me suis assis à ses côtés. J'ai essuyé ma tristesse d'un revers de main. Père, fils, nous étions seuls dans notre coin de pierre. Les gens allaient sans yeux pour nous. Personne ne se souciait de ces hommes harassés. Un encore jeune, un déjà vieux. Des hirondelles piaillaient, haut dans le ciel. Un klaxon lointain. J'ai regardé mon père. Je n'ai pas savouré sa défaite. Nous étions vaincus tous les deux. Lui pour m'avoir menti, moi pour l'avoir torturé. À cet instant, j'ai su qu'il ne parlerait pas. Jamais il ne me dirait la vérité. Si je connaissais tout de lui c'était par un rapport de police. Une poignée de feuilles tamponnées. Mais c'était sa voix que je voulais. Des mots à pardonner pour soigner son malheur et guérir le mien. J'avais espéré qu'on se tiendrait par les yeux, par la peau, par le cœur. Je rêvais d'une bière, avec nos verres qui trinquent.

— Laisse-moi.

Il baissait la tête. Je me suis rapproché.

— Je ne peux pas.

Il a inspiré fort.

— Tu ne peux rien pour moi.

Je me suis levé. Je lui ai tendu la main.

— Lève-toi.

Il a secoué lentement la tête. Il était désorienté.

— Viens, papa.

Il a regardé ma main. Il semblait ne pas comprendre.

— Allons-nous-en, s'il te plaît.

Une fois encore, il a levé sur moi un regard perdu. Sa voix sans plus de timbre.

— Sans moi.

Je me suis accroupi.

— Pardon ?

Il a baissé la tête.

— Laisse ma vie tranquille.

Alors je me suis levé. J'ai ramassé sa canne d'arme et je l'ai appuyée contre le mur. Je suis parti. Je l'ai laissé là, comme ça, assis sur une marche de pierre, adossé à une porte étrangère. J'ai marché, traversé une rue, une autre. Je me suis retourné, il n'avait pas bougé. De loin, il aurait pu être un clochard. Un homme ivre au seuil de la nuit. Un malheureux.

Mais c'était mon père. Cette fois sans poings fermés, sans colère, sans cri, sans rage, sans mensonges, sans tous ces mondes en trop, sans passé, sans uniforme, sans guerre à raconter à personne. Sans fils à éblouir. Sans plus d'enfant à trahir. Jamais.

28

Procès de Klaus Barbie

Vendredi 3 juillet 1987

Lorsque Jacques Vergès s'est levé pour plaider, il a été retenu par le glas. La cloche sombre et grave des morts résonnait depuis la primatiale Saint-Jean et entrait à pleine tristesse par les fenêtres ouvertes. Un instant saisi, l'avocat a attendu, mains posées à plat sur le pupitre. Mais le bourdon a continué de pleurer. Alors Vergès a reculé d'un pas, s'est adossé à la rambarde, a croisé les bras, interrogé la foule du regard et souri. L'avocat général l'a imité. Le président a élégamment dissimulé son rire derrière une main. Hilarité sur les bancs des avocats de la partie civile. Bruissements dans le public, toux gênée, crissements de chaises. Difficile, pour le défenseur de Klaus Barbie, d'évoquer les 44 enfants assassinés, accompagné par la sonnerie qui les célèbre.

Le silence revenu, Vergès a patienté encore. Il fallait oublier jusqu'à l'écho du glas.

— Je voudrais tout d'abord, au nom de la défense, m'incliner devant la lutte des résistants français, a lancé Jacques Vergès.

Et qui, pour sourire dans le public ? À 17 ans et demi, l'avocat s'était engagé dans la Résistance. Puis il avait rejoint Londres et les Forces françaises libres en 1943. Il avait gagné ses médailles pendant la campagne d'Italie, la libération de la France, et terminé la guerre avec le grade de sous-officier.

Et puis l'avocat a contre-attaqué. Non, Barbie n'était pas à Izieu, le 6 avril 1944. La veille, il combattait le maquis des Glières. Et avait rejoint le Jura le lendemain, pour préparer l'offensive contre la Résistance, au moment où les enfants étaient jetés dans le camion. Alors, qui avait reconnu le SS dans la cour de la Maison d'Izieu ?

— Une seule personne ! Julien Favet, un témoin à la leçon apprise !

Une fois encore, il a balayé la déposition du jeune paysan qui avait assisté à la rafle. Favet, le simplet. Favet-n'a-qu'un-œil. Favet au crâne défoncé. Favet au visage cassé. Favet le moche, l'ingrat, l'enfant. Il a ridiculisé cet homme avec le mépris du maître pour un valet. Il a déployé toute la morgue de la parole aisée pour détruire les mots malhabiles. Favet n'avait rien vu, Favet avait menti, Favet était venu rechercher son quart d'heure de gloire devant la cour d'assises de Lyon, Favet était manipulé, téléguidé, Favet n'était rien d'autre qu'un pitoyable jouet entre les mains de l'accusation. Méthodiquement, avec violence et jusqu'au dégoût, l'avocat a exécuté le « domestique agricole ».

Et puis quoi d'autre ? a demandé le défenseur. Qu'est-ce qui reliait son client à l'assassinat des enfants ? Un duplicata de télex, signé de la main de Barbie : « Ce matin, toutes les personnes de la maison d'enfants juive d'Izieu ont été arrêtées. »

— Un faux grossier, a plaidé Vergès.

Le document avait été retrouvé en Tchécoslovaquie par Serge Klarsfeld. La pièce n'avait pas été jointe au dossier d'instruction mais conservée au Centre de documentation juive. Jamais la justice ou un quelconque laboratoire ne l'avait expertisée. Tout cela était vrai. Mais le chef de la Gestapo de Lyon pouvait-il ignorer ce qui se passait sous ses ordres ? Avait-il pu, comme le prétendait son avocat, ne pas savoir que des juifs étaient arrêtés à Lyon alors qu'il était le maître de la ville ? N'avait-il rien entendu dans les bureaux d'à côté alors qu'il signait chaque rapport, chaque ordre de mission ? Il admettait l'arrestation des résistants français, leur interrogatoire, leur déportation même, mais il ne voulait pas être mêlé à la mort des enfants.

Alors quoi ? Le Centre de documentation juive ?

— Des faussaires ! a éructé Vergès.

Klaus Barbie, son client ?

— Une victime émissaire !

La salle était silencieuse et attentive.

*

Jusque-là, que le public l'accepte ou non, l'avocat était dans son rôle de défenseur.

La veille, au premier jour de sa plaidoirie, aidé dans sa tâche par Jean-Martin Mbemba et Nabil Bouaita, avocats sénégalais et algérien, il avait tenté de démembrer la démonstration de l'avocat général. La rafle de l'UGIF, le dernier convoi pour la mort, les déportations individuelles. Il s'était joué de tous ces faits pour les nier ou les confronter au passé peu glorieux de la France. Martyre des ouvriers noirs lors de la construction du chemin de fer Congo-Océan, répression féroce du soulèvement de Madagascar, massacres de Sétif commis par les forces françaises contre ceux qui s'étaient battus sous leur uniforme, abandon des tirailleurs sénégalais, guerre d'Algérie.

— Par ma présence ici, on pourra au moins, un jour, flanquer au visage des partisans du nazisme qu'ils ont été obligés de faire appel à un nègre pour défendre l'un des leurs. Et reconnaître ainsi qu'un nègre est aussi un homme, avait conclu Mbemba, l'avocat sénégalais.

À la fin de son intervention, des avocats de la partie civile s'étaient levés pour le féliciter. Contrairement à son collègue français, celui qu'un défenseur d'en face avait surnommé « le Bamboula de Vergès » n'avait à aucun moment souhaité que Barbie soit épargné.

Mais voilà qu'au second jour de sa plaidoirie Jacques Vergès s'est vautré dans ce qu'il maîtrisait le plus difficilement au monde : la colère. Il savait les jeux faits. Alors il a donné libre cours au pire. En deux heures, il a saccagé son image de résistant, d'avocat et d'homme.

À propos d'un témoin, femme violée par un chien dans le bureau de Barbie :

— La torture est liée, dans l'imaginaire, à la sexualité. Pour qu'un chien puisse violer une femme, il faut que celle-ci l'y incite, au moins par une posture indécente.

Dans la salle, ce fut la consternation. Deux avocates se sont levées.

— Un chien ne peut pas posséder une femme, mais seulement une chienne, à quatre pattes.

Le témoin qui avait rapporté la scène s'est levé en criant.

— Ce que j'ai dit est vrai !

Simone Lagrange, jeune fille torturée devant ses parents, s'est dressée à son tour, hors d'elle, avant de se rasseoir, de se tasser sur sa chaise et pleurer. Vergès, lui, a continué, sans un regard pour ces détresses.

— L'évolution des fantasmes de certains témoignages pourrait intéresser les psychiatres, pas la justice !

Il a ri :

— À entendre ce qui a été dit à la barre, dans le bureau de Barbie il y avait des chiens, des chats, c'était une ménagerie !

Silence dans le public. Les journalistes notaient, tête baissée.

Sur mon carnet, j'ai écrit : « Veut-il dire que les victimes étaient consentantes ou que cette abomination n'a jamais existé ? Aucune importance. Il ne cherche même plus à être compris. Vergès se parle à lui-même. Plus de dossier, plus de faits, plus d'affaire Barbie. Il convoque les massacres des Palestiniens de Sabra et Chatila, l'épuration sauvage de 1944, l'établissement d'un foyer juif à Madagascar, les crimes du colonialisme. Du tout, pêle-mêle, sans ordonnance. Un tourbillon, un vertige, un étourdissement. »

— Mais qu'est-ce qu'il dit ? murmurait-on sur les bancs de presse.

Vergès était en sueur. C'étaient ses dernières minutes. Alors il a hurlé, face aux jurés :

— Nous sortons du temporel pour entrer par effraction dans le droit divin. Ressaisissez-vous ! Il n'y a pas sacrilège, il y a sortilège ! Barbie est un diable sur mesure !

L'air brûlant du dehors entrait par vagues. La paume de ma main collait à mon carnet.

— La France doit s'affranchir de ces années d'occupation et cesser d'entretenir un trouble malsain avec cette époque.

Il s'est redressé. Voix blanche.

— Au nom de l'humanité, du droit et de la France, acquittez Klaus Barbie.

*

Ton avocat à toi s'appelait maître Roubaix, comme la ville. Le 5 janvier 1945, dans une note à ton juge, le bâtonnier du barreau de Lille indiquait qu'il l'avait commis d'office pour s'occuper de ton affaire. De lui dans le dossier, aucune trace. Pas un mot. Sauf une notule du même magistrat, datée du 3 août 1945, et écrite au crayon de papier, indiquant qu'il avait dû en catastrophe choisir maître Gobert « en remplaçant de maître Roubaix, mobilisé ». Et le jour de ton procès, ce fut finalement maître Freyriat qui avait accepté de te défendre. Tu avais dû épuiser tes avocats les uns après les autres, les désespérer. Ou bien tous s'étaient-ils défilés ?

J'ai relu ton assignation à comparaître « en personne », le samedi 18 août 1945, à 9 heures, devant la Cour de justice de Lille, comme 384 accusés l'auront été avant et après toi. Tu avais été extrait de ta cellule pendant la nuit. Quelques jours plus tôt, tu avais souhaité être transféré au centre d'internement administratif de la caserne Vandamme, mais le centre avait été bouclé par les autorités sanitaires pour cause d'épidémie.

De ton passage devant la Cour de justice, il ne reste presque rien. À part cette assignation, et trois pages d'un procès-verbal des débats déjà remplies, avec des espaces laissés libres pour les noms de tes juges, le tien ainsi que ton adresse calligraphiés au stylo-plume. Des bordereaux types et signés à la chaîne. L'impression désagréable de contempler les pages d'un journal censuré, défiguré par le silence des espaces blancs.

« Étant Français, le prévenu va s'entendre exposer qu'il est accusé de s'être, en France en 1942, rendu coupable de trahison en portant les armes contre la France et ses alliés en guerre contre l'Allemagne, après avoir souscrit un engagement dans la Légion tricolore, dans le but de favoriser les entreprises de toute nature avec l'ennemi. »

La justice ne t'a reproché que les quelques mois passés à la Légion pétainiste. Et c'est tout. Tu n'as eu à répondre ni de ta désertion de l'armée française, ni de ta collaboration avec l'organisation TODT, ni de ton engagement militaire avec les nazis de la NSKK. En 1945, seul le mal fait en France intéressait tes juges.

Et toi, comment t'es-tu défendu ?

« L'accusé a été entendu dans ses explications », relevait le PV d'audience.

Quelles explications ? Personne ne le saura jamais. Cette seule phrase et pas un mot de plus.

Mais que sont venus dire tes témoins à la barre ? Ton père, ta fiancée, le restaurateur, les patriotes, les paysans ? Rien. Aucune trace dans ton dossier. La rubrique « témoins » a même été rayée d'un trait de plume. En fait, aucun d'entre eux n'avait été cité. Personne pour jurer de parler sans haine et sans crainte et de dire la vérité, toute la vérité.

Les arguments soulevés par l'accusation ?

« M. Cartigny, commissaire adjoint du Gouvernement, a été entendu dans son réquisitoire. »

Rien de plus.

Et ton nouvel avocat, comment s'est-il comporté ?

Il avait été mis en garde, le procès-verbal de l'audience en atteste : « M. le Président a averti l'avocat de l'accusé qu'il ne doit rien dire contre le respect dû aux lois. Qu'il doit s'exprimer avec décence et modération. » Décence ? Modération ? Aucune trace de sa plaidoirie. Ce que le PV en a retenu tient en une phrase : « Maître Freyriat a présenté la défense de l'accusé. »

C'est tout ? C'était tout. Mais qu'ont donc entendu les jurés ? Qu'ont-ils retenu de toi ? Pendant que Jacques Vergès tonnait, j'ai pensé à la voix inquiète de Léonce Freyriat. J'ai vu Vergès bondissant dans son box comme un démon. J'ai imaginé Freyriat légèrement voûté sur sa chaise, écrasé par le décorum républicain. Alors que Vergès pointait un index vengeur vers le ciel, j'ai imaginé ton défenseur implorer la clémence de la Cour de justice. Scène vaguement théâtrale, à l'image d'un film d'époque en noir et blanc.

Et d'abord, comment était-il, ton avocat ? Quel était son âge ? J'ai pensé au Raimu des *Inconnus dans la maison*, suppliant le président de l'entendre, après qu'il a bousculé ses placards pour retrouver sa vieille robe et repris sa place au banc de la défense. Mais aussi à Charles Vanel, défendant la « Vérité » de Brigitte Bardot, dans le film de Clouzot. Comment était-il, ton Freyriat ? Tragique ? Flamboyant ? Effacé ? En colère ? S'est-il déplacé dans le prétoire pour rappeler aux juges qu'un avocat était ici chez lui ? Qu'un plaideur avait sa place devant une Cour de justice, autant que l'accusateur, et que tous ceux qui allaient rendre leur verdict ? A-t-il repris ton dossier pièce à pièce ? A-t-il brandi ta carte de résistant ? Ton adhésion aux Jeunesses communistes ? Ton laissez-passer des Rangers ? T'a-t-il protégé ou s'est-il contenté de tendre des mains suppliantes vers le garçon livide qui tremblait dans le box ? Et combien de temps a duré sa plaidoirie ? Le réquisitoire ? Ton procès tout entier ? Tout cela, j'aurais aimé que tu me le racontes. À moi, ton fils, chroniqueur judiciaire. Pendant tout le procès Barbie, j'ai rêvé de suivre ton procès. Pas pour te juger, pour t'écouter mieux et t'entendre davantage. Pour que tu m'apprennes et que je comprenne.

« La plaidoirie terminée et l'accusé ayant dit n'avoir rien à ajouter pour sa défense, M. le Président a prononcé la clôture des débats. Il a fait retirer l'accusé. Après quoi, la Cour s'est rendue en la Chambre du Conseil pour y délibérer et voter dans les conditions et formes prévues par les articles cinquante et un à soixante-deux inclus, de l'ordonnance du vingt-huit novembre mil neuf cent quarante-quatre. »

*

Klaus Barbie avait refusé d'entendre le verdict. Une fois encore il ne voulait pas comparaître, mais l'avocat général Truche a exigé qu'on utilise la force. Alors il est entré dans la grande salle de la cour d'assises. Et cette fois encore, un silence particulier l'avait annoncé. Un silence plein de curiosité, un silence tendu, chargé, aussi lourd que l'air était rare. L'accusé portait cette même veste ressemblant à un manteau, cette même chemise bleue à col trop large, cette même cravate noire.

Ute Messner, sa fille, était dans la salle. Il lui a souri, crispé, puis s'est avancé au bord de son box pour serrer la main de son avocat, épuisé par six heures de plaidoirie. Un bref regard à la Cour, ce même sourire poli. Puis il s'est assis, les mains à plat sur ses genoux.

Le président Cerdini s'est penché au micro.

— Je vous pose cette question : avez-vous quelque chose à dire pour votre défense ?

Barbie s'est levé. Il s'est penché. Accent rocailleux, voix posée et sourde.

— Oui, monsieur le Président, j'ai quelques mots à dire, en français.

Une sorte de soupir est monté de la salle, puis de nouveau, le silence. Seulement la respiration de l'Allemand, lèvres contre le micro.

— Je n'ai pas commis la rafle d'Izieu.

Un temps.

— Je n'ai jamais eu le pouvoir de décider de la déportation. J'ai combattu la Résistance française, que je respecte, avec dureté.

Il a observé brièvement la foule muette.

— Mais c'était la guerre, et aujourd'hui la guerre est finie. Merci, monsieur le Président.

André Cerdini s'est ébroué, comme au sortir d'un rêve, et a entamé la lecture des 341 questions auxquelles devraient répondre les neuf jurés et les trois magistrats professionnels.

Attentif, livide, émacié, la couronne de cheveux blancs en désordre, penché vers son interprète, il a écouté la litanie des crimes qui lui étaient reprochés. À cette heure, le chef de la Gestapo de Lyon n'était plus qu'un pâle reflet contre la vitre du box.

C'était fini. Il était presque 18 heures. Le président Cerdini a levé la séance, et les jurés se sont retirés pour délibérer.

Je suis allé dans ma chambre d'hôtel, rédiger et dicter le début de mon papier. Nous savions qu'il faudrait plusieurs heures à la Cour pour délibérer. J'ai commencé par décrire le visage de Barbie, ses yeux enfoncés, sa pâleur, l'oiseau de proie harassé. Et puis non. Sa déclaration en français était la plus forte. Lui qui disait ne pas comprendre notre langue s'était parfaitement exprimé. J'ai gribouillé trois phrases. Non. Toujours pas. Qu'est-ce qui avait été le plus bouleversant en ce dernier jour ? Vergès insultant les femmes victimes ? Le colonialisme et la guerre d'Algérie entrant par effraction dans ce procès ? Non plus. J'ai raturé ma feuille. Et comme il résonnait encore dans mon cœur, j'ai commencé par le glas. Cet instant suspendu, ce moment où les morts avaient enfin pris la parole.

*

Hier, dans la nuit, j'avais lu la page la plus saisissante de ton dossier. Le délibéré de ta condamnation. J'avais ouvert grand la fenêtre de ma chambre d'hôtel, pour laisser l'air tiède brasser la chaleur du jour. Et puis une bière. Une autre.

Le papier était libre, sans en-tête, ni tampon ni cote. Comme une feuille destinée à être détruite après le jugement. Le magistrat président de la Cour de justice avait lui-même rédigé à la main les deux questions posées à son suppléant et aux personnes qui composaient le jury populaire. Quatre patriotes désignés par un magistrat et le comité de Libération de la région. J'ai pu lire leurs prénoms. Narcisse, Auguste, Marie, Charles, trois hommes, une femme. L'accusation avait été menée par le commissaire adjoint du Gouvernement, assisté de son greffier. L'écriture du président était fluide et belle.

« Est-il coupable de trahison pour avoir, au cours de l'année 42, en France et sur les territoires alliés en guerre avec l'Allemagne, porté les armes contre la France, étant Français, dans le but de favoriser les entreprises de toute nature avec l'ennemi et ce, en souscrivant volontairement à un engagement dans la Légion tricolore. »

Et sous cette phrase, les mots : « À la majorité, non. »

La question subsidiaire, écrite de la même plume : « Est-il coupable d'avoir, en 1942, en France et sur les territoires alliés en guerre avec l'Allemagne, sciemment accompli en temps de guerre des actes de nature à porter atteinte à la défense nationale, dans le but de favoriser les entreprises de toute nature avec l'ennemi. Et ce, en souscrivant volontairement un engagement dans la Légion tricolore ? » Le juge devait être fatigué, les derniers mots à peine tracés, pas même lisibles.

Et sous cette phrase, le vote : « À la majorité, oui. »

Deux expressions avaient disparu du deuxième énoncé. « Trahison » et « Porté les armes contre la France ». À cela, la Cour avait répondu non. Tu n'avais été ni traître, ni tueur de Français. Mais oui, tu avais rejoint la Légion tricolore. Oui, tu avais porté atteinte à ton pays et à ton peuple. Les juges n'avaient tenu aucun compte des doutes des enquêteurs. Tous, gendarmes et policiers, étaient persuadés que tu avais dupé ton monde. Et ils l'avaient écrit en conclusion :

« Bien que la preuve n'ait pu en être faite, cet individu doit être considéré comme un agent à la solde des Allemands, mais dont l'envergure n'a pu être établie. Quoi qu'il en soit, il doit être considéré comme très dangereux pour la Sûreté intérieure de l'État et traité comme tel. »

« Gestapo ? » s'était interrogé un enquêteur au crayon gras, en marge d'une de tes dépositions. « Agent nazi infiltré », avait ajouté un autre, sans point d'interrogation. Pour les flics français, tu avais choisi l'ennemi dès le premier jour. Et les Allemands t'avaient patiemment construit une légende. Deux ans à te former pour être opérationnel. C'est pour ça que tu es arrivé au maquis en uniforme allemand et avec ton arme de dotation. Pour ça que tu as participé aux combats des FTP.

Les gendarmes ont essayé de comprendre. Les policiers ont traqué tes contradictions, mais tu n'avais cédé sur rien. Selon eux, ce sont les Américains qui ont déréglé la machine nazie que tu étais devenu. Ils voulaient des preuves de ta loyauté autres qu'une photo de toi faisant le clown avec un brassard. Et tu as paniqué.

« Au moment de son arrestation par les Américains, il est très vraisemblable qu'il cherchait à traverser les lignes pour passer en Allemagne », avait écrit le commissaire Harbonnier, dans la note tamponnée SECRÈTE, qu'il avait transmise au général commandant la 1re Région militaire du Nord. Pour tous ceux qui t'avaient interrogé des heures et observé des jours durant, c'était un sacré espion que la France libre aurait à juger. Un ennemi majuscule qui devait être fusillé comme d'autres, à l'arrière d'une prison.

L'accusation avait demandé ta mort, mais Narcisse, Auguste, Marie et Charles en ont décidé autrement. Sous leur délibéré, le mot à la plume « circonstances atténuantes », suivi de « à la majorité, oui ». Et puis la peine à laquelle tu as été condamné. « Décision : un an de prison. Cinq ans d'indignité nationale. » Leurs signatures, enfin. L'une pourrait être celle d'un banquier, tourbillonnante, s'échappant vers la droite. Une autre, le paraphe d'un collégien, le trait doublé par l'écartement du bec de plume. La troisième est paysanne, simple comme une poignée de main. La dernière, à côté des initiales du président, est un pâté enfantin.

Oui, Léonce Freyriat t'avait probablement bien défendu. Ta vie était sauvée. Et la mienne serait à venir. Sept ans plus tard, étouffée par ce silence.

*

Il était près de 22 heures. J'étais assis sur les marches du Palais. Nous attendions toujours la décision de la cour d'assises. Après avoir dicté mon article, j'avais appelé ma mère au téléphone.

— Papa est là ?

— Il dort, mon fils. C'est pour ça que je parle doucement.

— Comment va-t-il ?

— Bien, bien, pourquoi tu me demandes ça ?

J'ai fermé les yeux.

— Comme ça, parce que je n'ai plus de nouvelles.

— Écoute, il va bien. Tu sais, comme d'habitude, quoi.

— Je ne l'ai pas vu au procès aujourd'hui.

— Oh non, non. Tu sais, ça le fatigue cette histoire de guerre.

— Je sais, oui.

— Tu es où là, mon fils ? J'entends des voitures.

— Dans une cabine, près du Palais.

— À cette heure-ci ?

— Ça va être le verdict, maman.

— Cette nuit ?

— Oui. Tu n'as pas trop suivi le procès ?

Son petit rire.

— Oh moi, tu sais ! La politique, tout ça, je n'y comprends pas grand-chose.

— C'est de l'Histoire, maman.

Elle a ri, encore.

— Moi l'histoire, c'est ce que je vais faire à manger à ton père pour demain.

Silence.

— Tu es toujours là, mon fils ?
— Oui.
— Je vais te laisser, il est tard.
— Mais tu es sûre que papa va bien ?
Sa voix, précipitée. Son souffle d'inquiétude.
— Tu me caches quelque chose ?
— Non, pas du tout. C'était juste pour savoir.
— Je t'ai dit, il est comme d'habitude.
— Bon.
— Il s'est couché très tôt ce soir, autrement ça va bien.

*

Minuit dix. Sur la passerelle qui mène au palais de justice, aux abords des quais de Saône, pressées derrière les barrières métalliques, plusieurs centaines de personnes attendaient en silence, regard rivé sur les portes menant au tribunal. À l'intérieur de la cour d'assises, les avocats venaient d'enfiler leur robe. Les deux greffiers ont rejoint leur banc à la hâte.

— Reprenez vos places, a commandé un huissier.

La Cour et les jurés sont entrés dans la salle et ont pris possession de leur fauteuil, après plus de six heures de délibéré. La lumière électrique, peut-être, ou alors la chaleur étouffante, les visages pâles portaient le masque des grandes fatigues.

— Faites entrer l'accusé.

Le président Cerdini n'a pas levé la tête. Il relisait ses notes lorsque Klaus Barbie est revenu. Il s'est assis, puis relevé. Dans le box de la défense, les trois avocats fixaient la Cour, dos au mur. Tous leurs confrères de la partie civile étaient présents. Serge Klarsfeld, qui avait quitté l'audience pour ne pas entendre Vergès évoquer Izieu, avait rejoint son banc.

Pas un bruit. Aucun souffle.

— Écoutez bien, a lancé le président en regardant l'accusé.

Il était debout, le front contre celui de son interprète.

— À toutes les questions portant sur la culpabilité et les circonstances aggravantes, il a été répondu « oui », à la majorité d'au moins huit voix.

Un blanc. Le temps que les mots soient chuchotés en allemand.

— À la question 341, portant sur les circonstances atténuantes, il a été répondu « non » à la majorité d'au moins huit voix.

Réclusion criminelle à perpétuité.

Jacques Vergès n'a pas bougé. Barbie n'a pas tressailli. Quelques applaudissements. Rien de plus. Une manifestation due à la chaleur, à une joie mal contenue vite retombée. Devant cette réaction du public, l'avocat de la défense a désigné la foule d'un mouvement de main, comme pour démontrer la réalité d'une haine à son égard qui n'avait pourtant jamais existé. Dans l'enceinte du Palais, l'avocat de la défense avait été respecté. Bien sûr il y avait eu des mouvements d'humeur, des mécontentements à voix haute, des manifestations plus ou moins silencieuses, mais une seule expulsion. C'était tout. Rien de comparable à la tension qui règne dans un tribunal de province lorsqu'on y juge l'assassin d'un enfant du pays.

Comme d'autres journalistes, j'ai quitté le tribunal en courant, avant que les cabines téléphoniques ne soient prises d'assaut. Ce verdict était attendu. Reconnu coupable de tous les chefs d'accusation, nous le savions. Le journal avait préparé une deuxième édition. Il suffisait que je confirme la décision à la rédaction et que j'envoie quelques lignes de chapeau.

Avant de sortir dans le couloir, je me suis retourné. Klaus Barbie passait la porte de la souricière pour la dernière fois, les poignets entravés. Maître Mbemba roulait sa robe sous son bras. Vergès avait disparu dans le sillage des magistrats, très pâle. Fin d'un procès. La police invitait le public à quitter la salle.

Lorsque je suis revenu au palais de justice, la ville montrait une sale gueule. Elle hurlait au lynchage. Jacques Vergès avait fait une fausse sortie. Revenu dans le prétoire, il hachait quelques mots pour les derniers journalistes présents. Il était en colère, parlait de cassation.

— Cette affaire viole le droit !

Il s'est frayé un passage au milieu de nous. Il grognait.

— Elle blesse la France, même si on pavoise en Israël !

Un responsable du service d'ordre l'a averti. Des centaines de personnes hostiles étaient massées autour du bâtiment. Tension dans les rues, haine sur les visages. Des journalistes ont proposé à Vergès de quitter le Palais par une porte dérobée.

— Il n'en est pas question !

Consternation des policiers. La bousculade a commencé dans la salle d'audience. Questions pressées, réponses rapides.

— Oui ! En cassation ! Et dès lundi ! a hurlé l'avocat.

Mêlée entre les deux portes qui menaient au grand escalier. Agitation, cris, des coups dans la foule. Déjà, la lumière blanche des projecteurs de télévision, les flashes des photographes restés sur les trottoirs. Un cri dans la cohue.

— C'est Vergès !

Voilà le désordre projeté dans la nuit. Une nuit chaude, moite, une nuit traînarde. À dix pas de là, des jeunes se baignaient dans une fontaine. Chemises ouvertes, robes légères. Une nuit faite pour le bal et les serments d'été.

Vergès a été assailli. Les yeux éblouis par la violence des lumières.

Du haut des escaliers, il dominait la foule. Elle grondait. Les premiers jurons. Un bras d'honneur derrière les grilles. Beaucoup de postes de radio. Voix métallique des informations. Vergès répondait toujours à la presse, répétant les mêmes mots, son regard hésitant entre les caméras et l'agitation. Puis il a descendu les marches, entouré par un cordon de policiers.

Ça a été le vacarme. La colère s'est ruée en hurlant sur le groupe. Avocat, policiers, journalistes, tous pourris. « À mort ! » Voix d'hommes, de femmes, hurlements, coups de poing donnés au hasard.

— Vergès SS ! ont scandé des inconnus.

J'ai été bouleversé. Au crépuscule de ce procès, j'avais cru que les mots étaient retournés à leur place. Que le crime de Klaus Barbie ne désignerait jamais rien d'autre que le crime de Klaus Barbie. Qu'aucun flic, même la pire des ordures, ne serait jamais plus traité de SS. Et qu'aucun avocat ne serait jamais comparé à celui qu'il avait défendu. J'avais eu tort. Ce fut la curée. Les policiers ont sorti leurs matraques. Ils ont tapé à l'aveugle. Les journalistes, badgés d'orange, ont été traités de complices.

Dans la nuée, il y avait des femmes, des hommes, des jeunes, des plus vieux emmêlés. Certains étaient dans la salle d'audience au moment des débats, d'autres arrivaient de la rue, appâtés par l'événement. Des parties civiles avaient enlevé leur badge blanc pour se fondre dans la colère. Il y avait des insultes, des rires, des cris sans raison. Au passage de l'avocat africain, une gamine a imité le piaillement du singe. La foule était portée par son déchaînement. Au milieu de la bousculade, le visage de Vergès. Aucun regard. Violence des projecteurs crus sur ses lunettes ovales.

Il l'avait enfin, son lynchage. Un vrai, un sale. Celui qui déforme les visages et insulte la raison. Il pouvait enfin la dénoncer, cette curée qu'il appelait de ses vœux depuis le premier jour. Car jamais, en huit semaines, quelqu'un n'avait abîmé ce procès. Les blessés, les torturés, les humiliés s'en sont pris à l'absent. Au nazi, pas à son avocat. Les plus martyrisés de tous avaient offert à la justice une immense leçon de noblesse. Mais la grandeur des débats a été malmenée sur un trottoir, comme une petite gouape s'en prendrait à un passant au coin d'une rue. Ces hurlements saccageaient l'honneur de ce procès. Même la justice de ce verdict était piétinée. C'était indigne.

— À mort ! À mort ! a encore chanté une femme.

Alors Jacques Vergès a été exfiltré par la police, remis à l'abri à l'intérieur du Palais, par la porte dérobée qu'il avait dédaignée un peu plus tôt. C'était fini. La foule a commencé à se disperser, dans la nuit étouffante, laissant derrière elle des gorges serrées par la colère.

Je suis rentré à mon hôtel, mon badge de presse froissé dans la main. Les rues étaient vides. À part le public, qui s'était massé sur deux trottoirs, la ville dormait. En marchant dans les rues désertes, le calme revenu, j'étais bouleversé. Lèvres closes, poings serrés, j'ai regretté le calme qui aurait dû faire cortège à Klaus Barbie marchant vers sa cellule à vie. Regretté que Jacques Vergès n'ait pas descendu les marches du palais de justice accueilli par le silence des victimes. Un silence absolu, respectueux, douloureux. Le silence laissé par les enfants d'Izieu. Le silence qui hurle les plus grandes douleurs.

Un silence de mort.

29

Samedi 4 juillet 1987

Le téléphone a sonné. Il était 3 heures du matin, je venais de réussir à m'endormir.

Voix de ma mère, affolée.

— Mon fils, c'est maman. Papa est devenu fou !

Je me suis assis dans le lit, lumière éteinte.

— Calme-toi. Qu'est-ce qui se passe ?

— Ton père dit n'importe quoi. Il me fait peur.

J'ai allumé la lampe de chevet, le combiné coincé entre épaule et menton.

— Il dit quoi, maman ?

— N'importe quoi. Il dit n'importe quoi !

J'ai respiré en grand.

— Maman, calme-toi. Il faut que tu m'aides. Que dit papa ?

— Des bêtises, des histoires de guerre.

Je me suis levé.

— Quelles histoires de guerre ?

— Mais ses histoires avec les Allemands, les Américains ! Il me fait peur, mon fils.

Silence. Puis une longue inspiration, une expiration tremblée.

— Ça va ?

— Oui, ça va, mon fils.

— Dis-moi ce qu'il a fait ?

— Il n'a rien mangé, il s'est couché très tôt. Et puis il s'est réveillé en hurlant. Il a couru dans la salle de bains et il a jeté son verre à dents sur le miroir. C'était comme s'il criait contre quelqu'un. J'ai même cru un moment qu'il n'était pas tout seul.

— Il criait quoi, maman ?

— Il criait que les Américains étaient après lui, les Russes, tout le monde voulait le tuer.

Elle a sangloté.

— Et puis il a tout renversé. Il cherchait des micros, des caméras, je ne sais pas.

— Respire, maman.

— Il a même déchiré ma *Joconde* de l'entrée pour voir si elle ne cachait rien.

— Il y a encore autre chose, maman ?

— Non, ça, je ne peux pas te le répéter.

— S'il te plaît !

— Il a dit que tu étais un policier américain, ou anglais, je n'ai pas compris. Il criait fort.

— Passe-le-moi, maman.

— Mais il n'est pas là, il est parti.

— Où est-il allé ?

— Je ne sais pas.

— Il t'a fait mal ?

— Juste un peu bousculée, parce que je m'étais mise devant la porte d'entrée.

— Je vais aller le chercher, maman.

Sa voix de petite fille.

— Mais où ? Tu sais où il est allé ?

— Je crois, oui. Je n'en suis pas sûr.

— Fais attention, il a cassé des choses à la maison.

— Il a cassé quoi, maman ?

— Mon vase d'Annecy et le saladier que m'avaient offert les amis du bureau.

La colère montait en moi. La haine aussi.

— Et aussi la grande photo de lui enfant, dans le beau cadre de la chambre.

Elle a hésité.

— C'est avec ça qu'il m'a tapée.

— Tu ne t'es pas coupée ?

— Un peu. La main. Il a bien fallu que je fasse le ménage. Il y avait du verre partout.

— C'est tout, maman ?

Elle a réfléchi.

— Je ne voulais pas te le dire mais il a aussi cassé le Pinocchio en verre que tu m'avais rapporté de Venise.

Sa voix tremblait.

— Ça m'a fait de la peine, je l'aimais beaucoup ton Pinocchio.

Je me suis relevé.

— Il a cassé le menteur, maman.

— Pourquoi dis-tu ça, mon fils ?

— Pinocchio, maman.

Elle devait chercher dans sa mémoire d'enfant.

— Tu sais, son nez qui s'allongeait à chaque mensonge.

Silence.

— Si tu le retrouves fais attention, mon fils. Il était très fâché. Il a claqué la porte en criant que personne ne le rattraperait jamais.

Elle a soupiré fort.

— Je vais te laisser, maman. Essaye de dormir maintenant.

— Si tu le vois, dis-lui de me rendre notre livret de famille. Il l'a déchiré mais je pourrais le recoller.

— Il est parti avec ?

— Oui. Et il a aussi emporté la canne. Tu sais, celle qui ne lui sert à rien.

30

Dimanche 5 juillet 1987

Je me suis assis sur le parapet qui domine le quai. Et il était juste en bas, à l'aplomb, réfugié sur la première marche de l'escalier de pierre. C'était le seul endroit qui lui restait. Depuis qu'il avait claqué la porte de leur appartement, maman n'était plus sûre. Et il n'avait jamais eu confiance en moi. Il était là, seul, assis, voûté, face à l'eau. Une image de l'exil. Il me tournait le dos. Ses chaussures baignaient dans le fleuve. Et aussi le bas de son pantalon. Il était déjà prêt pour le voyage.

Je le distinguais mal. L'obscurité de la ville peinait à raconter ses gestes. Il regardait le fleuve, immobile. Puis il s'est penché, les coudes sur les genoux et les mains sur sa canne. La Saône était noire. Ni canard, ni bateau, ni péniche de nuit. Le fleuve et lui, seuls.

J'allais me lever pour le rejoindre lorsqu'un chien a aboyé. Je les ai vus au loin, deux ombres massives en bord de rive. Un maître et son animal dans la nuit de juillet. L'homme s'amusait. Il promenait le faisceau d'une lampe de poche en cercles rapides sur le pavé du quai. Et son chien jouait. Il courait après la flaque de lumière blanche, jappait lorsque celle-ci disparaissait. Bondissait en aboyant lorsque l'homme rallumait la lampe, éclairant en tourbillons éclatants les pierres des murs et les mauvaises herbes.

Mon père a tressailli. Il s'est levé brusquement. Il a eu un geste de défense, levant sa canne comme on s'empare d'une arme. J'ai deviné son effroi. Il avait 22 ans. Il était piégé par les soldats et leurs chiens sur les bords du lac Tressower.

Je me suis levé. J'ai marché vers les escaliers qui menaient au quai.

J'ai crié.

— Monsieur ! Reculez avec votre chien, s'il vous plaît !

À l'autre bout du quai, l'homme et l'animal se sont figés.

Mon père a hurlé. Des mots sans suite. Des cris de colère et de terreur.

— Vous ne m'aurez jamais, salopards !

Il a ajusté sa canne et a visé les ombres menaçantes, comme s'il tenait un fusil Mauser, la tête d'aigle en crosse, coincée entre son épaule et son menton. Et puis il est resté comme ça, le doigt posé sur une queue de détente imaginaire.

— Recule, saloperie d'Anglais !

J'ai sauté sur le quai en courant.

— Papa !

J'ai hurlé. Comme ça, pour rien. La peur.

Il avait descendu une marche en arrière, une autre, enfoncé dans l'eau jusqu'aux genoux.

À l'autre bout, l'homme agitait sa lampe. Il essayait de comprendre. Mon père était captif de son faisceau. Et alors son chien s'est mis à courir vers nous. Il est apparu dans la lumière des réverbères. C'était un boxer roux au museau blanc. Un molosse qui sautait partout et jappait gaiement en s'approchant du refuge.

— Pacman, viens ici, bon Dieu ! a hurlé l'homme au loin.

Mon père tremblait. Il suivait l'animal, l'œil rivé à un œilleton qui n'existait pas.

— Je vais tirer, rappelle ton chien, ordure !

Je ne sais pas ce que le maître distinguait de nous, là-bas depuis la pénombre, mais lorsque je me suis rué sur l'animal en hurlant, main levée, pour lui faire peur, il a crié.

— Pauvres cons ! Mais ça va pas non ?

Le chien l'a rejoint ventre à terre, en gémissant.

— Bande de malades !

Il a entraîné son boxer vers le trottoir en criant que nous méritions la mort.

— Jamais vous ne m'aurez ! lui a encore crié mon père.

Une voix d'ivrogne après la défaite.

Il avait de l'eau jusqu'aux cuisses. Il se débattait contre rien ni personne, agitant ses grands bras dans l'obscurité. J'ai couru vers lui. Au bruit de mes pas, il s'est retourné. Geste de surprise, regard dément, visage terrorisé.

— Qu'est-ce que tu fous là, toi ?

J'étais au bord du quai. Il a épaulé sa canne.

— Dégage !

Il a descendu une autre marche, sans me quitter des yeux.

— Papa ?

J'ai ouvert les bras. Il a agité son arme à tête d'aigle.

— Papa, je t'en supplie !

Une marche encore. Il a dérapé. S'est rattrapé.

Je ne respirais plus. Mes mains tremblaient. J'ai avancé d'un pas. Un autre.

— Personne ne te poursuit, papa. Il n'y a que toi et moi.

Il a craché dans ma direction.

— Garde tes mensonges !

J'étais à quelques mètres du bord.

— Recule !

Je me suis arrêté. J'ai levé les bras. Je me rendais.

— Nous sommes à Lyon, papa. C'est la paix.

— Ferme-la ! Je connais vos trucs !

Il m'a encore menacé de sa canne, cette fois pointée comme une épée.

— C'est pas avec ces conneries que vous pourrez m'avoir !

— Personne ne veut t'avoir, papa.

Je me suis demandé s'il avait bu.

— Tu n'as rien à craindre. Ni de moi ni de personne.

Il est descendu d'un degré. De l'eau jusqu'à la taille. C'était la dernière marche, avant la pente douce de cailloux, de morceaux de roches, de fragments de dalles brisées.

L'eau battait son torse.

— Je ne crains personne ! Rien du tout, tu m'entends ?

— Je sais que tu ne crains personne, papa.

J'ai posé le pied sur la première marche de pierre.

— Recule !

— Je ne peux pas.

— Mais qu'est-ce que tu peux, hein ? Tu n'as jamais rien pu !

Je lui ai tendu les mains. Il a grimacé.

— Je suis incapable de rejoindre l'autre rive, c'est ça ?

J'ai hoché la tête.

— Mais si, papa. Je sais que tu en es capable.

Il a hurlé.

— Alors dis-le !

— Tu es capable de rejoindre l'autre rive.

— Crie-le !

— Tu es capable de rejoindre l'autre rive !

Il a levé le menton. L'eau gonflait son pantalon, les pans de sa veste flottaient.

— Tu n'as jamais cru que j'avais traversé le lac Tressower, hein ?

J'ai secoué la tête.

— Bien sûr que si !

Il s'est laissé tomber dans l'eau, doucement, en arrière sur le dos, sans me quitter des yeux.

— Menteur !

Il avait lâché sa canne.

J'ai vu la tête d'aigle argentée scintiller à la surface, puis disparaître.

J'ai descendu une marche, une autre. La pierre était glissante.

— Jamais vous ne m'avez cru ! Ni toi ni les autres !

Je suis entré dans l'eau à mon tour. Noire, huileuse, froide. Elle a mordu mon ventre. Je suis arrivé sur la dernière marche, juste avant la pierraille et la boue. Le fleuve frappait ma poitrine. Je nous ai trouvés ridicules. Lui qui battait des bras pour ne pas s'éloigner, moi les mains tendues pour qu'il me revienne. Mes poches, ma chemise, mon pantalon se gorgeaient d'eau. Aucune clarté. Ni les étoiles, ni les lumières de la ville. L'eau baignait nos mentons. Nous avions encore pied, debout, face à face, ballottés par les remous d'un clapot épuisant.

Il a encore crié.

— Rentre chez toi !

Il s'est retourné pour plonger.

Je me suis plaqué contre son dos, mes bras enlaçant son torse.

C'était notre jeu, lorsque j'étais enfant. Quand nous nagions dans le lac d'Annecy. Nous n'avions ni barque ni pédalo, pas même une bouée, seulement nous deux qui luttions dans l'écume. Il me portait, m'élevait au-dessus de sa tête et me jetait le plus loin possible en riant. Et moi, je revenais sans cesse. Je me calais dans son dos, les bras passés sous ses aisselles. Il appelait ça faire petit crabe. Il lui fallait me détacher doigt après doigt, main après main, puis il me rejetait comme un paquet au-dessus de sa tête. Et je criais, je tournais sur moi-même entre le ciel et l'eau avant d'éclabousser la terre entière. Jamais, de ma vie, je n'avais retrouvé pareille force chez mon père. Aucune de ses histoires de guerre, ni la plage de Belmondo, ni l'attaque du cinéma allemand, rien ne m'impressionnait plus que d'être soulevé à bout de bras par ce géant, arraché à l'eau et balancé comme un tout petit d'homme.

J'ai fait petit crabe en silence, mes chaussures prisonnières de la vase.

Je suis resté comme ça une longue minute, joue écrasée contre sa veste mouillée, doigts cramponnés à ses revers. Fils, père, emmêlés au milieu de l'eau. Puis il m'a repoussé d'un mouvement d'épaules. Il m'a fait lâcher prise. Il s'est retourné. Son visage gris dans l'obscurité. J'ai deviné son regard. Il me suppliait.

— S'il te plaît, a murmuré mon père.

Alors oui, j'ai cédé. Je me suis écarté. J'ai reculé d'un pas. J'ai renoncé à lui. Il a compris qu'il était libéré. Que ni moi ni personne ne pourrait plus le rattraper.

Je lui rendais son histoire et sa vie.

— Merci, m'a-t-il dit.

Nous sommes restés comme ça, à portée de souffle. Tu ne t'es pas rapproché. Tu es resté hors d'atteinte. Loin de mes mains, de mon cœur. Tu te méfiais de nos faiblesses. Ta veste était gonflée, ton col trempé remontait sur ta nuque. Tu respirais mal. Je t'ai laissé reculer. Deux pas encore, bras écartés. Tu as regardé le ciel. L'obscurité pâlissait. Je n'avais pas su retenir la nuit. Je t'ai vu t'enfoncer, vaciller, perdre pied.

Ta voix de père :

— T'inquiète pas, bonhomme, je vais y arriver.

Avant de disparaître, dans le tout petit matin, tu m'as souri, je crois.

L'eau sculptait ton visage en éclats de lumière. Aucune larme ne baignait le mien.

Et puis tu t'es retourné, laissant le fleuve te prendre. Se refermer sur toi, une huile noire, lourde et froide. Tu n'as pas nagé. Tu n'as pas lutté contre le courant. Il t'a emporté lentement, comme la branche foudroyée d'un vieux chêne.

Je ne me suis pas inquiété.

Je sais que tu as traversé ton lac allemand.

Et que tu m'attends sur l'autre rive.

Klaus Barbie est mort à Lyon le 25 septembre 1991, incarcéré à la prison Saint-Paul.
Il avait 77 ans.

Mon père est mort à Lyon le 21 mars 2014, interné à l'hôpital psychiatrique du Vinatier.
Il avait 92 ans.

Le dossier de la Cour de justice de Lille, qui lui était consacré, était conservé aux Archives départementales du Nord sous la cote 9W56. J'ai pu l'ouvrir le 18 mai 2020, six ans après sa disparition. Grâce au travail, à l'attention et à la délicatesse de Mireille Jean, directrice des Archives, et de son équipe.

Du même auteur :

LE PETIT BONZI, Grasset, 2005.
UNE PROMESSE, Grasset, 2006 (prix Médicis).
MON TRAÎTRE, Grasset, 2008.
LA LÉGENDE DE NOS PÈRES, Grasset, 2009.
RETOUR À KILLYBEGS, Grasset, 2011 (Grand Prix du roman de l'Académie française).
LE QUATRIÈME MUR, Grasset, 2013 (prix Goncourt des lycéens).
PROFESSION DU PÈRE, Grasset, 2015.
LE JOUR D'AVANT, Grasset, 2017.
UNE JOIE FÉROCE, Grasset, 2019.

Le Livre de Poche s'engage pour l'environnement en réduisant l'empreinte carbone de ses livres. Celle de cet exemplaire est de :
250 g éq. CO_2
Rendez-vous sur www.livredepoche-durable.fr

PAPIER À BASE DE FIBRES CERTIFIÉES

Composition réalisée par NORD COMPO

Achevé d'imprimer en France par
CPI BRODARD & TAUPIN (72200 La Flèche)
en décembre 2022
N° d'impression : 3050339
Dépôt légal 1re publication : janvier 2023
LIBRAIRIE GÉNÉRALE FRANÇAISE
21, rue du Montparnasse – 75298 Paris Cedex 06

84/0377/0